OS 3 DESEJOS DE Eugênio

VITOR MARTINS

OS 3 DESEJOS DE EUGÊNIO

Alt

Editora responsável **Paula Drummond**
Editora de produção **Agatha Machado**
Assistentes editoriais **Giselle Brito e Mariana Gonçalves**
Preparação **João Pedroso**
Revisão **Paula Prata**
Ilustração e design de capa **Johnatan "Johncito" Marques | @johncitoilustra**
Diagramação **Guilherme Peres**
Projeto gráfico original **Laboratório Secreto**

Texto fixado conforme as regras do Acordo Ortográfico da Língua Portuguesa (Decreto Legislativo nº 54, de 1995)

CIP-BRASIL. CATALOGAÇÃO NA PUBLICAÇÃO
SINDICATO NACIONAL DOS EDITORES DE LIVROS, RJ

M347t Martins, Vitor
Os 3 desejos de Eugênio / Vitor Martins. - 1. ed. - Rio de Janeiro : Globo Alt, 2025.

ISBN 978-65-5226-101-4

1. Romance brasileiro. I. Título.

25-100085.0 CDD: B869.3
CDU: 82-31(81)

Meri Gleice Rodrigues de Souza - Bibliotecária - CRB-7/6439

1ª edição, 2025

Direitos de edição em língua portuguesa para o Brasil
adquiridos por Editora Globo S.A.
R. Marquês de Pombal, 25
20.230-240 – Rio de Janeiro – RJ – Brasil
www.globolivros.com.br

Para os leitores que cresceram junto comigo

1

Noite de Ano-Novo

Poucas experiências são tão mágicas quanto juntar cinco gays numa casa de praia alugada em Ubatuba para a noite de Ano-Novo.

— Alguém já tirou a porra do bacalhau do forno? — Luana grita da porta do banheiro, com uma toalha enrolada no corpo e outra na cabeça.

Todos se assustam com o berro. Carol, namorada da Luana, está acendendo velas aromáticas pela casa. Gabriel está há meia hora na frente do espelho tentando tirar a foto perfeita do seu look de Ano-Novo (camisa de botão branca aberta até o meio do peito, os shorts brancos mais curtos que alguém já usou e uma composição de colares de miçanga de tamanhos diferentes). Rafael, namorado do Gabriel, está literalmente *lendo um livro*. E eu, namorado de ninguém, estou mexendo no celular, vendo gays com vidas melhores do que a minha se preparando para a virada de ano em lugares muito mais luxuosos do que Ubatuba, litoral norte de São Paulo.

— Deixa que eu tiro! — exclamo, me levantando do sofá num pulo e me apressando para evitar qualquer tipo de conflito na casa antes da meia-noite.

— Obrigada, Eugênio. O que seria de mim sem você? — Luana responde.

Controladora, decidida e forte, nós dois sabemos que ela seria a mesmíssima pessoa sem mim. Mas não comento nada e ela também não. Luana só volta correndo para o banheiro que nós cinco compartilhamos há uma semana para terminar de se arrumar.

Não vou mentir. Apesar dos gritos ocasionais e do tom passivo-agressivo, é bom demais ter a Luana no grupo. Dentre nós todos, ela é minha amiga mais antiga. Nos conhecemos no ensino médio e, apesar de sermos diferentes em todos os aspectos possíveis, nunca mais nos largamos. Foi ela quem organizou tudo para o nosso Ano-Novo em grupo. O aluguel da casa, o cardápio dos dias de viagem, o passeio de barco que fizemos assim que chegamos, a hora de acordar e ir para a praia, o estoque de protetor solar específico para o tom de pele de cada um de nós. Nada passa despercebido pelo olhar aguçado e a mente incansável da Sapatão Mais Implacável De Todos Os Tempos.

Corro até a cozinha que, como qualquer cozinha de casa de praia alugada, é cheia de eletrodomésticos velhos, pratos que não combinam entre si e taças de plástico com temas de fundo do mar. Desligo o fogo, pego um pano de prato com estampa de conchas e tiro do forno uma travessa de vidro fumegante com bacalhau e batatas gratinadas. O cheiro está maravilhoso. Foi a Carol que preparou. Do grupo, ela é a melhor cozinheira.

Coloco a travessa na mesa e admiro nosso esforço coletivo para a ceia de Ano-Novo mais bonita que já vi. Além do bacalhau da Carol, Gabriel montou uma salada de lentilha, tomate e pepino, Rafael preparou mousse de chocolate para a sobremesa e eu cozinhei um arroz branco simples, que sei que ninguém vai comer. Mas fico feliz por ter feito a minha parte. No almoço de amanhã, quando todo mundo estiver de ressaca e com preguiça, sei que meu arroz requentado vai brilhar.

Carol posiciona a última vela bem no centro da mesa e respira fundo, sentindo o aroma da comida misturado com o cheiro cítrico da vela.

— A gente meio que arrasou, né? — comento.

Com as mãos unidas sobre o peito, ela olha para mim e sorri.

— Esse Ano-Novo vai ser de muita luz, amigo. Estou sentindo.

Baixinha, branquinha e com o cabelo castanho partido ao meio em duas tranças longas que caem sobre os ombros, Carol parece uma garotinha indo para a festa junina da escola. Ela sempre usa palavras como "luz", "paz", "energia" e "resiliência" em conversas casuais. Se fosse qualquer outra pessoa, isso me irritaria profundamente, mas não acontece com ela. Dá para ver como a conversinha *good vibes* da Carol é sempre genuína, como ela acredita de verdade que as *vibes* podem ser *good* mesmo. Se passamos tempo o suficiente conversando, eu quase começo a acreditar que a energia que emano para o universo volta para mim de alguma forma. Quase. Minha cabecinha gay e traumatizada faz com que eu tenha muita dificuldade em acreditar nas coisas que não são coisas. Eu acredito no que vejo. Acredito no mar, no céu, nessa travessa de bacalhau. Qualquer outro conceito levemente mais abstrato é rejeitado de imediato pelo meu cérebro.

— Eu trocaria a luz por dinheiro, mas tudo bem — respondo.

Dinheiro é um conceito levemente abstrato no qual eu acredito.

— Eu também quero dinheiro! — diz Rafael, chegando na cozinha com o namorado. — Coloquei cueca amarela e tudo!

Ele levanta a barra da regata branca e mostra o elástico da cueca amarelo-gema, que contrasta com sua pele negra retinta. Rafael é alto, magro e tem o cabelo descolorido raspado bem rente. Usa óculos de hastes finas que nem sei se ele precisa usar de fato. Tenho essa teoria de que é só pelo estilo, mas evito apontar isso porque toda vez que critico os óculos do Rafael, ele critica minha escolha recente de manter um bigode.

— Eu vou passar a virada sem cueca mesmo — comenta Gabriel, soltando um risinho safado.

Do grupo, Gabriel é o mais padrãozudo. O único que leva a academia a sério, cultivando os ombros musculosos mais largos que eu já vi na vida. Seu rosto quadrado é emoldurado por um cabelo loiro ondulado de surfista, só que ele nunca surfou na vida. Gabriel literalmente nasceu em Piracicaba.

Rafael reponde a risadinha safada com um olhar ainda mais safado e os dois trocam um beijo rápido. A cena é fofa e insuportável ao mesmo tempo.

— Calcinha branca aqui — Carol comenta o óbvio, girando na ponta dos pés e fazendo seu vestido branco de algodão rodopiar ao redor da cinturinha fina.

Os três me encaram, esperando minha colaboração para a conversa.

— Ih, gente — respondo. — Nem sei. Peguei a cueca que estava mais fácil de tirar da mala.

É verdade. Não estou fingindo não me importar com essas superstições bestas de Ano-Novo. Eu não me importo mesmo. Na verdade, eu só não acredito.

O olhar dos meus três amigos começa a ficar impaciente, então não tenho muita escolha. Com um suspiro derrotado, puxo o elástico da minha bermuda bege (diferente de todo mundo, eu não tinha roupas 100% brancas para usar hoje) e dou uma espiada na cueca que estou usando.

— Vermelha! — anuncio. — Satisfeitos?

— *Uiiiii* — Gabriel debocha. — Ele quer encontrar um *amoooor*.

— Deus me livre! — respondo. — Ainda tenho muita coisa pra viver antes de começar a namorar de verdade. Eu só tenho 26 anos!

— Vinte e seis é mais perto dos trinta do que dos vinte — Rafael aponta e, por mais que essa seja uma afirmação de matemática básica e de conhecimento geral, ela me pega desprevenido.

Porque, de fato, vinte e seis é mais perto dos trinta do que dos vinte.

— Não quero amar ninguém agora! Além do mais, até onde sei, cueca vermelha atrai *paixão*. É isso que eu quero!

— Sexo! — exclama Gabriel, que está sem cueca.

— Luxúria! — acrescenta Rafael, que tem um vocabulário mais extenso que Gabriel.

— Uns cinco ou seis pintos enormes batendo na minha cara enquanto eu peço *mais* — eu, que nunca sei a hora de parar, completo.

— Amor, vem me salvar desses gays! — Carol grita.

Como se estivesse esperando o momento certo de aparecer, Luana chega na cozinha, finalmente arrumada para a noite de Ano-Novo depois de passar o dia inteiro planejando cada detalhe. Luana é gorda, forte, imponente. Sua pele é branca e seu cabelo é curto, volumoso e tingido de vermelho. Assim como o Gabriel, ela também está de camisa de botão e shorts brancos, mas, de alguma forma, ela parece mil vezes mais masculina do que o meu amigo.

— O que eles estão fazendo contigo? — ela pergunta, correndo para esmagar a Carol num abraço.

— Debatendo a cor ideal de cueca pro Eugênio atrair cinco ou seis pintos enormes no ano que vem — Carol explica.

Luana semicerra os olhos, pensativa.

— Cinco ou seis durante *todo* o ano? Acho que você consegue mais, amigo. A não ser que você queira cinco ou seis *por mês*. Aí eu já acho melhor ir calibrando as expectativas — diz ela, olhando para mim.

Por mais que o comentário possa parecer humilhação gratuita, dá para ver as engrenagens girando no cérebro da Luana, como se a qualquer momento ela fosse tirar do bolso uma planilha de todos os pintos que posso vir a conquistar ao longo do ano, categorizados por tamanho, espessura e impacto emocional.

— Era só uma *piada* — rebato. — Quem me conhece *sabe*. Eu só sou promíscuo na teoria, nunca na prática.

Todos riem porque me conhecem e, sim, eles sabem.

Acho meio mico o termo "encalhado", e não avalio minha situação dessa forma. Sou solteiro desde sempre. Vez ou outra me envolvo com um carinha por um tempo, mas, até hoje, nada de sério aconteceu na minha vida amorosa. O que é bom, porque não tenho nenhuma história traumatizante de ex-namorado, mas ruim, porque não tenho nenhuma lembrança boa com algum ex-namorado. Não me considero um cara difícil ou criterioso. Só um cara tranquilo que nunca conheceu ninguém tão importante a ponto de me fazer querer namorar.

— Chega de papo — Luana ordena, olhando para o relógio de pulso. — Dez em ponto agora. Temos uma hora pro jantar, depois quinze minutos pra nos organizarmos. Às onze e quinze a gente sai daqui, vamos andando até a praia. Chegamos lá em seis minutos. Dois minutos até acharmos um bom lugar pra ver a queima de fogos. E, com sorte, às onze e meia estaremos todos prontos pra esperar o Ano-Novo chegar! — Ela sorri, orgulhosa do próprio planejamento. Todo mundo assente, porque sabemos que nem adianta contrariar. — Alguma dúvida?

— A gente já pode comer? — Gabriel pergunta, esticando a mão para roubar uma batata da travessa de vidro.

— Não! — Luana exclama.

— Vai querer rezar antes da ceia, mãe? — Rafael provoca.

— Na verdade, eu e a Carol tivemos uma ideia pra noite de Ano-Novo — Luana se explica.

Ela puxa uma cadeira e se senta. Obedientes, todos nós nos sentamos também. Luana é tipo a nossa mãe mesmo.

— Se for mais uma variante de amigo secreto, eu juro por deus que me jogo no mar com uma pedra amarrada no pé — declaro, enquanto pego uma faca na mesa e a rodopio entre os dedos para fins dramáticos.

A questão é: a Luana e a Carol *adoram* amigo secreto. Mas nunca é um amigo secreto normal. Elas sempre inventam regras específicas. No Natal que acabou de passar, a regra era trocar presentes feitos à mão usando nossas habilidades profissionais. Eu, que sou designer gráfico, fiz para o Rafael um pôster de filme de mentirinha, colocando ele como protagonista de um terror *slasher*, porque sei que ele ama o gênero. Gabriel, que é "influencer de lifestyle", me deu de presente um vídeo com várias fotos minhas aparecendo freneticamente ao som da música viral de uma cantora pop de dezenove anos que eu não conheço. Não era nem um presente físico! Ele simplesmente me mostrou o vídeo no celular dele e depois me enviou por AirDrop. Fui o único que saiu da nossa ceia de Natal sem nenhum presente nas mãos. Carregando apenas uma ideia.

Acabei postando o vídeo no meu perfil no dia seguinte porque não queria parecer ingrato. Curiosamente, nunca recebi tantas curtidas em uma única postagem. No fim das contas, Gabriel influencia *mesmo*.

— Nada de amigo secreto — Carol explica. — É só uma brincadeira pro nosso desenvolvimento pessoal.

Só piora.

— Aqui eu tenho esses cinco pedacinhos de papel! — Luana anuncia, tirando cinco papéis coloridos sabe deus de onde e nos mostrando como um leque: azul, amarelo, verde, laranja e rosa.

Os cinco têm o mesmo tamanho.

— Eu quero o rosa! — digo, soando como uma criança mimada.

Retiro o papel rosa do meio do leque e o seguro contra o peito.

— Tá bom, o Eugênio quer o rosa — Luana diz, me tratando como uma criança mimada. — Mais alguém quer escolher a cor?

Ninguém se manifesta. Me sinto ridículo. Um por um, meus amigos pegam seus papéis coloridos aleatoriamente enquanto aguardamos as próximas instruções.

— A ideia é simples — Carol explica. — No papel, cada um vai escrever três metas pro ano que vem. Uma lista de resoluções mesmo. Coisa simples. Três itens.

Encaro o papel rosa e noto três linhas impressas ali.

— Mas não tem regras? — questiona Rafael, pensando a mesma coisa que eu porque, dentre todos no grupo, é com ele que divido meus neurônios.

Luana ama regras. Provavelmente vai mandar a gente escrever a lista com a mão esquerda. Cada item precisa começar com a letra do nosso nome. A gente não pode usar uma caneta normal, temos que ir para o meio do mato e *produzir* nossa própria caneta.

— Claro que tem regras — Luana responde. — Porque no nosso *próximo* Ano-Novo, a gente vai reler a lista e ver quem venceu e cumpriu todos os itens primeiro.

— Tem prêmio? — Gabriel pergunta.

— Satisfação pessoal — Carol responde.

— Ser melhor que todo mundo — Luana responde ao mesmo tempo.

— Sugestão: o Gênio colocar "tirar esse bigode da cara" na lista dele — Rafa provoca.

Eu ignoro.

— Tá, mas como a gente vai saber quem concluiu as coisas *primeiro*? — pergunto. — Porque eu posso simplesmente colocar, tipo, *ser uma pessoa...*

— Não! — Luana interrompe. — Não pode colocar "ser uma pessoa melhor" na lista. Os três itens precisam ser coisas concretas. Coisas que o restante do grupo tenha como comprovar que aconteceu. Tipo, sei lá, viajar pra Disney!

— Mas, ao mesmo tempo, é legal serem coisas que de fato sejam importantes pra vocês. Não é pra colocar qualquer coisa na lista só porque vai ser mais fácil de concluir — Carol contrapõe. — Precisa ser algo objetivo e prático, mas que venha do coração. Metas que, lá no fundo, também sejam *desejos*.

Jogo a cabeça para trás, fazendo drama.

— Caralho, ser amigo de vocês é insuportável! — digo, olhando para o teto. — A gente não pode só sentar, comer, encher a cara e gritar "FELIZ ANO-NOVO!" como um grupo *normal* de amigos?

— Na maioria das vezes, eu concordo com o Gênio. — Rafael acaricia meu ombro em apoio. — Mas eu meio que gostei dessa brincadeira? Acho que vai me ajudar a tirar uns planos do papel. Eu adoro uma competição saudável.

— Rafa, o prêmio é *satisfação pessoal* — argumento.

— Poxa, eu queria jantar — Gabriel oferece um argumento ainda melhor.

— Todo mundo entendeu? — Luana pergunta, distribuindo uma caneta para cada e ignorando completamente que Gabriel só queria comer bacalhau com batata e o fato de que não quero ter que pensar em três metas para o meu futuro que sejam objetivas e *venham do coração*.

Pego a caneta contra a minha vontade e, me dando por vencido, encaro o pedaço de papel rosa. É só pensar em três coisas que eu quero para a minha vida. O que tem de difícil nisso?

2

Lista de desejos

Pensar em três coisas que quero para a minha vida acaba sendo uma missão impossível. Mas, quando olho ao redor da mesa, vejo meus quatro melhores amigos realmente dedicados e pensativos. Até Luana e Carol, que inventaram a brincadeira e, teoricamente, já tiveram tempo de pensar numa lista com antecedência, parecem estar repensando os três itens de última hora. Luana encara o ventilador de teto e morde a tampa da caneta. Carol enrola uma das tranças do cabelo na ponta do dedo indicador. Rafael tamborila os dedos na mesa e morde o lábio inferior enquanto pensa. Gabriel escreve alguma coisa e rabisca em seguida. Aposto que ele escreveu "ser uma pessoa melhor" e se lembrou de que isso é contra as regras.

Todo mundo está envolvido com suas respectivas listas e, bom, eu quero *fazer parte*. Decido levar a brincadeira a sério e até vislumbro a possibilidade de ganhar o prêmio (satisfação pessoal) ano que vem. Tudo o que preciso é fazer três coisas por mim.

A primeira ideia vem de supetão. Algo que sempre quis, mas nunca fiz. Algo concreto e que, de certa forma, meu coração deseja. Posso fazer logo no começo do ano e já sair na dianteira de todos os meus amigos. Tiro a tampa da caneta com os dentes e escrevo rapidamente:

1. Fazer uma tatuagem

Diferente de boa parte das pessoas, meu motivo para nunca ter feito uma tatuagem não é o medo da dor. Agulhas não me assustam e, racionalmente, sei que vai ser uma dorzinha passageira. Também não sou indeciso quanto ao desenho da tatuagem. Sempre quis fazer uma margarida porque, além de ser uma flor bonita, Margarida é o nome da minha tia, a mulher que me criou e, provavelmente, a pessoa que mais amo no mundo inteiro.

O que vem me impedindo há anos de dar esse passo e rabiscar uma parte do meu corpo com tinta permanente é justamente o fator "permanente" da coisa. Nunca fiz psicanálise nem nada do tipo, mas tenho uma leve impressão de que a primeira coisa que um psicanalista apontaria depois de meia hora de conversa comigo seria a ausência de qualquer coisa permanente na minha vida.

Enquanto encaro o papel rosa sobre a mesa e penso numa segunda meta para escrever, analiso minha vida e a grande coleção de coisas temporárias que eu carrego. Moro num apartamento alugado, de onde posso sair a qualquer momento. Tenho uma coleção de quadros e pôsteres que nunca pendurei porque a ideia de furar uma parede e deixar uma marca num lugar que não é *meu* me apavora um pouco. Sou designer gráfico freelancer e, desde que me formei, nunca tive um emprego de carteira assinada. Pulo de um trabalho para outro, prestando serviços sem nunca parar numa empresa só. Gosto de plantas, mas nunca compro nenhuma. Já cheguei a carregar um vaso de samambaia até o caixa do supermercado e desisti no meio do caminho ao me dar conta de que aquela planta dependeria 100% de mim para continuar viva.

Outra ideia me atinge em cheio:

2. Comprar uma planta

Quando termino de escrever, me sinto ridículo. Uma voz na minha cabeça grita: *Porra, Eugênio! Se comprometa de verdade, cara! Você está mais perto dos trinta do que dos vinte. É hora de virar gente grande!*

E, pensando nas palavras da Carol, escrevo o que, de fato, está no meu coração.

~~2. Comprar uma planta~~
2. Adotar um cachorro

Eu sempre quis um cachorro, mas, quando criança, tia Margarida nunca deixou. "Alegria pra você e mais trabalho pra mim" era sua justificativa de sempre. Não estava errada. Depois que virei adulto, acabei deixando a ideia de lado e nunca quis me comprometer. Mas agora tudo vai mudar. Porque o Eugênio Comprometido do Ano-Novo está escrevendo uma *lista*, e ele vai completar os três itens antes de todo mundo.

Só preciso pensar num terceiro.

— Todo mundo terminou? — Luana pergunta, dando uma batidinha sobre a mesa com a caneta.

— Terminei — Rafael e Carol respondem ao mesmo tempo.

— Tô quase — Gabriel diz, olhando para o seu pedaço de papel com a concentração de quem tenta desvendar um enigma. — "Consciência" é com C ou com S? — pergunta.

— Tem os dois. Bota em qualquer ordem. Ninguém vai ler — Luana responde, impaciente.

— *Amor* — Carol sussurra, dando uma cotovelada de leve na costela da namorada, que parece nem se abalar.

— Eugênio? — ela chama. — E você?

— Terminei — minto, dobrando o papel e guardando no bolso. Como ela mesma disse, ninguém vai ler.

Depois eu penso no terceiro item da lista. Agora quero comer.

E, então, nós comemos. Passada a pressão da dinâmica inesperada da Luana, com sua lista de regras mais complexa do que o ENEM, o grupo volta ao nosso equilíbrio de sempre. Rafael, o encarregado das playlists durante toda a viagem, bota música para tocar na caixinha de som. Só as melhores do ano. Todo mundo se serve e, não sei se por educação ou pena, meus amigos provam e elogiam o arroz que eu fiz. Abrimos uma garrafa de vinho caro que a Carol trouxe e brindamos ao ano que está prestes a começar. Uma cafonice para quem vê de fora, mas é perfeito estar aqui, com as quatro pessoas que sei que estarão ao meu lado por mais um ano, ouvindo meus problemas (garoto com quem fiquei duas vezes me bloqueou e sumiu) e comemorando minhas vitórias (recebi do freela que já estava atrasado havia três meses).

Olho ao redor da mesa e minha mente aplica um filtro de último capítulo de novela à cena. Meus melhores amigos juntos, rindo, bebendo e cheios de planos para o futuro. Tudo isso enquanto a caixinha de som toca no talo uma cantora britânica cantando sobre usar ketamina e cheirar cocaína no banheiro de uma balada. A vida é, sim, muito linda. E eu posso até ter meus problemas e traumas mal resolvidos, mas, sentado à mesa nesta cozinha apertada de uma casa alugada em Ubatuba, percebo que, sim, eu sou feliz.

Nem sei de onde veio isso.

Com dois minutos de atraso no cronograma da Luana, saímos da casa em direção à praia. Tendo a Monstra do Planejamento no grupo, conseguimos uma casa próxima o bastante da praia para irmos andando e, apesar das ruas estarem lotadas de turistas, a caminhada até lá será rápida. Já estamos levemente alcoolizados e, daqui em diante, é só estourar a última garrafa de espumante do ano (que Carol está carregando em uma ecobag) e admirar os fogos de artifício no céu.

— Mas vem cá, a gente pode contar as metas da nossa lista uns pros outros? Ou tem que manter segredo? — Rafael pergunta no meio do caminho.

— Sabe que eu não pensei nisso? — Luana responde.

Nós soltamos um "NOOOOSSA" coletivo, coisa que sempre fazemos quando a Luana confessa que não pensou em alguma coisa, já que ela é conhecida por pensar em *todas* as coisas.

— Só estou perguntando porque, assim... — Rafa revira os olhos e aponta para o casal de garotas. — Vocês duas aí. Duvido que vão guardar segredo uma da outra.

Luana franze as sobrancelhas, ofendida. Carol só ri enquanto balança a ecobag com a garrafa de champanhe, porque sabe que o Rafa tem razão.

— É difícil guardar segredo quando você *mora* com a pessoa — Luana argumenta. — Aposto que vocês dois também são assim!

— Até parece! — Gabriel protesta. — O Rafa passa tanto tempo trabalhando que tem dias que a gente só para pra conversar direito no fim da noite! E olha que nós dois trabalhamos *de casa*.

Meus amigos riem e, pelo resto do caminho até a praia, conversam sobre peculiaridades de casais que moram juntos. Luana e Carol, que são praticamente casadas há duzentos anos, apresentam um ponto de vista mais prático; já Rafael e Gabriel, que foram morar juntos há pouco menos de seis meses, comentam os detalhes do início dessa etapa, quando tudo ainda é novidade.

Eu, que moro com um monte de quadros empilhados no chão e um colchão inflável no lugar de um sofá, não tenho muito a acrescentar. Então fico quieto. Olho para o céu limpo e escuro, sem nenhuma nuvem escondendo as estrelas. Respiro fundo o ar úmido e salgado do litoral, cheirando o leve rastro da pólvora dos fogos que os moradores já estão soltando desde as onze horas.

A formação atual do nosso quinteto existe desse jeito há três anos. Gabriel foi o último a chegar, quando começou a namorar o Rafa. Ele foi rapidamente acolhido por todos nós e, desde então, tem sido assim: dois casais e Eugênio.

É vantajoso ter amigos que já estão há anos em seus devidos relacionamentos, porque aí tenho a quem recorrer quando preciso resolver um problema amoroso. E, na maior parte do tempo, eu me sinto protegido por todos eles, como se eu tivesse dois pais e duas mães cuidando de mim — coisa que meu analista que não existe provavelmente também apontaria como algo a ser cavucado na minha mente até a gente descobrir que é reflexo de algum trauma.

Nos esprememos em meio à praia lotada e, depois de tropeçarmos em uma caixa de isopor, duas caixas de som gigantes e pelo menos quatro crianças, encontramos um espaço vazio perto da orla e longe do palco principal da festa, onde uma dupla sertaneja que não conheço está fazendo um show. Nos posicionamos em círculo, fechamos a rodinha e Gabriel acende um baseado que vai passando de boca em boca para termos nossa última ondinha antes do Ano-Novo chegar.

Não demora muito para a multidão na praia começar a gritar em coro.

DEZ. NOVE. OITO. SETE. SEIS. CINCO. QUATRO. TRÊS. DOIS. UM. FELIZ ANO-NOVO!

TRÁ-TRÁÁÁ TRÁ FILLLL BUM PÁ TRRRRÁÁÁÁÁ CABUMMMM!

O céu de Ubatuba se ilumina numa explosão de fogos de artifício bem na hora em que a onda do baseado começa a bater. Eu me sinto leve, feliz e esperançoso. Carol estoura o espumante, provocando uma explosão de espuma, e todo mundo bebe direto do gargalo. Quando chega a minha vez, a bebida gasosa já está meio quente, mas não me importo. Coloco o gargalo na boca e viro a cabeça para trás, engolindo tudo o que consigo de uma vez.

Quando termino, fico meio tonto e olho para os meus amigos. Luana e Carol estão abraçadas, testa com testa, trocando beijinhos e sussurros sufocados pelo barulho da festa. Rafael e Gabriel estão praticamente se engolindo, envolvidos num beijo intenso cheio de língua e saliva, do tipo que é meio repulsivo para quem vê, mas delicioso para quem beija. E eu estou aqui, com a garrafa quente na mão e um sorriso de chapado no rosto.

Pego o celular do bolso, tiro uma selfie que fica horrorosa, porque a câmera frontal não consegue fazer milagre no escuro, e guardo o aparelho imediatamente, me lembrando dos alertas no jornal sobre arrastão e assalto nas praias durante a virada de ano.

Ofegantes depois do beijo, Rafael e Gabriel me encaram. Eu conheço esse olhar.

Os dois têm um relacionamento semiaberto-flexível-contextual, uma categoria que tenho quase certeza de que foram eles que inventaram. No que isso me afeta? Em momentos específicos da nossa amizade em que estamos eufóricos demais e eu estou sobrando no meio dos dois casais, a gente acaba se pegando. Há uma regra silenciosa entre os dois que diz que tudo bem beijar o Eugênio em situações específicas. E eu acabo aproveitando porque os dois beijam bem demais. Mas hoje não. Abro um sorrisinho e meneio a cabeça. Do nada, meu peito se enche de uma melancolia tão estridente quanto o som dos fogos no céu.

Não quero começar o Ano-Novo beijando só por beijar. Estou bem com a minha garrafa de espumante aqui. Bebo mais um gole só para provar que *estou bem com a minha garrafa de espumante aqui*.

Puta merda, bebida ruim da desgraça.

— Vamos pular sete ondas! — Luana ordena.

— Tem que pular com o pé direito — Carol aconselha.

Reviro os olhos.

— E se a gente passar trezentos e sessenta e cinco dias sem superstições cheias de regras que não fazem sentido? — sugiro. A frase sai com um tom mais amargurado do que eu gostaria.

— Ai, que gay *chataaaa* — Rafael grita. — Vem logo.

Ele me puxa pelo braço e, aceitando que talvez eu seja, sim, uma gay chata, porém disposto a mudar, paro de resistir e corro com meus amigos até a beira do mar para pular as tais sete ondas. Não sei se preciso fazer um desejo a cada onda ou só mentalizar coisas boas. Minha cabeça está confusa e o barulho na praia não ajuda muito.

De qualquer maneira, a cada salto vou mentalizando com mais força que eu quero me comprometer ao longo desse ano. Que quero me sentir mais preparado, mais adulto e mais responsável. Quero fazer planos a longo prazo. Longo *longo* mesmo. Não apenas comprar um ingresso para um festival de música em novembro e considerar isso uma forma de planejamento. Quero pensar no Eugênio do Futuro.

Depois que pulamos as sete ondas e voltamos para a areia, o Eugênio do Presente já desistiu daquela ideia de "não começar o ano beijando por beijar". Ao longo da madrugada, acabo ficando com três caras aleatórios só pela emoção do momento. A festa na praia continua e nós dançamos até a dupla sertaneja não parecer mais tão ruim assim. Eu e meus amigos rimos juntos e nos abraçamos mais do que o necessário.

Devem ser umas cinco da manhã, porque o sol está quase nascendo, pintando o céu com um verde-azulado bonito, quando decidimos ir embora da praia. O caminho curto até a casa alugada não está mais tão cheio. Alguns desconhecidos gritam "feliz Ano-Novo!" na nossa direção, e nós respondemos com a mesma empolgação. Passamos por dois ou três turistas que perderam a linha e estão caídos na calçada.

Chegando na casa, começa o ritual. Estamos sujos de areia e suados, então Luana e Carol tomam um banho rápido juntas e vão direto para a cama. Rafael e Gabriel vão logo em seguida. Quando os dois terminam, estou numa poltrona na varanda esperando minha vez.

— Quer dormir lá no quarto com a gente? — Gabriel pergunta.

— Dormir *dormir* — Rafael explica. — Tipo, dormir mesmo.

Dou uma risada.

A casa que alugamos tem dois quartos com uma cama de casal em cada. Os casais ficaram com os quartos e eu fiquei no sofá da sala. Pode parecer deprimente, mas o sofá é bem confortável e eu prefiro assim. Gosto de acordar cedo e, por estar na sala, consigo começar meu dia antes de todo mundo.

— Não, tô de boa. Podem dormir tranquilos.

Gabriel, que está caindo de sono, apoia a cabeça no ombro do Rafael, que faz um cafuné e dá um beijo na testa dele.

— Vamos, lagartixo. Hora de dormir — Rafael diz, dando um tapinha na bunda do namorado e o guiando até o quarto. — Feliz Ano-Novo, amigo — ele diz para mim, antes de ir embora.

Fico um tempo sentado na varanda. Em partes porque estou com preguiça de tomar banho, mas também porque quero ver o sol nascer. Falta pouco. Meu coração está meio angustiado, e acho que observar a madrugada virando dia vai me ajudar a colocar os pensamentos em ordem.

Vamos, lagartixo. Meu cérebro repete. Rafael e Gabriel vivem inventando apelidos um para o outro. São sempre umas palavras meio ridículas que os dois não têm vergonha de usar em público. Pode ser só carência, mas, enquanto o sol nasce e eu vejo as árvores ao redor da varanda ficando alaranjadas, me dá vontade de ter o que eles têm. De viver a vida como Luana vive com Carol, como Rafael vive com Gabriel. De não ser mais o quinto elemento do grupo. De não precisar dormir no sofá. De ter alguém para beijar exatamente à meia-noite quando o ano velho virar Ano-Novo.

Não sou romântico. Nunca fui. Mas hoje eu queria isso. Deve ser só carência. A carência que me faz colocar a mão no bolso e pegar meu papelzinho verde. Que me faz caçar uma caneta perdida pela sala. Mais uma vez, as palavras da Carol ecoam na minha cabeça. *Metas que, lá no fundo, também sejam desejos*. É movido por esse desejo (e, tá bom, um pouco de carência) que concluo minha lista com a meta de Ano-Novo que faltava.

3. Arrumar um namorado

3
Mecânico

De volta ao meu apartamento no final da primeira semana de janeiro, estou pelado na frente do espelho, tentando tirar uma foto da minha bunda para registrar a marquinha de sunga que conquistei durante as férias na praia. Minha tia Margarida me liga e, só depois de atender, me dou conta de que é uma chamada de vídeo.

Eu deveria ter imaginado. Às vezes, a impressão é de que o celular da minha tia tem só duas funções: chamada de vídeo e emoji de "amém".

— Tá pelado, Gênio? — ela pergunta, aproximando o rosto da câmera.

Com o coração acelerado e a cara pálida, verifico o quadradinho pequeno no canto da tela para ver se não estou mostrando mais do que devo para a minha própria tia. Por sorte, não estou.

— Só sem camisa, tia. Tá calor aqui — respondo, puxando uma cueca que está jogada no chão com a ponta dos pés e vestindo discretamente para passar despercebido.

Por mais que eu só esteja aparecendo do peito para cima, acho estranho conversar pelado com a minha tia.

— Sabe o que é bom pro calor? — provoca ela. — *Praia*. Quando é que você vem me visitar, hein?

Tia Margarida está rindo, mas sei que está falando sério. Pela câmera, consigo ver seu olhar enrugado me encarando. O cabelo bagunçado, curto e com alguns fios grisalhos, e a caneca de café soltando fumacinha me mostram que ela acabou de acordar.

— Eu *acabei* de voltar da praia, tia. Agora tenho que trabalhar, né? O ano já começou — argumento.

— Fim de ano em *Ubatuba*, Eugênio? Só serve pra se estressar. Você tem que vir me ver. Passear no calçadão comigo. Tomar um açaí com paçoca. Curtir um solzinho com a sua tia...

Ela pinta a cena como se morasse em um local paradisíaco. Tia Margarida mora em Santos e leva uma rotina solitária e tranquila desde que se aposentou como professora do estado. Foi lá que eu nasci e cresci, até vir para São Paulo fazer faculdade e virar adulto de verdade. A viagem é curta, mas tenho ido cada vez menos de uns anos para cá. Sinto saudades dela, é claro. Tia Margarida é a única família de sangue que ainda carrego na vida. Mas voltar para Santos, mesmo que seja para passar um fim de semana rapidinho, sempre me dá um negócio no peito. Uma angústia do tipo que sentimos quando precisamos retornar a um lugar que não nos tratou muito bem quando mais precisamos. Acho que essa é uma Experiência Universal De Gays de Fora da Capital. Gabriel já me disse que sente a mesma angústia toda vez que volta para Piracicaba.

Do outro lado da chamada, tia Margarida espera ansiosamente uma resposta.

— Eu vou — digo, finalmente. — Só preciso arrumar as coisas aqui. Ver direitinho minha agenda. Mas eu vou, tá bom? Prometo.

— Promessa de verdade ou promessinha besta de Ano-Novo? — ela questiona. — É a sua cara criar uma daquelas listas de "eu vou ser uma pessoa melhor e visitar minha tia" e esquecer tudo antes mesmo de janeiro acabar!

Até ela com essas ideias de lista? Puta merda.

— Você ligou só pra me humilhar, foi?

O rosto dela se derrete num sorriso. Me dá saudades de estar com minha tia.

— Não, bobo. Só pra te desejar bom-dia — diz ela com um sorriso. — E pra perguntar quando você vai tirar esse bigode.

Foi só para me humilhar mesmo.

— *Nunca!* Todo mundo *ama* meu bigode — minto. Tia Margarida não precisa saber que todos os meus amigos também sonham com o dia em que vou me despedir do bigodinho. — Inclusive *eu*. A pessoa que mais importa, já que a cara é *minha*.

Tia Margarida só ri.

— Vai com calma, Gênio. Não são nem nove da manhã ainda e você estressado desse jeito. — Ela ri. — Sabe o que é bom pra desestressar?

— Não sei, tia. Me diz. Por favor, me diz o que é bom pra desestressar — provoco com um sorriso, porque não consigo ficar bravo de verdade com ela.

— *Praia* — ela responde, dando de ombros. — Vem me visitar!

— Eu vou. Prometo. Agora preciso ir.

— Beijo-te-amo-tchau — ela diz tudo de uma vez, antes de abocanhar um pedaço de pão.

— Beijo-te-amo-tchau.

Desligo a chamada, mas a imagem da tia Margarida comendo pão fica na minha cabeça. Estou com fome e, desde que voltei de Ubatuba, não parei para me organizar e fazer compras para casa.

Ainda de cueca, vou até a pequena cozinha do apartamento e analiso minhas opções: meio pacote de bolacha, um restinho de granola murcha, uma bandeja de queijo esquecida na geladeira, com as fatias duras e possivelmente letais, e nenhum pó de café. Preciso ir até a padaria.

Moro num prédio velho de quatro andares e sem elevador na Aclimação. Meu apartamento fica no último andar e, tirando as escadas e a instalação elétrica caindo aos pedaços, morar numa construção antiga tem suas vantagens. O quarto e a sala são grandes e tenho janelas amplas em todos os cômodos. Eu gosto daqui.

Embaixo do prédio, de cara para a rua, há um estabelecimento comercial que, desde que me mudei para cá, há quatro anos, já trocou de dono e de ramo umas seis vezes. O local já foi uma mercearia, uma loja de material de construção, um brechó, um pet shop e, numa época meio esquisita, uma loja de acessórios para celular que eu tinha *quase certeza* de que também vendia drogas. Por alguns meses no ano passado, também foi uma padaria. Foi a melhor era da lojinha. Bom demais poder descer a escada do prédio rapidinho e comprar pão fresco de manhã sem nem precisar tirar o pijama. Bons tempos. No momento, a loja está vazia de novo, e não há nada ali além de um portão de ferro com a tinta descascando e uma placa de ALUGA-SE desbotada pelo sol.

A padaria mais próxima fica a dois quarteirões daqui, então é chinelo no pé, bonezinho na cabeça, ecobag no ombro e fone no ouvido. Faço a caminhada escutando o episódio mais recente de um podcast que eu adoro sobre Gays Que Você Não Sabia Que São Gays e descubro que, supostamente, o inventor do micro-ondas era uma bichona.

Compro pão, leite, café, ovos e mais umas coisinhas que estão faltando em casa. Peço uma porção de pão de queijo para ir comendo no caminho e, antes de chegar na metade do episódio do podcast (que tem *cinquenta minutos* de debate sobre o inventor do micro-ondas!), já estou de volta no portão do prédio. Estou tão atrapalhado tentando encontrar a chave de casa no fundo da ecobag que quase não reparo que o portão da lojinha embaixo do prédio está aberto. Curioso, espio dentro do imóvel para ver o que está rolando. Vejo sacos de cimento empilhados no chão, vigas de madeira encostadas na parede e uma mesa grande com pés de ferro que ocupa quase o espaço inteiro. Não dá para saber o que isso aqui vai virar.

Um homem cutuca meu ombro e eu me viro rápido, soltando a chave no susto. Me abaixo para pegar, e a alça da minha bolsa escorrega pelo ombro. Para evitar que caia, levanto o tronco bruscamente enquanto mastigo o pão de queijo que enfiei na boca antes dessa sequência desastrada de eventos começar.

Percebo que o homem está falando comigo, mas não escuto nada. Nos meus ouvidos, os apresentadores do podcast questionam os entrevistados se usar Air Fryer em vez de micro-ondas pode ser considerado homofobia velada. Tem muita coisa acontecendo ao mesmo tempo. Respiro fundo, engulo o pão de queijo, tiro os fones do ouvido e, finalmente, encaro o homem, que continua falando sozinho.

— Oi — digo. — Desculpa, não te ouvi.

— Ah! — Ele abre um sorriso. — Eu só disse "bom dia, vizinho". E depois perguntei se precisava de ajuda. Depois percebi que você não tinha escutado e disse "bom dia, vizinho" de novo. — Ele está rindo como se essa fosse a situação mais divertida do mundo. Sua voz é grave e gostosa de ouvir. — Prazer, Hugo.

Hugo é um homem grande, e preciso olhar um pouco pra cima para conseguir encará-lo totalmente. Parece ter a minha idade. Um pouco mais, talvez. Ele é negro de pele clara e tem uma barba fechada e espessa, daquelas que são o sonho dos gays de barba rala que ficam esfregando minoxidil no rosto antes de dormir enquanto se encaram no espelho e pensam *eu nunca serei o suficiente*. Ele veste uma regata suja, que deixa os braços cheios de tatuagens desconexas à mostra, como uma criança que encheu o corpo com aquelas tatuagens temporárias que vêm nas embalagens de chiclete. Numa olhada rápida, avisto um leopardo, uma estrela cadente, uma bicicleta deixando um rastro de fogo e um desenho que tenho *quase* certeza de que é o Garfield fumando um baseado.

Acho que no Jogo do Bicho dos gays, Hugo não é magro o bastante para ser considerado Lontra, mas também não é gordo o bastante para ser Urso. Ele é algum animal ali no meio. Uma Capivara, talvez.

— Oi — digo, finalmente. — Prazer, Eugênio.

Hugo ri de novo.

— Daora seu nome.

— É em homenagem ao meu avô — minto.

Essa é minha mentira padrão toda vez que preciso me apresentar. *Eugênio* é nome de velho, e não combina com essa minha carinha de 26 anos que, num dia bom, passa por 23 fácil, fácil. Daí, para evitar constrangimentos, jogo a culpa num avô que eu nem tenho, porque ninguém ri de um nome que carrega uma história. A verdade é que nem sei de onde minha mãe tirou essa ideia. Só decidiu chamar o próprio filho de Eugênio e depois foi embora, me deixando com a tia Margarida.

— Daora — ele repete. Deve ser hétero. — Acabei de alugar a loja. Por isso te chamei de "vizinho" — ele explica como se eu fosse burro, mas com um tom de voz amigável.

— Ah, sim. E vai ser o quê? — pergunto, curioso.

Mentalmente, torço para que seja uma padaria.

— Uma oficina de bicicleta.

Puta que pariu.

— Nossa… legal — respondo num tom pouquíssimo convincente.

Mas Hugo parece estar convencido, porque abre um sorriso todo orgulhoso, enfiando as mãos em um dos quatrocentos bolsos da sua bermuda verde militar. Deve *mesmo* ser hétero.

— Então, já sabe, né? Se precisar de qualquer reparo na sua bike, só descer aqui que eu resolvo! A oficina deve abrir semana que vem.

Eu não tenho bicicleta. Na verdade, nem *sei* andar de bicicleta. Mas é claro que não falo isso para o Mecânico Hugo. Primeiro porque não quero parecer mal-educado, e segundo porque não sei me comportar direito na frente de héteros. Por ter crescido tentando esconder minha sexualidade a todo custo, acho que, agora que posso ser quem eu sou de verdade, fico com medo de parecer *gay demais*. Às vezes penso que deve ser só a boa e velha homofobia internalizada. Um clássico.

— Pode deixar. Precisando de qualquer coisa, eu chamo — respondo, enquanto enfio a chave no portão do prédio.

— Só colocar a cabeça na janela e gritar, vizinho. Tô animado para conhecer a galera do bairro — ele responde, cutucando meu ombro e prolongando essa conversa esquisita por muito mais tempo do que o necessário.

Não consigo prender a risadinha que escapa da minha boca ao ouvir o Hugo falando da "galera do bairro" como se isso aqui fosse o Limoeiro da Turma da Mônica. Moro neste prédio há quatro anos e não sei o nome de nenhum vizinho. Tive que inventar apelidos para todos. A Inconveniente do 22, o Careca do 13, o Pelado do 41 e a Geme Alto do 43. Infelizmente, eu moro no 44.

— Você vai gostar — respondo, girando a chave e me preparando para sumir daqui e nunca mais interagir com este homem hétero curiosamente atraente.

— É o que dizem, né? Ano novo, vida nova. Sempre bom começar o ano com uma mudança de ares. Conhecer gente nova, tirar planos do papel...

Só me dá tchau e vira as costas, pelo amor de deus!, penso, mas não tenho coragem de verbalizar o que sinto, então sigo no piloto automático.

— Quer um pão de queijo? — ofereço por educação, ainda segurando a chave virada, torcendo para que ele leia "eu só quero subir e tomar meu café da manhã em paz" nas entrelinhas.

Mas, ao que tudo indica, héteros com bermudas cheias de bolsos são imunes a entrelinhas.

— Quero! — responde Hugo, estendendo a mão e pescando do saquinho de papel um pão de queijo, que ele enfia inteiro na boca e devora em segundos. Me odeio por achar a cena igualmente grotesca e atraente. — Delícia! Valeu! — ele agradece, passando a língua pelos lábios com a inocência de quem não sabe o efeito que isso causa num gayzinho como eu.

— Vou indo nessa — digo, decidido a dar um fim nisso aqui. — Boa sorte com a loja, Hugo.

— Boa sorte com a vida, vizinho — ele rebate. Juro por deus. — Quer dizer, *Eugênio*.

Num movimento ligeiro, entro no prédio e bato o portão. Subo as escadas até o quarto andar decidido a nunca mais oferecer pão de queijo para o mecânico de bicicletas, agora que sei que ele é do tipo que aceita.

4
Pato andando de bicicleta

Apesar da vida financeira instável, das horas trabalhadas até tarde da noite e dos e-mails alarmantes que tratam uma campanha de redes sociais como a coisa mais urgente do universo, ser designer freelancer me oferece uma vantagem sem a qual não sei mais viver: poder ir para a academia às onze da manhã.

Na terça-feira da última semana de janeiro, Rafael manda mensagem no grupo.

Treino às 11h?

Respondo com um emoji de joinha. Gabriel manda cinco emojis de bracinhos musculosos e depois mais cinco emojis de raio.

Por hábito, eu e o Rafael enchemos o chat com emojis de raio. É uma piadinha besta nossa que fazemos desde a época em que tivemos que explicar para o Gabriel que o emoji de raio, que ele usava em *todas* as fotos de treino para simbolizar *energia eletrizante*, é um hieróglifo gay para uso de cocaína. Ele ficou arrasado na época, mas acabou substituindo o raio pelo emoji de tomada, que, até onde eu sei, ainda não foi transformado em nenhum indicador para outra droga.

Deixando claro, este é o tipo de piada que só acontece no *nosso* grupo. Eu, Rafael e Gabriel temos um chat só nosso onde podemos falar de coisas especificamente gays (objetificar homens) sem o olhar julgador das meninas.

Também tenho um grupo só com Luana e Carol, onde falamos sobre coisas menos gays (troca de contatos de eletricistas).

Às vezes me pergunto se meus quatro amigos também têm um grupo sem mim, mas tenho medo de descobrir a resposta.

O calor do verão não está perdoando, então visto um shortinho curto, regata vermelha e o tênis de corrida velho, porque prometi a mim mesmo que hoje não irei pular o cárdio e vou fazer pelo menos dez minutinhos de esteira.

Antes de abrir o portão do prédio, respiro fundo, me preparando para o que me aguarda.

— Bom dia, vizinho! — Hugo grita lá de dentro.

— Bom dia, Hugo — respondo.

Essas pequenas interações com o mecânico acabaram virando rotina nas últimas semanas, desde que a oficina abriu oficialmente. Acho que a simpatia do Hugo é algo natural dele. Vive rindo e conversando com clientes e, quando está sozinho consertando bicicletas, sempre tem música tocando na loja. Geralmente umas bandas de rock que nunca ouvi na vida e, vez ou outra, alguma música que conheço da minha época de adolescência, quando eu achava que ser roqueiro me dava uma aura misteriosa e rebelde.

Ele instalou uma placa na fachada que diz OFICINA DO PATO: TUDO PARA SUA BIKE! ao lado de uma ilustração de um pato amarelo andando de bicicleta. Enquanto Gay Insuportável Formada Em Design Gráfico, eu mudaria quase tudo. A fonte é feia, as cores não se complementam, o texto estoura as margens e não há quase respiro algum. Muita informação para uma fachada pequena demais. *Porém*, enquanto Gay Insuportável Que Aprecia o Design Urbano, eu gosto. A ilustração é feia, mas de um jeito irônico. O patinho ciclista tem uma carinha engraçada e, embora eu nem saiba por que a loja se chama Oficina do Pato, é como se a placa, que parece já ser antiga, me contasse uma história. Estranhei no início, mas hoje já decidi que gosto de olhar para o pato ciclista todo dia.

— Indo treinar? — Hugo pergunta, e deixa de lado uma bicicleta que está de ponta-cabeça em cima da mesa para vir andando até a calçada, como se tivesse todo o tempo do mundo.

— Tô, sim. — Solto uma risada forçada. Parece que estou lendo uma onomatopeia num gibi, e não rindo de fato. Posso já ter me acostumado com as nossas interações, mas isso não significa que sou *bom* com elas. Sinto que estou sempre escondendo alguma coisa dele. Que não consigo ser eu mesmo de verdade. — Firme e forte — completo, levantando o braço e flexionando o bíceps por algum motivo.

É isso o que o mecânico Hugo faz comigo. Ele me transforma numa pessoa que fala "firme e forte" e mostra os bíceps sem qualquer motivo.

— Boa, cara! — ele diz antes de levantar o próprio braço e flexionar o bíceps também.

Hugo é *muito* mais braçudo do que eu. Me sinto ridículo, como se tivesse perdido uma competição que eu nem sabia que estava acontecendo.

— Vou nessa — digo, derrotado.

— Peraí que tenho uma coisa pra te mostrar! — Hugo exclama e, sem que eu tenha tempo de responder, entra correndo na oficina, some atrás do balcão nos fundos e retorna momentos depois com algo pequeno na mão. — Dá uma olhada! É um adesivo que mandei fazer pros clientes. Tem gente que gosta, né? De colar adesivo na bike, no capacete e tal...

Ele me entrega o adesivo redondo com a mesma ilustração do patinho ciclista da placa, só que com um balão de fala que diz: "Carro? Tô fora! Pego minha bike e vou embora!". É bonitinho.

— Ficou legal demais, cara! Seus clientes vão curtir — comento, controlando minha empolgação por algum motivo. Estendo a mão para devolver o adesivo.

— Pode ficar! Presente exclusivo pro vizinho mais simpático da oficina.

Ele sorri.

Fico meio sem graça porque se eu, que evito ao máximo prolongar nossas conversas toda vez que interagimos, sou o *mais simpático*, não quero nem pensar em como os outros vizinhos estão tratando o Hugo.

Como não tenho bicicleta nem capacete, arranco a película de trás do adesivo e colo na garrafinha de água que levo para a academia.

— Obrigado! — digo, mostrando a garrafa para ele e provando que eu gostei de verdade do presente. Não sei o que me dá, mas eu simplesmente quero continuar ocupando o posto de *vizinho mais simpático*. — Agora vou nessa.

— Valeu, bom treino!

— Valeu, bom dia!

Assim que dou as costas, não preciso mais performar simpatia, porém, quando olho de novo para o adesivo de pato colado na garrafa d'água, não consigo conter um sorriso.

Quando chego, a academia está praticamente vazia. Duas senhorinhas caminham nas esteiras enquanto conversam, uma mulher focada se concentra num alongamento elaborado no chão, um marombeiro enorme se encara no espelho fazendo cara feia enquanto usa fones de ouvido enormes como se estivesse prestes a jogar uma partida competitiva de LoL, alguns funcionários caminham de um lado para o outro e, lá no canto, perto dos pesos livres, encontro Rafael e Gabriel.

Rafael é professor particular de inglês e dá aulas online. Gabriel literalmente ganha dinheiro gravando vídeos trocando de roupa. Assim como eu, os dois têm horários bem flexíveis e, sinceramente, eu só continuo levando a academia a sério porque tenho a companhia deles.

Quando me aproximo, Gabriel já está no meio de uma série de agachamento sumô, e Rafael está sentado num banco enquanto mexe no celular.

— Veio pra fazer figuração hoje? — provoco, empurrando Rafael com a bunda para conseguir espaço no banco ao seu lado.

— Olha quem fala — ele comenta, sem tirar os olhos do celular. — Chega atrasado e já vem cheio de gracinha.

Apoio minha garrafinha recém-adesivada no chão enquanto busco forças para começar o treino.

— Me enrolei conversando com o vizinho. Eu nunca sei como encerrar o assunto, daí fico dando corda — me justifico.

— Você falando com vizinho? — Rafael pergunta, surpreso. — Aposto que é gostoso.

Não sei como responder, porque Hugo meio que é gostoso, mas não do tipo que eu daria corda só por achar gostoso. Hugo mais me intimida do que me atrai. Então, me atenho aos fatos.

— Ele trabalha na loja embaixo do meu prédio. Alugaram de novo.

— Virou padaria? — Rafa pergunta empolgado, finalmente tirando os olhos do celular, porque a perspectiva de uma padaria faz isso com as pessoas.

— Oficina de bicicleta — respondo, desanimado.

— Puta merda. Mas mecânico tem um certo *apelo*, né? O corpo sujo de graxa, os anos de experiência. Ele é velho?

— Não sei. Deve ter a minha idade…

— Velho — Rafa conclui.

— Vai se foder.

Rafa é um ano mais novo que eu, com 25 anos. Gabriel, o neném do grupo, tem 22. Por algum motivo, o Rafael acha que ter um namorado mais novo diminui a idade dele por osmose, ou algo do tipo.

— Quem é velho? — Gabriel pergunta, após terminar uma série e voltar a prestar atenção no mundo. Admiro como ele é focado nos treinos e leva a academia a sério mesmo quando está na cara que a gente só vem para cá fazer a manutenção social da nossa amizade (fofocar).

— O mecânico gostosão vizinho do Gênio — Rafa explica.

— Ah, tá. Achei que você já estava falando do sofá — Gabriel responde.

Fico confuso.

— Ah! Verdade! — Empolgado, Rafa cruza as pernas sobre o banco e vira o corpo todo para mim, prestes a começar uma boa fofoca. Que, provavelmente, envolve um sofá.

— Vocês podem conversar *enquanto* treinam, vai! Elevação lateral, os dois — Gabriel ordena, apontando para a torre de halteres no canto da sala de musculação.

Percebendo que não tem mais como fugir, pego os dois pesos e começo a série. Depois de terminar os movimentos sincronizados com o Rafa, me viro para ele.

— Conta.

— Conto — diz ele, empurrando os óculos que escorregaram pelo nariz enquanto ele estava com as mãos ocupadas elevando dois pesos lateralmente. — Notícia boa. O Gabes fechou uma publi com uma marca de sofá.

Não sei como reagir. A informação é muito menos interessante do que eu imaginava. Gabriel já fechou publicidades com todo tipo de marca. Desde lojas de roupas e calçados até sites de streaming e, juro por deus, uma marca de creme para clareamento anal.

— Legal — comento, tentando parecer animado. — E...?

— É uma marca italiana foda, uns sofás lindos, enormes, feitos de tecido anti-arranhão de gatos... — Rafa começa a elaborar.

— Vocês nem têm gatos — aponto.

— Mas essa parte é importante porque 62% do meu público tem! — Gabriel se mete entre nós dois para explicar. — Eu fiz uma enquete. Segunda série, vai! — Ele aponta para os halteres no chão e, me dando por vencido, eu me abaixo, pego e volto a levantar os pesos.

Conto as repetições mentalmente e, numa mistura de tédio e cansaço, me questiono se preciso mesmo fazer isso aqui quatro vezes por semana. No fim da série, me viro para o Rafael, ansioso pela conclusão da história desinteressante sobre o sofá.

— Tá, mas e daí?

— E daí que a gente precisa se livrar do nosso sofá atual para recebermos o novo — Rafael responde. — E quem é o nosso amigo adulto que mora num apartamento que parece uma república de faculdade?

— Nem vem! — rebato na hora. — Eu não quero o sofá velho de vocês.

— Eu não disse sofá *velho*. Disse sofá atual. Ele tá novinho! E é superconfortável! Você sabe *bem* — Rafa argumenta.

Assinto porque, sim, eu sei *bem*. Já dormi algumas vezes no sofá deles, e é de fato bem confortável. Mas a questão é que não quero ter que lidar com um sofá. Uma coisa gigantesca que vai ser *minha*. Algo em que vou ter que dar um jeito caso um dia eu não queira mais um sofá. Não é um casaco que posso levar até a caixa de coleta do Exército da Salvação na farmácia perto de casa. É um móvel gigante que não dá para carregar sozinho.

— Um sofá é um móvel gigante que não dá pra carregar sozinho. — Uso meu melhor argumento.

— Eugênio. — Rafael coloca os dois pesos no chão e apoia as mãos na cintura. — Ao longo da história, milhares de gays *morreram* pra que você pudesse estar aqui hoje, usando esse shortinho minúsculo e tirando foto no espelho imundo dessa academia. *Vidas* foram sacrificadas pra você chegar aqui e me dizer não consegue carregar um sofá sozinho?

— E aí, estão precisando carregar o quê? — Uma voz surge por trás de mim, e nem preciso me virar para saber quem é. Primeiro porque o timbre de voz com o chiado do sotaque carioca já me é familiar. Segundo porque estou literalmente de frente para o tal espelho imundo e meio que não dá para fugir da silhueta musculosa e imponente atrás de mim.

— Oi, André — digo no tom mais neutro que consigo.

Ao meu lado, Rafael olha fixamente para baixo e tenta não rir. Gabriel eu já perdi de vista. Parece que foi parar do outro lado da academia enquanto se dedica a essa atrocidade chamada "levar o treino a sério".

Tento não fazer muito contato visual com André, o instrutor da academia, mas falho miseravelmente porque sua presença exige atenção. Ele é alto, forte e gostoso de um jeito que chega a ser injusto. Conseguiria se safar de qualquer coisa mesmo se tivesse um rosto feio atracado ao corpo musculoso. Mas, para piorar, ele é bonito.

Há uns seis meses, a gente se esbarrou no Grindr. Ele queria algo casual. Eu, por motivos óbvios, também. No meio de uma conversinha-fiada de safadeza, ele perguntou **você curte pés?**, e eu, que estava desesperado para ver aquele homem pelado, disse que sim. O que não era exatamente mentira, mas também não era 100% verdade. Até então, eu era *neutro* em relação a pés, mas, como o gayzinho desbravador e curioso que sou, fui parar na casa dele numa noite de sexta-feira. André estava me esperando só de cueca. Já cheguei me jogando em cima do cara, mas ele me segurou pela nuca, encostou a boca no meu ouvido e, com uma voz autoritária, mandou que eu lambesse seus pés.

E o gayzinho desbravador e curioso lambeu.

Assim, não foi uma experiência horrível. André tinha um pé limpinho, macio e, como ele gostava de lembrar a todo instante, calçava 44. Para quem de fato curte pés, um prato cheio. Enquanto eu lambia numa postura de submissão que rapidamente se tornou humilhante demais para mim (e não do jeito gostoso), ele urrava de prazer. No começo me bateu aquele tesão que a gente sente quando *provoca* tesão em alguém. Me senti poderoso, até.

Uma pena que a lambeção de pé tenha durado quase uma hora inteira. Sempre que eu tentava subir pelo corpo dele, me aproximando do pau que, com todo aquele estímulo, já estava assustadoramente duro, ele bloqueava o caminho e me redirecionava aos seus pés.

Já exausto da situação, pedi de maneira incisiva para fazermos *outras coisas* e André topou porque não é um monstro.

O restante do sexo foi bom. Tinha potencial para ser excelente se a gente tivesse combinando antes um cronograma de quanto tempo passaríamos fazendo cada coisa. Ele pareceu ter gostado mais do que eu.

Desde então, ele me manda mensagem vez ou outra pedindo para repetirmos e, por mais que eu queira sentir aquele corpo mais uma vez, sinto que passar uma hora lambendo o pezão 44 dele é um pedágio caro demais para um sexo mediano. Não importa o quão definido seja o corpo do André, daqueles que tomam anabolizantes na medida ideal para não ficar com as costas cheias de espinhas.

Rafael e Gabriel começaram a chamar o André de Pezão; não com o propósito de zombar do fetiche do cara, mas sim com o propósito "kkkk Eugênio passou uma hora lambendo um pé e, quando finalmente conseguiu chegar com a boca acima do joelho, o cara gozou em seis minutos". O que era triste tanto para mim quanto para o André.

— André! — Rafael toma as rédeas da conversa e, de longe, avisto Gabriel descendo de uma das cadeiras (abdutora, adutora ou doutora, nunca sei) e vindo saltitando na nossa direção. Provavelmente ele viu que o Pezão estava aqui e enxergou potencial no âmbito Fofocas Sobre A Minha Vida Sexual. — Por favor, fala pro Eugênio que ele é capaz de carregar um sofá pro apartamento dele?

— Sozinho? — Pezão pergunta, me olhando de cima a baixo como quem analisa se sou ou não capaz. Ele balança a cabeça. — Eu tenho um tio que faz carreto. Ele busca e entrega o sofá de boa.

— Viu só! — Rafa exclama, literalmente batendo palminhas para o homem com pés tamanho 44. Pezão, que parece feliz em ajudar, abre um sorriso. — Passa o contato pro Gênio depois e a gente resolve o resto.

— Nos livramos do sofá velho? — Gabriel sussurra, como se eu não estivesse *bem do lado dele*.

Rafa responde mostrando os dois polegares levantados. Começo a suspeitar que o Sofá Velho talvez seja amaldiçoado.

— Se você disser que é meu amigo, ele dá um desconto — Pezão fala diretamente para mim, olhando bem no fundo dos meus olhos.

O filho da puta é bonito.

— Pode deixar. Não vou me esquecer disso — respondo.

— Na real, se falar que é meu *brother* pega melhor. Meu tio é um cara mais velho, de outra geração…

— *Homofóbico* — concluo.

— Não! — Pezão rebate na defensiva. — Só meio cabeça fechada mesmo.

— A gente entende, André. — Rafael se mete na conversa. — "Amigo" é mesmo um conceito *supergay*. Tem que ter a cabeça *muito aberta* pra entender.

Dou uma risadinha. Pezão permanece imóvel, meio confuso. Acho que ele não entende o senso de humor do Rafa.

Com medo do rumo que esta conversa pode tomar, termino meu treino rápido, pego minha garrafinha e já vou me encaminhando para a saída. Gabriel está montando um tripé para se filmar fazendo algum exercício e Rafael já desistiu de tudo e está conversando com a recepcionista, então me despeço dos meninos e vou embora.

Como era de se esperar, pulei o cárdio.

5
Sofá

— **Como assim** você não pode subir com o sofá? — pergunto ao sr. Carlos, tio supostamente homofóbico do Pezão, de uma maneira um pouco mais agressiva do que a situação pede (estamos no meio da rua com um sofá verde-musgo enorme entre nós dois).

— Olha, meu caro, tá no contrato. Se o prédio não tem elevador, eu não subo com o móvel. — Levanto o dedo para apontar que não houve contrato algum. A gente negociou tudo pelo WhatsApp, onde, inclusive, ele se comunicou exclusivamente por áudios. Mas o sr. Carlos não me deixa falar. — Ainda mais hoje, que vim sozinho fazer a entrega. — Ele aponta para a caminhonete, que tem uma pintura descascada na lateral com os dizeres "Carlinhos do Carreto: Chamou, a gente entrega!".

Tenho vontade de pegar uma chave e riscar "EXCETO SE VOCÊ NÃO TIVER ELEVADOR" embaixo da frase.

O sr. Carlos me encara com uma expressão impaciente. Ele é bem baixinho, magrelo e tem um bigode grisalho que me faz querer deixar de ser uma Gay de Bigode só para não ter nada em comum com Carlinhos do Carreto.

— Com todo o respeito, sr. Carlos... — digo.

— Pode chamar de Carlinhos — ele interrompe.

— Com todo o respeito, sr. Carlinhos... — tento de novo.

— Sem o "senhor". Só Carlinhos mesmo.

Caralho.

— Bom... — Suspiro, frustrado. — Com *todo* o *respeito*, mas o que você espera que eu faça?

Ele abre um sorrisinho torto por baixo do bigode abominável e solta um arzinho pelo nariz. O famoso "se vira" da comunicação não verbal.

E então me dá as costas, entra na caminhonete velha e vai embora.

Sou tomado por uma raiva repentina, que esquenta dentro do peito e borbulha até chegar na garganta. Eu já sabia que seria uma péssima ideia ter um trambolho de sofá para chamar de meu. Mas foi burrice demais da minha parte aceitar recomendação de carreto de um homem adulto que teve os pés lambidos por mim durante *sessenta minutos* e em momento algum se importou em perguntar se, talvez, eu gostaria de praticar outro tipo de atividade.

Enquanto vejo a caminhonete se afastar pela rua, grito:

— Seu sobrinho não é meu *brother*! — E, percebendo que a frase não teve o impacto que imaginei, completo: — Eu *dei* pra ele! — Decido deixar de fora todo o contexto da minha experiência atribulada com o Pezão.

O sr. Carlinhos do Carreto não me escuta. Já está quase virando a esquina. *Porém*, outra pessoa escuta. E sinto meu corpo paralisar quando ouço a voz dele atrás de mim.

— Deu pra quem? — Hugo pergunta, com a voz meio abafada.

Viro para trás e o encontro recostado na entrada da oficina, vestindo uma camisa de time, com uma marmita de plástico na mão e mastigando uma garfada enorme de comida.

Já passa das duas da tarde, o sol está forte, eu não sei o que fazer com o sofá verde que ocupa boa parte da calçada e estou cansado e envergonhado demais para tomar qualquer decisão. Então, só reviro os olhos e solto um suspiro demorado.

— Longa história.

Hugo sorri para mim, ainda de boca cheia. Sem nenhuma outra opção, me jogo no sofá para pensar e me lembro de que, embora agora seja um grande inconveniente na minha vida, o antigo sofá dos meninos é de fato bem confortável.

— Quer companhia? — Hugo pergunta. — Tô no meu horário de almoço.

Dou de ombros e sinalizo o espaço vazio ao meu lado com a cabeça. Hugo se senta, de pernas abertas e marmitinha na mão, como se aquela fosse a situação mais normal do mundo. As pessoas passam por nós, mas a maioria parece não se importar. Dois homens sentados num sofá no meio da calçada não é nem de longe a coisa mais esquisita que se pode encontrar nas ruas dessa cidade dos infernos.

— Porra, bonzão esse sofá, hein? — Hugo comenta, jogando as costas para trás e afundando no estofamento macio de veludo.

— Pois é. — Faço o mesmo, deixando por um instante que a maciez do tecido acalme meus nervos. — Preciso dar um jeito de subir com isso pro meu apartamento.

Hugo espeta um pedaço de batata com a ponta do garfo, enfia na boca e diz:

— Eu te ajudo, né? Cada um pega de um lado, a gente resolve em dois tempos. — Ele oferece a solução para o meu problema como se fosse óbvia. Como se, o tempo todo, estivesse na cara que ele iria me ajudar.

Não sei se é o conforto do sofá somado ao sol batendo no meu rosto, ou o jeito como eu adoro quando pessoas resolvem problemas para mim, mas sinto evaporar a raiva que estava sentindo no peito há um minuto enquanto gritava para a carroceria de uma caminhonete. Fecho os olhos e abro um sorrisinho.

— Obrigado, Hugo — digo.

— Deixa só eu terminar de almoçar, daí eu fecho a oficina rapidão e a gente resolve.

— Sem pressa.

Conforme prometido, Hugo termina de almoçar, fecha a porta de metal da oficina e passa alguns minutos encarando o sofá e calculando a melhor maneira de cumprir nossa missão. Eu só obedeço, porque ele tem cara de que *sabe* o que está fazendo. Não em todos os aspectos da vida, claro que não. Hugo está de tênis sujo, sua fiel bermuda cheia de bolsos, camisa de time e um boné vermelho para trás. Mas, no âmbito carregamento de móveis, isso sim! Hugo parece ser especialista.

— Você pega na frente, daí eu pego por trás — ele orienta. O aluno da quinta série em mim solta uma risadinha silenciosa enquanto me posiciono no lugar para onde ele apontou. — Um, dois, três, vai!

O sofá é menos pesado do que parece, o que faz com que eu me sinta forte e capaz.

É só depois de atravessarmos o portão do prédio e chegarmos no pé do primeiro lance de escadas que Hugo apoia o sofá no chão e pergunta:

— Em qual andar você mora mesmo?

— No último — respondo, meio sem graça. — No *quarto* andar — corrijo a resposta para algo menos assustador, mesmo sabendo que já é tarde demais.

Hugo só dá uma risada, se agacha para pegar o sofá de novo e diz:

— Let's bora!

Juro por deus.

Tirando uma virada complicada no lance de escadas entre o segundo e o terceiro andar, que tem uma pilastra protuberante na qual eu nunca tinha reparado até ter que passar por ali carregando um móvel enorme, a jornada até o apartamento é tranquila. Eu e Hugo temos uma boa dinâmica de comunicação (ele dá ordens e eu obedeço) e meu condicionamento físico não me decepciona. Percebo que não sou fraco, só preguiçoso.

Assim que posicionamos o sofá no lugar certo, encostado na parede vazia e de frente para a TV de 21 polegadas que comprei na época da faculdade, percebo como tudo muda. A sala fica com cara de sala. Me dá vontade de ter uma TV maior.

É assim que funciona, então? Colocar coisas dentro de casa? Você coloca uma e do nada quer colocar *mais*?

Dou uma pausa nos meus pensamentos, que começaram em um sofá e rapidamente foram para "quanto será que custa uma mesa e quatro cadeiras?", porque há um homem barbudo e levemente suado no meio da minha sala. Preciso demonstrar gratidão a ele, mas de um jeito que não estou acostumado a demonstrar para a maioria dos homens barbudos e levemente suados que já encontrei na vida.

— Quer tomar um café? — ofereço.

Hugo olha para o relógio de pulso e pondera.

— Preciso voltar pro trabalho logo — responde.

— Ah… Só um cafezinho? Pós almoço. Eu passo rapidinho aqui pra gente — rebato. Na real, nem sei por que insisto. Já sei que Hugo é do tipo que diz sim quando quer dizer sim. Ele aceitou meu pão de queijo quando a gente mal se conhecia. Mas, por algum motivo, acho que estou em dívida com ele e *preciso* pagar com um cafezinho. — Só para estrear o sofá novo — jogo o último argumento.

— A gente já estreou lá na calçada. — Ele ri.

— Tá bom, a *segunda* estreia do sofá novo — digo. — Vai ser rápido!

Sem que ele tenha tempo de responder, corro até a cozinha e ligo a cafeteira. Em poucos minutos, o apartamento inteiro está com cheiro de café fresquinho.

Pego as únicas duas canecas que tenho no escorredor de louças e separo a Caneca Boa para entregar ao Hugo, deixando a Caneca Com Alça Quebrada para mim. O ideal seria ter mais de uma Caneca Boa em casa, mas, até este momento específico, nunca houve a necessidade.

— Você bebe com açúcar ou adoçante? — pergunto da cozinha, torcendo para que ele responda "açúcar" porque não tenho adoçante em casa. Nem sei por que ofereci.

— Puro mesmo — Hugo grita da sala.

Por que você não lambe asfalto de uma vez?, penso. Mas não digo em voz alta. Esse é o tipo de coisa que eu digo para os meus amigos, e Hugo não é meu amigo. Ele é... o mecânico de bicicletas que me ajudou a carregar um sofá em troca de um café sem açúcar que, para início de conversa, ele nem queria.

Coloco açúcar no meu café e volto para a sala segurando as duas canecas, uma com uma bebida quente, docinha e perfeitamente normal, a outra com *lama*.

Quando chego na sala, Hugo está esparramado no sofá com as coxas grossas afastadas, os braços apoiados no encosto acolchoado, a camisa de time justa contra o peito forte marcando a barriguinha e a pele marrom coberta de tatuagens brilhando com o sol que entra pela janela. Parece o início de um pornô amador com historinha que assisti dia desses numa noite de terça-feira. Ao me ver, ele ajusta a postura, percebendo que quase não sobrou espaço para mim no sofá de três lugares.

— Valeu — ele diz, pegando a caneca boa da minha mão e cheirando o café antes de tomar o primeiro gole. — Perfeito!

Me sento ao seu lado com a mão queimando ao segurar a caneca ruim que, conforme já mencionei, está com a alça quebrada. Não sei o que dizer. Meu plano de cordialidade não abrangia a parte que vem *depois* de oferecer o café.

— Não vai pendurar, não? — Hugo pergunta depois de mais um gole, apontando para os quadros encostados na parede ao lado da TV. — Achei mó bonita a arte.

O quadro em questão, apoiado na frente de todos os outros, é uma arte em risografia que comprei ano passado numa das feirinhas de artistas independentes que a Carol sempre frequenta. O artista que criou era um gay bonitinho e não, de jeito nenhum comprei o quadro *só* porque *ele* era um gay bonitinho. O quadro também é gay e bonitinho. Numa mistura de laranja e rosa, em formas gráficas bem definidas, o quadro mostra... bom, a bunda de um homem usando uma sunguinha minúscula. É arte. E saber que o Hugo achou "mó bonita" uma bunda masculina de sunga me deixa nervoso de um jeito que não sei explicar.

— Tenho que furar a parede — respondo. — Sempre esqueço.

— Eu tenho furadeira lá embaixo. Se quiser, te empresto.

— Vou querer, sim — respondo, deixando de lado o fato de que não sei usar uma furadeira. O plano aqui é deixar a conversa cair no campo inóspito do "vou ver e te falo" até o Hugo se esquecer completamente do dia em que me ofereceu um instrumento para resolver a situação dos meus quadros abandonados. Preciso mudar de assunto. Olho para o lado e um tópico seguro se apresenta para mim na forma de dois brações enormes e rabiscados. — Gostei das tatuagens.

Hugo sorri, olha para os próprios braços e parece orgulhoso da coleção de desenhos desconexos que carrega na pele.

— Ah, valeu! Eu gosto bastante delas. Tô querendo fazer mais uma aqui… — Ele levanta o braço direito e mostra um espaço vazio perto do cotovelo. — Um leão-marinho, acho.

— Hum… — Longe de mim *questionar* tatuagens dos outros, mas ainda tenho meia caneca de café para terminar e essa conversa precisa render. — Por quê?

— Sei lá. Acho leão-marinho um bicho foda.

Não consigo conter a risada. Acho que estou começando a sacar qual é a do Hugo. Ele é um cara tranquilo que vê beleza em qualquer coisa. Em patos andando de bicicleta, leões-marinhos por sua mera existência e café sem açúcar. A versão homem hétero da Julie Andrews cantando sobre suas coisas favoritas para sete crianças sem mãe durante uma tempestade. No caso, eu sou a criança sem mãe e lá fora faz um sol de rachar.

— Tenho vontade de fazer uma tatuagem também. Desse ano não passa — comento, segurando o café com uma das mãos e, com a outra, alisando o braço esquerdo, bem na parte em que pretendo fazer a margarida.

— Tá criando coragem? Tem medo de agulha? — ele pergunta. — Se for fazer aí no braço mesmo, não dói quase nada.

— Não, não... Eu sou bem resistente a dor, na real — digo, de um jeito que *quase* soa como um flerte e, em outro contexto, levaria a conversa para um rumo bem mais safado. — É só que... tatuagem é pra sempre, né?

Hugo ri, como se eu tivesse dito a coisa mais óbvia do mundo (e meio que disse).

— Eu já pensei assim também — ele responde. — Mas sabe de uma coisa, Eugênio... Se a gente analisar direitinho, *tudo* é pra sempre.

Faço uma careta porque esse é um argumento bem ruim. *Muitas coisas* não são para sempre. Vasculho o cérebro em busca de exemplos porque o terror causado pela afirmação "tudo é pra sempre" me deixa com uma vontade desesperadora de refutar imediatamente.

— Tatuagens temporárias não são pra sempre — rebato.

Exemplo meio fraco, mas vai ter que servir.

Hugo ri mais uma vez e termina o café numa última golada.

— Não, não. Acho que me expressei mal. *Coisas* não são pra sempre. *Ações* são. — Ele para um segundo e coça o queixo barbudo, pensando. — Tipo, você pode deixar de se tatuar porque não quer ter um desenho eterno no braço. Mas, de certa forma, você vai ser *pra sempre* um cara que nunca fez uma tatuagem. É isso que você quer? Deixar de viver uma experiência *pelo resto da sua vida?* — Ao terminar a pergunta, ele me olha nos olhos de um jeito meio intimidador. Os olhos do Hugo têm uma cor bonita. Um tom castanho-escuro de chocolate meio amargo. Acho que ele está brincando, mas me sinto intimidado mesmo assim.

— Ai, Hugo! Olha esse papo! Duas da tarde ainda! Eu lá quero ficar pensando no *resto da minha vida* a uma hora dessas? — digo com uma risada, mas, no fundo, já era. Estou pensando no resto da minha vida.

Hugo dá um tapinha na própria coxa e se levanta.

— Tô só provocando, cara. Mas pensa nisso, viu? — Ele dá uma volta no lugar, procurando alguma coisa. — Onde eu posso deixar isso aqui?

Me levanto e pego a caneca da mão dele.

— Deixa que eu levo pra cozinha. Ainda não tenho uma mesa de centro. Está na minha lista de compras — minto, dando três passos longos até a cozinha e deixando as canecas em cima da pia. — E quando ela chegar, vou subir com ela *sozinho*.

— Uau, que orgulho! Daqui a pouco não vai precisar de mim pra mais nada! — Hugo responde, se aproximando da porta.

A conversa com o mecânico vai chegando ao fim e eu me sinto satisfeito com meu avanço no âmbito Interações com Vizinhos.

— Mais uma vez, muito obrigado. A gente se vê depois — digo, abrindo a porta da sala para me despedir.

— Depois o caramba! — Hugo exclama e eu me assusto. — Você vai lá embaixo comigo buscar a furadeira.

Merda. Ele não esqueceu. Com o cérebro em alerta, tento argumentar e ser engraçadinho ao mesmo tempo:

— E se eu quiser ser *pra sempre* o cara que nunca pendurou os quadros na parede? — pergunto.

Hugo me encara, sério. Nenhuma risadinha dessa vez.

— Nem você acredita nisso, Eugênio.

Revirando os olhos, me dou por vencido e desço com ele até a oficina para buscar a porra da furadeira.

Durante o restante do dia, inspirado pelo discurso motivacional barato que recebi do mecânico de bicicletas, tomo algumas atitudes: procuro um tutorial de como usar furadeiras no YouTube. Encontro um canal de uma lésbica simpática que ensina todo tipo de reparo manual. A proposta dela é empoderar mulheres a fazerem coisas que, tipicamente, chamariam um homem para resolver. Eu, enquanto gay que tipicamente chamaria um homem para resolver *qualquer coisa*, me sinto empoderado. Depois, assisto a mais um vídeo de outra lésbica completamente não relacionada com a primeira lésbica ensinando a criar composições harmônicas para quadros e testar tudo com papel e fita crepe antes de já ir furando a parede. O YouTube não seria *nada* sem lésbicas dispostas a passar o conhecimento adiante.

Após pensar numas quatrocentas variantes diferentes para a composição dos quadros, escolho uma, ligo a furadeira na tomada e respiro fundo antes de fazer o primeiro furo.

Um dia você vai precisar tampar esse furo na parede, Eugênio, uma voz perversa ecoa na minha cabeça.

É só encontrar mais uma lésbica ensinando a tampar furos em paredes no YouTube, Eugênio, outra voz, muito mais gentil, rebate.

Dou ouvidos à segunda voz e mando ver. É bem mais fácil do que eu imaginava. Ao pendurar o último quadro e ignorar o espaçamento desigual que eu não tinha reparado quando tudo ainda era papel e fita crepe, me sinto poderoso. Capaz de tudo.

Tiro uma foto sem camisa na frente da parede decorada, empunhando a furadeira em uma das mãos e fazendo cara de mau. Posto nos stories e recebo três emojis de foguinho de gays aleatórios no primeiro minuto. *Eu sou invencível!*

Respondo os três com **me chamaria para furar sua parede, mo?** torcendo para que eles não se conheçam entre si e descubram que sou uma farsa na arte do web flerte. Com o ego massageado e a sensação de invencibilidade, parto para a segunda parte do meu planejamento para o dia.

Abro a lista enorme de tatuadores que passei anos construindo. Observo com critério os traços de cada um, imaginando o tipo de desenho que quero carregar para sempre no braço. Escolho um rapaz chamado Ricardo, que tem vários trabalhos florais bem bonitos e tatua num estúdio perto daqui.

Quando mando mensagem pedindo orçamento, Ricardo responde de imediato, e ando de um lado para o outro da casa respondendo perguntas que eu nem sabia que seriam feitas. Ele começa querendo saber em qual parte do corpo quero tatuar, e essa pergunta é fácil. Mas "braço" não é uma resposta tão clara quanto imaginei que seria. Ele quer saber *qual parte* do braço. Se é preta ou colorida. Se tenho foto de referência. Quantos *centímetros* terá a tatuagem. Eu sei lá! Reviro a minha escrivaninha atrás de uma régua. Não encontro de jeito nenhum, então digo **entre 15 e 20 centímetros, mais ou menos**, e o tatuador finalmente para com as perguntas.

Exceto por mais uma. A última.

Podemos marcar pra sexta que vem às 18h?

Respiro fundo.

Sexta que vem às seis da tarde me parece um bom horário para deixar de ser uma pessoa que nunca fez tatuagem.

Me jogo no sofá novo, coloco as pernas para o alto e encaro o celular. Não tenho mais como fugir. Digito a resposta e envio:

Marcado.

6

Tatuagem

Minhas pernas estão inquietas enquanto aguardo na sala de espera do estúdio de tatuagem. A recepcionista, uma garota baixinha de cabelo raspado e com uma tatuagem de arame farpado em volta do pescoço, me disse para ficar à vontade enquanto o Ricardo termina os preparativos para me receber. Estou sentado numa poltrona de couro macia, que engole meu corpo de um jeito que poderia até ser confortável, mas acaba passando uma sensação de "você nunca mais vai conseguir levantar daqui".

Uma caixinha de som escondida atrás de um vaso de plantas toca uma playlist cheia de músicas que reconheço da época em que me mudei para São Paulo e frequentava festinhas alternativas insalubres, porque o público-alvo eram caras esquisitinhos e, com a autoestima ainda em construção, eu achava que só os esquisitinhos teriam interesse em me beijar.

Por trás de uma porta de vidro, consigo avistar um pedacinho do estúdio onde alguns tatuadores estão trabalhando. Dá para ouvir o *bzzzzzzz* das máquinas, e eu engulo em seco. Talvez todo aquele meu papo de "não tenho medo de agulhas" fosse mentira. Talvez eu tenha, sim. Penso em fugir umas duas vezes, mas a humilhação de ter que me justificar parece pesar mais do que o medo do barulho aterrorizante que escapa pela porta.

Preciso me distrair.

Pego o celular e envio mensagem no grupo. O grupo principal, com meus quatro amigos.

Gente, vim fazer uma tatuagem, envio. **Me desejem sorte.**

Boa sorte!!! Vai fazer o que?, Carol é a primeira a responder.

É surpresa!!!, respondo, porque tenho medo de falar que vou tatuar uma flor em homenagem à minha tia e todo mundo achar uma péssima ideia.

Rafael começa a digitar, e eu sei que vai fazer alguma piada para me animar e tranquilizar minha ansiedade. É a especialidade dele.

Pfvr faz uma mandala horrível pra combinar com a da Luana!!!!, ele envia.

Dito e feito. Solto uma risadinha abafada.

Luana tem uma mandala tatuada na coxa, que ela fez quando tinha dezesseis anos, com um amigo de uma prima que estava aprendendo a tatuar. A arte é feia demais e, com o passar dos anos, a tinta foi se espalhando até formar uma bolota preta na perna dela, que carinhosamente chamamos de Pintinha da Angélica.

Com a menção do seu nome, Luana se manifesta.

Rafa, um dia você vai se arrepender de todos os seus crimes, seguida de três emojis de faca.

Rafael responde com uma figurinha que ele fez no Ano-Novo. É uma foto da coxa tatuada da Luana, com o texto PINTINHA DA ANGÉLICA escrito numa fonte amarela.

Mais uns vinte emojis de faca.

Parem de brigar, Carol envia. **Vamos mandar boas energias pra nova tatuagem do Eugênio!**

ISSO!!! Falem sobre MIM!, exijo.

Essa tatuagem por um acaso tá na sua lista de Ano-Novo?, Luana pergunta. Já estamos no começo de fevereiro e ela passou o primeiro mês inteiro do ano especulando se qualquer decisão tomada por qualquer pessoa do grupo fazia parte da lista de Ano-Novo.

Digito um "Talvez...", mas não envio. Não sei se quero abrir meu jogo nesta competição que não vale literalmente nada.

Carol responde primeiro: **Amor, para de se meter na lista dos outros!**

Apago meu "Talvez..." e, em vez disso, mando: **Isso, Luana! Para de se meter na lista dos outros!**

Rafael manda mais uma vez a figurinha PINTINHA DA ANGÉLICA.

Cansei de ser humilhada nesse grupo, tchau, Luana envia.

Atrasado para a conversa, Gabriel finalmente aparece: **SEXTOUUU! Vamos sair pra beber, gente?**

Lindo, Rafael responde. **Vc não leu? O Eugênio está literalmente indo fazer uma tatuagem.**

Ah n li. Vcs falam demais.

Ele não está errado.

— Eugênio? — alguém me chama na vida real, e não no grupo.

Levanto a cabeça e vejo que um homem, que parece ser o tatuador, está me esperando na frente da porta de vidro.

Sem tirar os olhos dele, digito no celular.

Mdsss o tatuador é gato, e envio.

Não vejo as reações do grupo, porque enfio o telefone no bolso. Não seria educado da minha parte deixar um homem bonito que vai marcar minha pele para toda a eternidade esperando.

— Oi — digo. — Sou eu.

— Prazer, Ricardo — ele responde, estendendo a mão na minha direção. Eu aceito e ele literalmente *me puxa* para fora da poltrona, me levantando num piscar de olhos. — Vamos?

Ricardo me guia pela porta de vidro e eu vou atrás, tremendo como um cãozinho abandonado que acabou de encontrar seu lar e não sabe como reagir porque nunca recebeu amor genuíno na vida.

Ricardo não é muito alto nem muito forte, mas tem uma presença que chama a atenção. Está de camisa preta, calça jeans e coturno, e os braços expostos são cobertos por tatuagens em cada centímetro. Diferentemente do Hugo, as tatuagens dele não são uma coleção de desenhos aleatórios com traços e tamanhos diferentes. Os braços do Ricardo são cobertos pelo que parece ser um desenho único, composto de um milhão de desenhos que foram posicionados estrategicamente. Olhando rápido, vejo algumas flores, um tigre, uma caveira, uma cobra e muitas folhagens. Seu cabelo é preto bem preto, liso bem liso, e comprido na altura dos ombros. Está amarrado num rabo de cavalo simples, que balança de um lado para o outro enquanto ele caminha na minha frente. Quando entramos na sala, vejo que há mais pessoas trabalhando ali. Uma tatuadora faz uma caveira enorme nas costas de um rapaz, enquanto outro tatuador finaliza um desenho bem pequeno no pulso de uma garota.

— Me espera ali enquanto eu pego o desenho pra você dar uma olhada, beleza? — diz Ricardo, apontando para uma cadeira no canto da sala, ao lado de uma estação de tatuagem toda enrolada em plástico filme.

Assinto e ocupo o lugar. Daqui, consigo reparar melhor no Ricardo enquanto se movimenta pelo estúdio. Ele é uma pessoa amarela, e a pele clara cria um contraste bem marcado com os traços escuros da tatuagem. O queixo é pontudo e o nariz, fino, com um piercing de argola no septo. Seus olhos são tão escuros quanto os cabelos, e quase não dá para diferenciar a íris da pupila. As sobrancelhas finas acompanham perfeitamente o ângulo dos olhos, mas não como alguém que faz as sobrancelhas minuciosamente, e sim como alguém que deu sorte na loteria dos pelos faciais.

Quando encontrei o Ricardo no Instagram e decidi marcar a tatuagem, não vi nenhuma foto dele no perfil. A maioria das publicações era só de fotos profissionais dos clientes que ele já tatuou. O que é um *absurdo*! Se eu tivesse *essa cara*, me estamparia em todos os lugares possíveis. Eu *me tatuaria* nas minhas próprias costas, para que qualquer pessoa que passasse atrás de mim também tivesse a oportunidade de me ver.

Ele se aproxima de mim com um papel na mão e meu cérebro patético faz questão de colocar a cena em câmera lenta.

— Dá uma olhada no desenho e me fala o que você acha — diz ele, me entregando o papel com a arte que pedi.

Fico boquiaberto, sem palavras por alguns instantes.

— Caralho! — É o que decido dizer depois de um tempo. — Ficou lindo demais!

As exatas palavras que usei foram "uma margarida bonita com umas folhas assim do lado meio espalhadas e tal". E o que o Ricardo me entregou foi o desenho mais lindo que já vi. Uma única margarida florescendo no centro de um gramado meio abstrato. Na imagem, parece que está ventando, porque as pétalas têm um movimento natural, como se estivessem dançando. E, ao redor do caule, uma onda de folhagens completa a composição. Eu não deveria ficar tão emocionado assim com uma *flor*, mas não consigo evitar. É incrível.

— Gostou mesmo? — Ricardo pergunta, abrindo um sorriso mais bonito do que a margarida que acabou de me mostrar. — Daí, eu pensei em tatuar aqui, olha... Dá licença. — Ele pede permissão para tocar meu braço, posicionando o papel no lugar exato onde a tatuagem vai ficar. Sabendo que eu queria tatuar o braço, vim de regata para facilitar o processo. — O que você acha?

— Perfeito! Pode mandar ver!

Ricardo ri de novo. Ele tem uma risada solta, gostosa de ouvir.

— Vamos botar o decalque, e assim dá para ter uma ideia melhor de como vai ficar.

O que vem a seguir é um momento de concentração, onde fico parado com o braço relaxado e tentando não respirar muito fundo, enquanto ele alinha o papel de decalque no lugar correto, faz algumas marcações de caneta, passa um líquido no meu braço e transfere o desenho da margarida.

— Dá uma olhada ali — diz ele, apontando para um espelho comprido do outro lado do estúdio.

Vou até lá praticamente saltitando e, quando vejo meu braço coberto pelo decalque azulado, tenho a certeza de que quero carregar aquele desenho ali para sempre. O que acredito ser uma boa sensação para se ter momentos antes de tatuar.

Estou tão hipnotizado admirando o reflexo do meu braço que demoro a perceber que Ricardo está de pé atrás de mim, analisando o desenho também.

— Gostei das pétalas aqui, ó. — Ele aponta com o dedo para as pétalas dançantes da margarida. — Acompanham direitinho a marcação desse músculo aqui. Dá um volume legal, saca? Te deixa mais forte.

Reparo na linha que ele apontou. Ricardo tem razão. De fato, eu *pareço* mais forte. Mentalmente, parabenizo a mim mesmo por todas as manhãs sofridas na academia. Se serviram para que neste momento específico da minha vida eu fosse elogiado por este tatuador extremamente atraente, então valeram a pena.

— Verdade — digo, traçando a linha do músculo com a ponta do dedo, mas sem tocar no decalque porque não sei se vou estragar tudo. — Você pensou em tudo.

— Vamos começar, então? — Ricardo pergunta.

Respiro fundo.

— Vamos.

— Primeira tatuagem, né? — Ele parece perceber minha cara de nervoso. — Relaxa, vai ser de boa. Vou começar com um traço pequeno pra você sentir como é.

Ele me leva de volta até a estação, me posiciona direitinho, coloca uma máscara e, quando me dou conta, o *bzzzzzz* da maquininha já começou.

Não vou mentir. Dói um pouco. Diferente do que já ouvi de outras pessoas, não é uma "dorzinha gostosa". Está mais para uma dorzinha irritante e persistente. O cheiro metálico de sangue que toma conta do ar deixa a experiência um pouquinho mais desconcertante. Mas eu sigo respirando fundo e aguentando.

Durante todo o processo, Ricardo tenta me distrair com conversinha-fiada, e fico grato por isso. Ele pergunta de onde eu sou e, quando respondo, diz que sempre teve vontade de conhecer Santos. O que me parece um pouco de forçação, porque ninguém tem *vontade* de conhecer Santos, mas acho fofa a delicadeza dele.

Quando devolvo a pergunta, Ricardo conta uma longa história sobre como nasceu e cresceu no interior do Paraná, onde sua família sempre morou desde que os avós maternos vieram da China para o Brasil. Ele começou a faculdade de Artes Visuais, mas trancou o curso na metade para virar tatuador. E foi assim que veio parar em São Paulo, atrás de mais clientes e mais oportunidades para tatuar.

Comentamos sobre o caos de morar aqui, trocamos opiniões genéricas sobre como o clima instável da cidade parece querer nos matar o tempo inteiro. O papo é casual o bastante para colocar meu cérebro no piloto automático. Ricardo me recomenda um restaurante que conheceu dia desses, do qual provavelmente não vou me lembrar quando isso aqui terminar, e quase esqueço que ele está me dando um milhão de agulhadas por segundo e injetando tinta sob a minha pele.

— Terminamos! — diz ele depois de mais ou menos uma hora e meia, passando um papel-toalha no meu braço e se afastando para admirar o trabalho. — Vai lá dar uma olhada!

Levanto num pulo e percebo que minhas pernas ficaram meio dormentes de tanta tensão. Quando chego no espelho, fico maravilhado pela milésima vez no dia. A tatuagem é toda preta, mas tem volume, textura e sombra. Estou muito feliz.

— Estou muito feliz! — decido verbalizar a sensação. — Ficou demais, Ricardo! Sério!

Ricardo tira a máscara de proteção e sorri para mim.

— Deixa só eu tirar umas fotos?

— Claro! — respondo, animado com a perspectiva de aparecer na página dele nos próximos dias. Isso significa que ele também gostou, né? Ele não tiraria fotos de uma tatuagem feia.

Ricardo me leva para um canto do estúdio onde a parede é branca e há um *ring light* montado num tripé. Fico parado, mostrando o braço e inflando o peito enquanto ele aponta o celular para mim de todos os ângulos possíveis para tentar fazer a foto perfeita.

— Posso perguntar uma coisa? — diz ele. *Todas as coisas, Ricardo.* — Tudo bem se não tiver uma resposta, ou se não quiser me falar, mas... por que uma margarida?

— Ah... — murmuro.

— Eu nunca fiz margarida antes. As pessoas sempre pedem rosa, crisântemo, *flor-de-lótus*... — Ele revira os olhos na última, por algum motivo. — Mas nunca uma margarida.

— É bobeira — começo. — É por causa da minha tia. Esse é o nome dela. Margarida. — Solto a resposta toda picotada, como se eu tivesse aprendido a falar ontem.

— Ah, bobeira nada! É fofo, vai. — Ricardo olha muito para mim quando me chama de fofo. Ou talvez só esteja chamando o *conceito da tatuagem* de fofo. — Eu nunca tatuaria nome de namorado, por exemplo. Mas homenagem a alguém que a gente sabe que vai amar pra sempre... Isso eu acho legal.

Minha cabeça entra em transe. Ele disse "namorado". Será que estava dizendo que nunca faria em si mesmo o nome de um namorado, implicando que ele é do tipo que tem namorados? Ou estava falando que nunca tatuaria *em mim* o nome de um namorado, implicando que percebeu que eu sou do tipo que tem namorados? Ou foi apenas um exemplo geral? Ser gay às vezes é tão insuportável. O tempo inteiro interpretando *sinais*.

— Nem tenho namorado pra tatuar o nome, então esse perigo eu não corro — brinco, com toda a intenção de deixar claro que eu não apenas sou do tipo que *teria* um namorado, mas que também *estou solteiro*.

Ricardo parece não se abalar com a informação, porque logo diz:

— Eu tenho uma tatuagem em homenagem à minha avó. Um dragão. Era o signo dela no horóscopo chinês. — Rapidamente, ele para de fotografar meu braço e, do nada, levanta a camisa. — Começa aqui, ó. — Ele aponta para o peito esquerdo, onde, no meio de mais tatuagens perfeitamente planejadas, enxergo a cabeça de um dragão. O dedo desliza pelo próprio corpo, acompanhando um dragão que vai descendo pelo torso até sumir no elástico da calça. — E termina aqui embaixo.

— Nossa. — É tudo que consigo dizer enquanto tento controlar todas as minhas microexpressões após a surpresa de ver o corpo do meu tatuador bonito sem nem ter precisado pedir. — Que tattoo linda.

Eu sou ridículo. Nunca falei *tattoo* na vida.

— Valeu — Ricardo agradece, abaixando a camiseta para a tristeza de todos. — Minha mãe odiou. *Vai homenagear sua avó com um dragão que vai até o teu pinto!* — diz ele, imitando o que parece ser a própria mãe, com uma voz aguda e estridente.

Estou atônito. Dou uma risadinha contida e tento acreditar que meu rosto só está ardendo por causa de todo o tempo que passei sentindo dor de agulha na última hora.

Depois de colocar um curativo transparente no meu braço e receber o pagamento, Ricardo me leva até a saída. A menina da recepção já foi embora e está escuro lá fora.

— Recomendações básicas — Ricardo alerta. — Nada de bebida alcoólica, hidrata direitinho a tatuagem, não come nada muito fora do que você come normalmente... O de sempre.

— O de sempre — repito. Logo eu, que até hoje nunca tinha feito uma tatuagem na vida.

— Faz assim. Anota meu número pessoal; se tiver qualquer dúvida, pode me perguntar.

Pego o celular e anoto o número do Ricardo.

— Valeu — digo, sem saber se me despeço com um abraço, um beijinho ou um aperto de mão.

Ricardo estende a mão. Acho que vamos de aperto de mão.

Ele me puxa contra o peito dele e dá dois tapinhas nas minhas costas.

— Até a próxima, Eugênio.

Aperto de mão, semiabraço e dois tapinhas nas costas. Anoto mentalmente. Da próxima vez, já sei como me comportar.

No Uber de volta para casa, sentindo o braço direito dolorido enquanto encaro a noite da cidade pela janela, não consigo parar de pensar: Ricardo quis que eu anotasse seu número *para caso tivesse alguma dúvida,* ou que eu *anotasse seu número* para caso tivesse alguma dúvida? Porque, sim, são duas coisas totalmente diferentes.

1. ~~Fazer uma tatuagem~~
2. Adotar um cachorro
3. Arrumar um namorado

7
Casa "nova"

Na manhã seguinte, é sábado e o Gabriel segue implorando para que a gente saia para beber. Luana e Carol, que saem para beber com a gente uma vez a cada seis meses porque são duas velhas cansadas, tentam escapar. Mas o Rafa, sempre esperto, sabe como convencer um casal de mulheres:

O Gênio tá de sofá novo! A gente pode ir pra casa dele, beber um vinho, pedir pizza e assistir compilados de Drag Race no YouTube!, ele envia no grupo.

FESTA DE CASA NOVA!!!!, envia Luana, eufórica, junto com emojis de casinha, balões e tacinhas de vinho. Se usar emojis fosse um crime, Luana seria uma foragida da polícia.

Gente, eu moro nesse apartamento há 4 anos, aponto.

O que só torna mais humilhante o fato de que vc só foi ter um sofá de gente grande AGORA, Luana argumenta.

Ela tem razão. Decido que este não será mais um dia de Eugênio Sendo Ridicularizado No Grupo e faço a minha proposta:

Se for chamar de FESTA DE CASA NOVA, vcs têm que trazer presente de casa pra mim!

O grupo fica um minuto em silêncio.

Eu já dei o sofá, Rafael responde. **Eu e o Gabes. Presente do casal.**

Eu já dei a IDEIA, é a vez da Luana.

Eu levo velas de presente!, anuncia Carol, o único ser humano decente do grupo.

Com horário marcado para receber meus amigos, me levanto da cama para começar uma faxina rápida na casa. Mas não sem antes parar na frente do espelho e ficar uns dez minutos admirando minha tatuagem nova.

Rafael e Gabriel, que moram pertinho de mim, chegam primeiro. Arrumados, cheirosos e carregando uma caixa de papelão alta e comprida.

— Nossa, que garrafa de vinho grande — comento.

— É presente pra você, palhaça — Rafa responde.

— Nossa, vocês levaram a sério mesmo a coisa do presente? — pergunto, orgulhoso com o sucesso do meu plano.

— Não é nada de mais — Gabriel alerta, equilibrando a caixa em uma das mãos enquanto tira os sapatos. — Só nossa luminária de canto antiga que não combina com o nosso sofá novo.

— Assim você não precisa mais viver sua vida com essa luz de hospital — Rafa completa, apontando para a lâmpada branca no teto.

Pego a caixa das mãos do Gabriel. É mais pesada do que eu imaginava.

— Não sei do que gosto mais — digo, tirando a luminária de dentro da caixa. — Vocês revelando só agora que sempre odiaram a minha casa, ou vocês decidindo doar todas as coisas velhas da casa de vocês pra mim.

Os dois riem, mas não comentam. Se eu fosse um pouquinho mais orgulhoso, teria ficado ofendido com a situação, mas, quando termino de desembrulhar o presente e vejo que a luminária é alta, preta, com uma cúpula pendente presa numa alça de couro e uma daquelas lâmpadas de luz amarela com filamento em formato de toinhoinhoin, desisto de reclamar. O presente é lindo. Tem cara de luminária de rico. Vai ficar perfeita na minha sala que atualmente tem um total de dois móveis.

Estou de quatro no chão tentando achar a tomada atrás do sofá para acender a luminária nova quando o interfone toca.

— Alguém atende aí! Deve ser a Luana! — grito.

Rafa atende. É a Luana. Ele abre a portaria para ela.

No momento em que acendo a luminária e a sala é tomada pela luz dourada e aconchegante, minha amiga chega carregando uma sacola de mercado com umas quatro garrafas de vinho.

— Meu. Deus. — Luana suspira. — Que lugar é esse? Olha esse sofá! Os quadros na parede! Cadê a luz de hospital?

— Essa coisa de luz de hospital é uma piadinha interna do grupo que vocês quatro têm sem mim? — pergunto, pegando a sacola das mãos da Luana e levando para a cozinha.

Ninguém diz nada, o que só alimenta minha teoria de que *sim*, existe um grupo dos quatro sem mim!

Rafa liga a TV e coloca música para tocar. Uma artista que nunca ouvi na vida e provavelmente é a obsessão dele no momento. Conforme vou guardando as garrafas de vinho na geladeira, chego ao fundo da sacola, onde uma latinha de Coca Zero me espera.

— Obrigado por lembrar da minha Coquinha! — grito para Luana.

— Amigo, eu não entendi nada quando você pediu, mas *longe de mim* negar uma Coquinha para alguém — Luana responde, enquanto fecho a geladeira e volto para a sala.

— Gente, eu não *posso* beber hoje — digo para o meu público (três amigos esparramados no sofá verde), fazendo um movimento exagerado com os braços. — Por causa da *tatuagem*! — completo, levantando a manga da camiseta e exibindo o desenho ainda coberto pelo curativo transparente.

Os três se levantam ao mesmo tempo e se amontoam em volta do meu braço.

— Caralho, amigo, ficou perfeita — Gabriel diz.

— Olha o detalhe das folhas! Foda demais! — Rafael opina.

— Não me diz que você tatuou uma margarida por causa da... — Luana começa.

— Sim — admito. — Por causa da minha tia.

— Que coisa mais fofa! Ela já viu? — Luana pergunta, e posso jurar que os olhos dela ficam um pouquinho marejados. Luana tem dessas. Ela se emociona do nada com coisas pequenas.

— Ainda não — respondo. — Tô esperando tirar o curativo pra mandar uma foto. Senão ela vai ver essa gosminha nojenta que fica vazando e vai achar que meu braço pode cair a qualquer momento.

Os três balançam a cabeça em concordância.

— Faz sentido — Luana murmura.

— E é *por isso* — digo, enfim, apontando para o braço antes de descer a manga da camiseta de novo — que hoje eu vou ficar só no refrigerante.

Deixo de fora um outro fator que me tranquiliza por não poder beber hoje. Só tenho quatro taças de vinho. Comprei um conjunto de seis na última Black Friday, mas uma quebrou e outra desapareceu completamente. Assim, todos os meus amigos poderão tomar vinho nas taças sem que, mais uma vez, eu seja visto como o Coitado do Grupo que não tem Coisas Para Casa, Portanto Doe Urgente!!!

O interfone toca mais uma vez.

— É a Carol! — Luana grita, correndo para atender.

Como de costume nos nossos encontros de fim de semana, Carol sempre é a última a chegar, porque ela é professora de pilates e, ao que parece, existem pessoas que praticam *pilates* aos *sábados*.

— Gente, e eu nem contei a melhor parte — digo, girando a chave da porta para receber a Carol. — O tatuador, vocês tinham que ver… — Destranco a porta. — Eu cheguei lá sem a menor noção de que ele era… — Giro a maçaneta e abro a porta. — Um gostoso do caralho!

Do outro lado da porta, Carol me espera com um sorriso e uma vela aromática na mão. Atrás dela, Hugo abre um sorriso e cruza os braços sobre a camiseta desbotada com o nome da oficina estampado bem no peito.

— Hugo? — pergunto, confuso.

— O gostoso do caralho era eu? — ele brinca.

— Ufa, ainda bem que vocês se conhecem mesmo — diz Carol, me entregando a vela que trouxe de presente e correndo para abraçar a Luana como se as duas estivessem há uma eternidade separadas e não morassem juntas.

— Pode entrar...? — digo, mas a frase sai como uma pergunta. Ele *pode* entrar? Eu *quero* que ele entre? Eu só tenho *quatro* taças de vinho!

— Eu estava chegando lá embaixo e o Hugo estava fechando a oficina — Carol explica, mas sem olhar para mim. Ela gira no meio da sala reparando em cada detalhe novo e balançando a cabeça em aprovação. — Então eu perguntei se ele vendia bicicletas, porque estou querendo uma, né? Daí ele disse que não. Mas ele ajuda os clientes a acharem bicicletas quebradas com preços baixos, *reforma*, pinta da cor que a gente quiser e revende depois. *Da cor que a gente quiser, amor*. Eu vou poder ter uma bicicleta...

— Verde lésbico! — Luana completa.

Olho para o Hugo e ele está sorrindo, com um leve desconforto no olhar de quem não faz a menor ideia do que é o "verde lésbico".

— Aí ele perguntou se eu era do bairro, e eu disse que sempre estou por aqui porque meus amigos são. Ele perguntou quem eram meus amigos, e eu falei que estava vindo na casa do Eugênio pra gente inaugurar o sofá novo dele. E ele me disse "Ah, o Eugênio é meu amigo, eu que ajudei ele a subir com o sofá". — Ela diz essa parte engrossando a voz, imitando o Hugo. — E eu falei "Nossa, sério? Quer subir pra gente tomar um vinho?" — ela diz essa parte afinando a voz, imitando *a si mesma*. — E ele falou que sim.

É claro que ele falou que sim.

Finalmente recuperando o fôlego depois de contar toda a situação de uma vez só, Carol para de reparar na sala e olha para mim.

— Não tem problema, né, Gênio?

— Claro que não! — respondo com um sorriso. Então, cansado de manter a farsa, confesso: — Só que alguém vai ter que beber vinho na caneca, porque não tem taça pra todo mundo.

— O penetra sou eu. Deixa que eu fico com a caneca — diz Hugo. — Dessa vez eu nem ligo se você quiser me dar a caneca com a alça quebrada.

Ele sorri e dá uma piscadinha.

E há algo extremamente perturbador em saber que alguém que conheço há tão pouco tempo já sabe da condição das minhas canecas.

Os dois casais se acomodam amontoados no sofá enquanto eu acendo a vela que ganhei de presente da Carol. Ver a sala tomada pelos meus amigos e cheia de luzes indiretas (duas) me dá uma sensação de conforto gostosa.

Pego duas almofadas no quarto e jogo uma para o Hugo. Nós dois nos sentamos no chão, um em cada ponta do sofá. É uma configuração estranha. Não estou acostumado a estar num grupo de seis. Mas, enquanto a Luana abre o aplicativo de comida para decidirmos os sabores de pizza que iremos pedir, o Gabriel toma uma atitude capaz de acalmar toda a estranheza desta reunião incomum.

Acende um baseado.

Passamos o beck de mão em mão e me sinto mais tranquilo ao perceber que não há nem um pingo de julgamento no olhar do Hugo. Muito pelo contrário. Ele respeita a ordem do círculo, não dá mais do que duas tragadas por vez e, o melhor, não deixa o baseado babado. Com pequenas atitudes, ele se encaixa no grupo como se estivesse desde sempre com a gente.

— Todo mundo vai querer frango com catupiry? — Luana pergunta, o rosto enfiado no celular. — A gente vai pedir uma só ou duas? Melhor duas, né? Se sobrar, o Gênio come amanhã. Você... Hugo, né? Tem alguma alergia? Algum sabor que você não come de jeito nenhum?

Hugo, que está com o baseado na mão, levanta o rosto assustado com o questionário repentino.

— Não — diz ele. — Eu como de tudo.

Ele come de tudo.

— Beleza. Mais alguém quer sugerir algum sabor? — Ela olha para o Gabriel. — E nem vem de sugerir pizza de atum porque só você come e sempre sobra.

Sentado perto das pernas dela, toco o joelho da Luana e abro um sorriso.

— Amiga, pode decidir.

Ela responde meu sorriso com um maior ainda, porque "pode decidir" é a frase que Luana mais ama escutar.

Uma hora depois, todos estão bêbados e chapados. Exceto eu, que não estou bebendo. Portanto, estou apenas chapado.

Na TV, está rolando um vídeo enorme dos cinquenta melhores *lipsyncs* de RuPaul's Drag Race, que serve não apenas como condutor de conversa, mas também como um estímulo gostoso de música, luzes coloridas, drag queens se jogando no chão e o som reconfortante da risada da RuPaul.

Ainda no chão, Hugo parece fascinado pelas imagens que vê, como uma criança abrindo um presente de Natal.

— Deixa eu ver se entendi — diz ele, com a voz mais arrastada do que o normal. — Isso é tipo uma competição de drags. Daí no final de cada episódio elas dublam a música e uma delas é eliminada.

— Isso — todos nós respondemos ao mesmo tempo.

— Mas, tipo, qual é o critério? Para decidir quem vence, e tal...

— Vence quem serve mais — Gabriel responde.

— Serve o quê? — Hugo parece ainda mais confuso, como se não falasse o mesmo idioma que a gente. E, pensando bem, ele meio que não fala.

— Ai, Hugo, desculpa, mas eu não tô em condições de explicar pra você o que é *servir* — diz Rafa, jogando a cabeça para trás e fechando os olhos. — Mas um dia desses eu juro que te ensino.

Hugo solta uma risada de satisfação ao mesmo tempo em que solto uma risada de nervoso. Porque estou pensando em qual contexto isso aqui vai acontecer de novo "um dia desses" para que os meus amigos expliquem ao meu mecânico de bicicletas o que é *servir*. Coisa que, se ele fosse gay, já teria nascido sabendo.

— A minha ex-namorada era viciada nesse programa. Mas ela nunca me falou que era tão bom assim.

Eu, Gabes, Rafa, Luana e Carol nos entreolhamos por um instante. Todos pensando na mesma coisa, mas ninguém tem coragem de dizer. Bom, o Rafa tem. E é isso que ele faz.

— *Longe de mim* julgar — diz ele, fazendo uma pompa e colocando a mão sobre o peito —, mas eu culpo a *Carol* por ter colocado um hétero dentro dessa casa.

Carol morde o lábio e lança um olhar de culpa para mim.

Todos ficam em silêncio enquanto, na tela da TV, uma *drag queen* abre um espacate e balança a peruca loira para a frente e para trás.

— Bom, *em minha defesa* — diz Hugo, quebrando o silêncio e imitando o tom de voz do Rafa. Eu agarro a ponta da almofada onde estou sentado e aperto com força, morrendo de medo do que vem a seguir —, eu sou bissexual.

Nossa.

Por essa eu não esperava.

Não sei o que fazer com essa informação.

Uma onda de alívio cobre as expressões de todos os meus amigos. Não sei o que dizer porque não é como se todos nós fôssemos adolescentes e esse fosse um daqueles momentos de saída do armário em que a gente precisa que alguém nos abrace e diga "você é *válido*". Será que o Hugo precisa de um abraço? Alguém precisa dizer alguma coisa. Alguém, *por favor*, diz alguma coisa.

Sempre pronto para o resgate, Gabriel, que eu jurava estar dormindo, mas na verdade só estava de olhos fechados curtindo a ondinha dele e escutando tudo, abre os olhos e, ainda com a cabeça apoiada no ombro do Rafa, diz:

— Arrasou. Eu *adoro* os bissexuais.

O que é uma coisa genérica de se dizer, mas dá para o gasto, porque todo mundo começa a rir. Até a RuPaul está cacarejando na TV.

— Gênio, ainda tem vinho na geladeira? — Luana pergunta, mudando de assunto e fazendo muito mais por mim do que o comentário do Gabes.

— Só mais uma garrafa de vinho verde — respondo.

— Vinho verde! Vinho verde! — Carol começa a cantarolar, porque vinho verde é o favorito dela e também porque essa é uma coisa que a gente faz quando estamos bebendo. A gente pega palavras aleatórias e repete várias vezes como um grito de guerra.

— VINHO VERDE! VINHO VERDE! — Como esperado, todos os meus amigos começam a gritar logo em seguida. *Incluindo Hugo, o bissexual recém-revelado.*

Aproveito a deixa para me levantar, esticar as pernas dormentes depois de ficar tanto tempo sentado em cima de uma almofada, e vou até a cozinha pegar o VINHO VERDE! VINHO VERDE!

Sirvo as taças (e a caneca) de todo mundo, e sobra um restinho no fundo da garrafa. Me sinto tentado a virar o gargalo na boca porque, assim como a Carol, este também é o meu favorito. Mas me contenho, e deixo a garrafa no chão, ao meu lado.

— Bebe, bobo — diz Luana. — Um golinho não vai fazer seu braço cair.

Hugo faz uma expressão assustada, e me dou conta de que, quando ele e a Carol chegaram, minha tatuagem nova já estava escondida embaixo da manga da camiseta.

— Ah, é — digo, estalando os dedos para chamar sua atenção. Quando ele olha para mim, levanto a manga e mostro o desenho. — Acabou que eu fui lá e fiz.

— Caralho! — Hugo exclama, e chega mais perto até, juro por deus, ficar de quatro no meio da sala para poder ver os detalhes da tatuagem. — Ficou foda.

Rafa e Gabes arregalam os olhos porque, bom, há um homem bissexual enorme e barbudo de quatro no meio da sala. Luana e Carol permanecem tranquilas, porque, para elas, o homem enorme de quatro tem o mesmo apelo erótico que um liquidificador.

— Valeu — digo, meio ofegante por algum motivo.

— No fim das contas nossa conversa serviu pra alguma coisa, né? — diz Hugo, voltando para a outra ponta do sofá e para uma posição normal que não o deixa com a bunda para o alto, convidando assim todos os gays da sala a usarem a imaginação.

— Agora você — diz Luana, apontando para o Hugo. — Que, além de bissexual, é *tatuado*. Fala pro Eugênio que tudo bem beber um gole de vinho!

— Ih, sei não, hein… — É a opinião técnica do Hugo.

— O Ricardo, o tatuador bonitão, disse para eu não *encher a cara*, mas não falou nada sobre um golinho de vinho — digo, distorcendo as palavras do Ricardo na tentativa de convencer a mim mesmo. — Ele até me passou o número dele para eu tirar qualquer dúvida, e…

Isso parece chamar a atenção do Rafael, que pergunta:

— Ele te passou o número *pessoal* dele?

— Uhum.

— E ele era bonito *bonito* ou só bonitinho?

Paro para pensar e analisar as imagens do Ricardo que ficaram salvas na minha mente (muitas).

— Olha — digo, arqueando a sobrancelha. — Eu diria bonito *bonito*, e acrescentaria gostoso. E simpático.

Todos suspiram como se eu estivesse descrevendo uma criatura mítica.

— E foi assim do nada? Depois da sessão, ele foi lá e falou *anota meu número*?

— *Para caso você tenha alguma dúvida* — completo.

— E agora você tem uma dúvida! — Luana conclui, apontando para mim como uma detetive de filme descobrindo um cadáver atrás da estante.

— DÚVIDA! DÚVIDA! — meus amigos cantam em coro.

Me sinto relutante em mandar mensagem para o Ricardo agora. Primeiro porque é sábado, segundo porque não sei se interpretei direito os sinais dele e terceiro porque não estou na mesma empolgação que meus amigos, já que não bebi nada e a onda do baseado dividido por *seis* já passou.

Olho para o Hugo, que está abraçando os joelhos e rindo de toda a situação. Ao perceber que estou olhando, ele me encara e sussurra:

— Anda logo!

Me dou por vencido, pego o celular e, digitando com calma para não escrever nenhuma besteira, envio uma mensagem para o tatuador.

Oi Ricardo, td bem? Eugênio aqui. Da tatuagem de margarida, lembra? Só uma dúvida. Quando vc disse que eu não podia beber, é pq não pode beber NADA mesmo? Nem um gole de vinho?

Releio a mensagem e envio mais uma:

É vinho verde. Só especificando caso faça alguma diferença.

Sem me dar por satisfeito, envio *mais uma*:

Eu amo vinho verde, digo, colocando três emojis de coração verde na sequência.

— Vamos com calma também — Luana adverte. — A gente não quer que o tatuador chame a polícia.

Todos na sala assentem em concordância. Largo o celular e balanço a cabeça também. *Não queremos que o tatuador chame a polícia.*

Ficamos em silêncio. Só a música pop vindo da TV, salpicada por efeitos especiais que a edição de Drag Race coloca para fins dramáticos. *Tchum. Shuaaa. Shablammm.*

Encaro a tela apagada do celular, esperando uma notificação.

— Para de olhar — diz Rafael. — Senão não chega nunca.

— Isso! Segue a vida normalmente e, quando ele responder, você só lê quando estiver a fim — Gabriel acrescenta.

O celular vibra anunciando uma nova mensagem, e visualizo no mesmo segundo.

— Ele respondeu! — anuncio.

Todos os meus amigos esticam o pescoço na tentativa de enxergar a tela do celular. Menos o Hugo, que está segurando a caneca com as duas mãos enquanto bebe vinho e olha para a TV.

No celular, Ricardo continua digitando e vou lendo em voz alta conforme as mensagens chegam.

— "Oi Eugênio! Claro que lembro, eu te tatuei ontem."

— Ele te acha burra — Rafael aponta.

— Ele colocou "haha" depois. Era só brincadeira — me defendo antes de ler a mensagem seguinte. — "Olha, cara, sendo sua primeira tatuagem, acho melhor ficar uns 20 dias sem beber. Vai ser melhor pra sua cicatrização".

O tom direto e formal da mensagem me desanima um pouco.

Ah, td bem. Obrigado, digito e envio.

Meus amigos parecem igualmente desanimados.

— Bom, pelo menos ele foi prestativo — diz Carol, tentando ajudar.

— Prestativo! Prestativo! — Gabriel puxa um coro, mas ninguém o acompanha.

Releio a mensagem em busca de algum sinal escondido. Algo que eu possa ter deixado passar. Mas meus olhos avistam três palavras que enchem meu coração de esperança de novo.

Ricardo está digitando...

— Tem mais! — grito. — Ele está digitando!

A empolgação se renova na sala. Dessa vez até o Hugo parou de olhar para a TV e chegou mais perto. Me posiciono no meio de todo mundo e nós encaramos a tela ao mesmo tempo, todos curiosos para saber o que vem em seguida.

Este seria um péssimo momento para ele decidir enviar um nude. Mas, ao mesmo tempo, eu não reclamaria.

— Ai, meu deus — diz Luana quando a mensagem do Ricardo chega.

Ao mesmo tempo, a Carol solta um gritinho que me tira um pouco do eixo, e eu demoro para ler e processar a mensagem.

— Nossa, amigo, ele tá *muito* na sua — diz Rafael enquanto Gabriel aplaude.

Estranhamente, Hugo parece não querer participar desta grande celebração ao amor e à paquera que está acontecendo na minha sala. Acho que ele literalmente grunhiu. Decido ignorar e focar no que realmente importa agora. Com o coração acelerado, leio a resposta do Ricardo.

Vamos combinar assim: daqui a 20 dias, quando vc puder beber de novo, eu te levo para tomar o melhor vinho da tua vida. O que me diz?

8

Encontro

Conforme prometido, mais ou menos vinte dias depois da tatuagem, marco um encontro com o Ricardo. Na verdade, ele marca um encontro comigo, dizendo a data, o local e o horário. Eu gosto disso. Porque o Ricardo não é autoritário. Ele tem atitude.

Até o encontro rolar de fato, nós continuamos trocando mensagens de vez em quando. Ele perguntou o que eu ia fazer no Carnaval (nada, porque além de não poder beber, eu e meus amigos estávamos sem dinheiro para viajar, já que gastamos tudo no Ano-Novo) e, quando devolvi a pergunta, respondeu que ia para um sítio com uns amigos, porque o Carnaval é uma das únicas épocas do ano em que ele consegue tirar férias, já que ninguém quer se tatuar durante o feriado.

Ele perguntou sobre coisas que eu gosto e respondi "sei lá, shows, cinema, decoração...", forçando um pouco nessa última, mas, juro, colocar quadros na parede pela primeira vez é um caminho sem volta. Nos meus dias reclusos de carnaval sem álcool, perdi *muito* tempo no TikTok vendo vídeos de decoração e anotando ideias de coisas que quero fazer no apartamento e talvez leve mais quatro anos para tirar do papel.

Ricardo me disse que gostava de festas, discos de vinil e rock psicodélico. Seja lá o que for isso. Não tivemos nenhuma conversa *profunda* por mensagens, então, agora, numa noite de sexta-feira, espero por ele em um bar de vinhos em Santa Cecília, onde todos os móveis parecem estar caindo aos pedaços, mas aparentemente essa é a *estética* do lugar. Sinto um friozinho na barriga por estar prestes a passar algumas horas com um completo desconhecido que me convidou para sair e, ao primeiro sinal de interesse, eu disse sim.

Tá, não é um *completo desconhecido*. Ricardo já enfiou mini agulhas na minha pele e me marcou para sempre, e a maioria dos completos desconhecidos não faz isso com a gente.

— Desculpa o atraso — diz Ricardo, se aproximando de mim. Estou sentado num sofá em L bem no canto, afastado do meio do bar, onde duas garotas com franjas cortadas acima da metade da testa tiram fotos com uma câmera analógica. A experiência completa de Santa Cecília. — Sabe como é...

— *O trânsito na cidade de São Paulo*... — completo a conversinha-fiada de paulistanos enquanto termino de enviar mensagem no grupo (**ele chegou bjssss**) e olho para cima.

Minha nossa.

Os vinte dias e a ausência de selfies no Instagram profissional do Ricardo me fizeram esquecer do quanto esse cara é bonito. Mas acho que hoje ele está *ainda melhor*. Assim como no dia da tatuagem, está todo de preto, porém agora as roupas têm mais volume, textura e cortes interessantes. Ele veste uma calça de sarja preta um pouco justa e um colete de veludo preto sem mais nada por baixo. Um colete que num manequim passaria uma vibe meio professor substituto de geografia, mas o Ricardo se veste com confiança, e isso por si só já é atraente pra caralho. Os ombros que não vi no dia em que nos conhecemos acompanham as tatuagens dos braços, num desenho único e detalhado que cobre cada pedacinho de pele.

— Atrasou nada. Eu também acabei de chegar — respondo, me levantando para cumprimentá-lo. Ele me puxa para um abraço, e a pressão da sua mão nas minhas costas me dá um calafrio gostosinho.

— Tá cheiroso — diz Ricardo depois de dar uma fungada no meu pescoço.

— Ah, obrigado — respondo, sentindo a bochecha arder porque "tá cheiroso" é um elogio que eu gosto de receber. Provavelmente porque implica que a outra pessoa teve intimidade e confiança o suficiente para não apenas me abraçar, mas também *me cheirar*.

— Posso ver como ficou? — ele pergunta, ainda de pé. Demoro uns dois segundos para entender do que ele está falando enquanto aponta para o meu braço.

— Ah! A tatuagem, claro!

Estou vestindo uma camisa de botão lilás, com três deles abertos para mostrar um pedaço do meu peito e a corrente dourada que estou usando no pescoço. Subo a manga devagar e viro de lado para mostrar.

— Posso? — ele pergunta. Eu assinto e Ricardo toca meu braço, passando o dedo pelo desenho e observando com atenção. — A cicatrização ficou perfeita. Bom trabalho! Tá merecendo beber hoje.

— Quer tirar uma foto? — sugiro, porque já vi ele postando algumas vezes as tatuagens cicatrizadas de alguns clientes.

Ricardo olha em volta.

— A luz aqui é meio ruim — conclui. — Acho que consigo uma foto melhor se eu tirar amanhã de manhã.

Ele dá uma piscadinha e se senta.

E eu não sei o que fiz certo para estar aqui com este homem bonito que nem me conhece direito e já jogou no ar a possibilidade de estar comigo amanhã de manhã, mas *quem sou eu para questionar?* Abro um sorriso malicioso e me sento também.

O sofá em L no canto do bar é confortável, porém pequeno. Eu e Ricardo ficamos numa posição meio esquisita, nem de frente nem de lado. Nossos joelhos se encostam e eu cruzo as pernas para deixar um espaço entre nós dois.

— Não precisa — diz Ricardo, tocando meu joelho. Estou de shorts e o toque quente da mão dele faz os pelos da minha perna se arrepiarem. — Pode deixar assim.

— Tá bom, então — respondo, descruzando as pernas e aproveitando a posição de intimidade em que estamos. — Mas me conta. Que história é essa de "melhor vinho verde da minha vida"?

Ricardo ri.

— Olha, preciso confessar uma coisa… — Ele abaixa a cabeça, envergonhado, e passa a mão pela mandíbula antes de voltar a olhar para mim. Cada movimento desse cara parece calculado para me fazer ter um treco. — Eu nunca bebi o vinho verde daqui. Pra ser sincero, eu nem gosto de vinho. Prefiro uma coisa mais forte, tipo…

Se ele disser uísque, eu juro por deus que arranco a roupa e fico de quatro no meio desse bar agora.

— Uísque.

Respiro fundo e tento me recompor.

— A gente pode ir pra outro lugar, se você quiser. — Pego o cardápio que está apoiado numa mesinha baixa na frente do sofá. Enquanto esperava, tive tempo de olhar todas as opções disponíveis. — Porque aqui meio que *só tem* vinho.

— Relaxa, Eugênio — diz Ricardo com um sorriso tão lindo que fica impossível relaxar. — Eu gosto de *experimentar*.

O jeito como ele escolhe as palavras certas para dar ênfase e a potência com a qual pronuncia cada uma delas é meio inebriante. E eu nem bebi nada ainda! Num gesto rápido, ele levanta a mão e chama o garçom, que vem no mesmo instante anotar nosso pedido.

Quando as duas taças de vinho chegam junto com uma tábua de queijos, nós brindamos. No meio do bar barulhento, o tilintar das taças quase passa despercebido, mas meus sentidos estão em alerta, reparando em tudo o que acontece entre nós dois.

Ele bebe. Eu bebo.

— E aí? Gostou? — pergunto.

— É bom — diz ele, ajustando uma mecha do cabelo comprido por trás da orelha. — Mais refrescante do que eu imaginava.

— Tem um azedinho no fundo. Dá uma sensação gostosa na ponta da língua — digo, porque não sou bobo nem nada e quero que o Ricardo olhe para a minha boca.

Dá certo. Ele olha.

Passo a língua pelos lábios bem devagar. O movimento é um convite.

Um convite que o Ricardo aceita. Com calma, porém com firmeza, ele tira a taça da minha mão, a coloca sobre a mesinha, aproxima o rosto do meu, leva a mão até a minha nuca e enfia os dedos pelo meu cabelo. O carinho inesperado arranca de mim uma risadinha contida. E essa é a deixa de que ele precisa.

Ricardo me beija.

Os lábios dele são finos e sua língua entra na minha boca com calma, quase como se já estivesse acostumada a estar ali. O encaixe é perfeito e a química é evidente. O beijo é breve, mas me deixa impactado. Posso estar analisando demais as coisas, mas a sensação não é a de um primeiro beijo, que costuma ser mais urgente, carregado de curiosidade e de uma intenção mútua de mostrar serviço. Não. Ricardo me beija como se já conhecesse a minha boca. Como se já tivesse passado muitas outras vezes por ali.

— Pelo jeito que começou, a noite vai ser boa, hein — ele sussurra quando nossos rostos se afastam.

Olho em volta, um pouco tímido, porque nunca fui do tipo que gosta de demonstrações públicas de afeto, mas ninguém parece se importar. Esse sofazinho apertado no canto é só nosso.

— Eu ainda não sei, viu... — respondo. — Acho que vou ter que experimentar de novo pra saber.

Ricardo sorri, satisfeito em fazer minhas vontades.

E o segundo beijo é igualmente gostoso.

— Eu geralmente tenho essa regra — Ricardo está me explicando, duas taças de vinho depois. — De nunca dar em cima de cliente. Durante a tatuagem eu preciso ser profissional, sabe? Mas olha…

Ele bebe mais um gole e me encara por trás da taça. Ricardo está assim a noite toda. Me encarando por trás da taça, quase como se estar aqui fosse algo proibido.

— Que foi? — pergunto com uma risadinha, antes de beber um gole e retribuir a encarada.

Sei que é apenas uma troca de olhares, mas a voz dele é tão grave, o olhar tão intenso, os beijos entre um gole e outro tão íntimos que, sei lá… Meu pau está meio que duríssimo.

— Você sabe. Quando você chegou lá, todo gatinho assim, com esse bigodinho e essa… — Ele chega o rosto mais perto e sussurra: — Essa *cara de safado*. Foi difícil resistir. Tive que jogar o papo do "anota meu número" pra tentar a sorte.

— Então quer dizer que foi tudo uma *armadilha*? — pergunto, fingindo estar ofendido.

— Talvez… Deu certo? — Ele apoia a mão no meu joelho pela milésima vez na noite, mas, agora, escorrega o toque pela minha coxa.

— Eu tô aqui, não tô? — digo, fazendo a melhor cara de safado que consigo, agora que sei que o Ricardo gosta.

Há uma sensação de novidade aqui. Desde que me mudei para São Paulo e comecei a me sentir um homem mais livre sexualmente, disposto a experimentar coisas novas como lamber pés tamanho 44 em troca de uma gozada mixuruca, as relações sempre parecem seguir o mesmo padrão: uma longa conversa nos aplicativos em que os dois respondem um questionário sobre tudo o que gostam ou desgostam na cama, estabelecendo papéis de quem vai fazer o que para que ninguém saia decepcionado. Ou, em casos mais extremos, uma conversa rápida e impessoal que resulta numa mamada pouco memorável no banco traseiro de um Renault Sandero prata.

Mas *isso aqui*, um encontro casual entre duas pessoas com um interesse mútuo e um tesão palpável no ar, é novidade.

É algo que eu quero *experimentar*. E, por mais que eu esteja morrendo de vontade de perguntar se ele curte pés (tomara que não) ou se é ativo (tomara que sim), me seguro para não transformar nosso encontro num Passa ou Repassa do Sexo Gay. Ricardo me dá vontade de querer descobrir tudo na prática. E eu quero descobrir mais. Agora, se possível.

— Quer ir lá pra casa? — pergunto, virando o restante da minha taça numa golada só.

Ricardo parece gostar da minha tomada de atitude. Ele termina de beber, levanta a mão e, com uma voz autoritária e cheia de urgência, olha para um garçom que está no canto do bar e pede:

— Amigo! Fecha a conta, por favor! — E, olhando só para mim, com uma voz mais doce, porém igualmente grave, acrescenta: — Deixa que eu pago.

Certeza que é ativo.

9
Telepatia

No Uber a caminho de casa, sigo à risca as recomendações do Ministério do Sexo No Primeiro Encontro e mando mensagem no grupo da melhor maneira que posso, considerando que estou um pouquinho tonto de vinho e não sou bom em digitar dentro de carros em movimento.

Gnete, to levando o ricardo la p casa e com sorte vou transar mtoooo. Caso eu n apraeça ate amanha meio dia favor chamar a policia.

Pronto. Medidas de segurança tomadas. Agora posso me concentrar em seguir o resto da viagem segurando a ansiedade e roçando minha perna na do Ricardo. Nós dois ficamos em completo silêncio porque sabemos que, se abrirmos a boca, iremos falar barbaridades que talvez o motorista do Uber não fique feliz em ouvir. Melhor manter o silêncio e não arruinar minha nota perfeita de 4,9 como passageiro do aplicativo.

Quando chegamos no prédio, me atrapalho para pegar as chaves porque minha mão está tremendo e meu coração, acelerado. Ricardo ri da situação. Ele parece estar se divertindo com tudo isso. Deve estar acostumado com a reação provocada pela possibilidade de transar com ele. Subimos as escadas com pressa, entro no apartamento, caminho no escuro e acendo a luminária da sala. Quando me viro, Ricardo já trancou a porta e está me encarando de cima a baixo com um olhar faminto que, sob a luz indireta, me deixa fraco.

Ele estende o dedo indicador e me chama sem dizer uma palavra. Pisco duas, três vezes, ajustando a visão enquanto o obedeço. Dou um passo na direção dele, que diminui a distância entre nós, me puxa pela cintura e beija minha boca.

Isso, sim, tem cara de primeiro beijo. É rápido, molhado, barulhento e ofegante.

Ricardo não é muito mais alto do que eu. Acho que temos praticamente a mesma altura. Então, abraçados frente a frente, consigo sentir o volume duro dele roçando contra o meu. Isso só me deixa com mais vontade. Beijo com mais força até Ricardo ficar sem fôlego e precisar de uma pausa para respirar. Ele joga a cabeça para trás e solta um gemido rouco. E aí eu ataco. Vou direto para o pescoço, fazendo jus à fama dos vampiros. Todos têm fama de bicha. Simples assim. Ricardo parece gostar, porque, quando começo a lamber, ele geme mais alto. Meus olhos ganham um brilho de vingança, porque é hoje que a Geme Alto do 43 vai receber o troco.

Quanto mais beijo o pescoço do Ricardo, mais intensa fica a respiração dele. Ele desliza a mão pelas minhas costas, por dentro da camisa. Vai subindo até chegar nos meus ombros. E é aí que a magia acontece.

Num gesto tão rápido que mal consigo me dar conta do que está acontecendo, Ricardo gira meu corpo, me coloca de costas para ele, encaixa o volume duro da calça na minha bunda e beija minha nuca. Ele respira fundo entre um beijo e outro, e eu me lembro de quando ele disse que sou cheiroso mais cedo. Me sinto poderoso nessa posição. Empino a bunda contra seu quadril e o Ricardo me puxa pela cintura. Meu pulso acelera e o pulso dele... bom, está pulsando horrores. Em momento algum ele tira a boca do meu pescoço, mas é quando chega perto da minha orelha que eu perco o controle.

Sinceramente, qual é o *lance* com orelhas? Uma parte do corpo tão feia, mas capaz de proporcionar tanta felicidade ao ser lambida.

Solto um gemido alto e, no mesmo instante, ele cobre meus lábios com a mão. Não paro, porque o som do gemido abafado tem um efeito ainda mais gostoso.

Quando paro de gemer, ele tira a mão da minha boca, desliza o dedo até o meu queixo e vira meu rosto para me olhar no fundo dos olhos.

— Você vai dar pra mim hoje? — ele sussurra, a voz grave.

Bombas e fogos de artifício estouram dentro do meu peito.

Mentalmente, consigo ouvir um coro dos meus amigos gritando "É ATIVO! É ATIVO!" e, ao fundo, uma vozinha baixa sussurrando "talvez seja versátil, mas está numa vibe mais ativo hoje! Talvez seja versátil, mas está numa vibe mais ativo hoje!". Decido ignorar. Isso é coisa para o Eugênio do Futuro resolver. Porque o Eugênio do Agora vai dar horrores para este tatuador safado.

Mordo o lábio, correspondendo o olhar. Inclino a cabeça para que o Ricardo sinta que estou olhando de baixo para ele. Para deixar claro que, esta noite, ele me tem na mão.

— Uhum — murmuro.

Ele me empurra na direção do sofá, mas minha mente emite um alerta bem na hora. Imagino eu e o Hugo sentados no sofá lá embaixo na calçada. Depois me lembro de todos os meus amigos sentados aqui enquanto comíamos pizza. Por algum motivo, me parece *errado* transar nesse lugar.

— Não — digo, firmando os pés no chão. — Vamos pra cama.

— Direto pra cama? — Ricardo responde, com uma risada sacana. — Gosto assim.

Num movimento rápido, pego a vela que ganhei de presente da Carol e levo junto comigo. Não quero transar com o Ricardo pela primeira vez sob a dita "luz de hospital", mas a escuridão total também não é uma alternativa.

Mando Ricardo para o quarto enquanto busco um isqueiro na cozinha e acendo a vela. Quando chego lá, ele já arrancou a roupa em tempo recorde. Está me esperando deitado na cama só de cueca boxer preta, e meu corpo se enrijece todo.

Não penso duas vezes antes de ficar só de cueca também.

— Gostoso — ele sussurra, levando as mãos para trás da cabeça e mostrando as axilas com pelos escuros e finos.

Ricardo não está deitado num canto, tímido e retraído. Está bem no meio, ocupando a cama inteira, como se aquele fosse um lugar familiar para ele. Como se essa não fosse a primeira vez. Como se já conhecesse cada pedaço do meu apartamento. E essa mistura de novidade que já tem cara de intimidade me deixa excitado. Quando apoio a vela no banco que uso de mesinha de cabeceira (comprar mesinha de cabeceira urgente!!!), a chama alaranjada ilumina o quarto na medida certa. Ainda de pé, respiro fundo e admiro o corpo tatuado do Ricardo. O dragão que ele me mostrou uns vinte dias atrás ganha forma aqui. Sob a sombra trêmula que a vela projeta, as escamas parecem quase ter vida. Reparo no restante dos desenhos que cobrem a pele dele. As flores, as chamas, os peixes... O corpo do Ricardo é uma obra de arte. E eu vou *dar* para ele!!!

— Vem cá — ele me chama com a voz autoritária, e eu obedeço.

Subo na cama e fico de quatro por cima de seu corpo esparramado e tatuado. A gente se beija com mais calma dessa vez. Minha língua passeia pela boca dele, descendo pelo queixo e passando pelo pescoço até chegar no peito. Ele geme quando a ponta da minha língua toca seu mamilo esquerdo, e eu brinco ali por alguns instantes. Vou intercalando lambidas suaves com umas chupadas mais sinistras só para ver a reação. Com o corpo apoiado contra o dele, consigo sentir o pau do Ricardo pulsando por baixo da cueca, e meu desejo de *experimentar* só aumenta.

Vou descendo pela barriga, acompanhando o corpo do dragão, até ficar cara a cara com o tecido preto. Chegou a hora.

Olho para cima, abro um sorriso safado e encontro Ricardo me encarando cheio de tesão. Mesmo sob a luz da vela, consigo notar naquele olhar o quanto ele me quer. E, puta merda, ser desejado assim é gostoso demais.

Deslizo os dedos pelo elástico da cueca, provocando. Ricardo assente.

— Chupa — ele ordena.

Gosto do jeito como ele me guia. Já saí com alguns caras extremamente verbais durante o sexo e, por mais que eu goste, alguns acabam soando como um tutorial ("Chupa devagar passando a língua em pequenos círculos pela cabeça do meu pau enquanto massageia minhas bolas com as duas mãos!"), ou como uma entrevista ("Tá gostoso? Diz pra mim! Tá gostando dessa pica? Não era isso que você queria? Me diz! Era *isso* que você queria???). Ricardo é diferente. Ele manda, eu obedeço, e o restante a gente deixa o corpo falar.

Abaixo o elástico da cueca e não consigo segurar o sorriso. Ricardo tem Pau de Marido! *Longe de mim* idealizar um futuro durante o primeiro sexo! É só uma categoria que abrange paus grossos, mas não muito, com tamanho um *pouquinho* acima da média, desses que causam impacto sem causar desconforto. Tudo o que eu precisava hoje.

Faço tudo com calma. Sinto o cheiro, o volume, a textura e a temperatura (cheiroso, volumoso, macio e quentinho). Faço Ricardo relaxar na minha mão e, quando encosto a língua pela primeira vez, ele solta o ar com força. Vou devagar, lambendo, subindo, descendo e, quando sinto que ele está relaxado o suficiente, eu ataco. Num ritmo um pouco mais rápido, coloco a língua para fora e engulo até onde consigo. Isso surpreende o Ricardo, e, quando apoio as mãos sobre as coxas dele, sinto seus músculos flexionarem.

Afasto a cabeça, recupero o fôlego e vou de novo. Ricardo está gostando. Eu, mais ainda. Quando tento me afastar para me recuperar de novo, sinto a mão dele pressionando minha nuca. E aí vou a loucura.

— Engole — ele murmura entre um gemido abafado e outro.

— *U-hum* — concordo com a voz abafada porque, bom, tem um Pau de Marido invadindo minha garganta.

Chupo até não conseguir mais e, quando dou dois tapinhas rápidos na coxa do Ricardo, ele entende o sinal e solta minha nuca. Me liberto rapidamente, respirando fundo e enchendo o pulmão de ar. Sinto a saliva escorrendo pelo queixo, e Ricardo acaricia meu rosto num gesto que mistura ternura e autoridade.

Ele me guia para cima até ficarmos cara a cara. Ricardo me beija e, desta vez, é um beijo totalmente sexual. Desses babados, cheios de língua e uns barulhos de *shlap shlap* vez ou outra. Estamos os dois em êxtase. Enquanto me beija, ele vai descendo a mão pelas minhas costas até chegar na bunda. Eu empino e ele solta uma risada dentro da minha boca.

— Puto.

— Tô só começando — sussurro dentro da boca dele.

Ricardo tira a mão da minha bunda, cospe na ponta dos dedos e volta com ela para lá, por dentro da cueca desta vez.

A cuspida é rápida, agressiva e, assim, correndo o risco de soar como uma completa vagabunda, eu meio que queria que ele tivesse cuspido na minha boca.

Mas não consigo pensar nisso por muito tempo, porque os dedos melados do Ricardo estão deslizando pelo meio da minha bunda, explorando a entrada do meu... Puta que pariu! Ele sabe o que está fazendo. Meu pau está quase rasgando a cueca de tão duro quando percebo que chegou a minha vez de dar as ordens.

— Me come — ordeno. E só para ele continuar achando que ainda está no comando e para manter as relações de poder previamente estabelecidas, acrescento: — Eu preciso te sentir dentro de mim.

Saio de cima dele e estico o corpo até uma caixa de madeira que mantenho ao lado da cama. Minha Caixinha do Sexo. Pego camisinha e lubrificante e entrego tudo para ele enquanto arranco a cueca e fico de quatro. Afundo a cabeça no travesseiro e fecho os olhos, na expectativa de sentir o geladinho do lubrificante escorrendo para dentro de mim.

Mas o que sinto é completamente diferente e muito, muito melhor.

A língua do Ricardo me invade de surpresa, e ele chupa com a mesma vontade e entusiasmo com que eu estava chupando poucos minutos atrás. Enfia um dedo. Dois. Lambe mais. Chupa com vontade. Ricardo me deixa relaxado como não me sinto há muito tempo. Solto um gemido alto, abafado pelo travesseiro, para mostrar que estou gostando. Isso só deixa o Ricardo mais voraz, mais faminto. Minhas pernas estão tremendo, mas continuo de quatro porque não quero que isso acabe nunca.

— Caralho, que bunda gostosa — ele diz entre uma lambida e outra.

Eu só continuo gemendo, imerso demais para conseguir responder.

Percebendo que já pareço relaxado e pronto o suficiente, Ricardo, o Tatuador e Especialista em Chupar Cu, me pega pela cintura. Respiro fundo e me preparo mentalmente para uma metida que, sem exageros, tem chances de mudar completamente o rumo da minha vida.

Mas Ricardo não mete.

Ele me vira, me deita na cama e me encara.

— Prefiro assim — diz, numa voz que mais parece um rosnado. — Quero te foder olhando nos teus olhos.

Literalmente a coisa mais romântica que alguém já me disse em toda a minha vida???

— Me fode, então — sussurro. Em partes para provocar, mas também porque não aguento mais. Eu não estava mentindo quando disse que *preciso* sentir o Ricardo dentro de mim.

Ricardo sorri. Coloca a camisinha com habilidade. Na hora de espremer o lubrificante, o tubo faz um barulho de peido e eu me seguro para não sair do personagem e rir feito um idiota.

E, então, ele me fode. A dorzinha inicial me faz puxar o ar com força, mas eu já estava tão lubrificado e relaxado que não dói por muito tempo. Sinto o pau do Ricardo me preenchendo e, caramba, o encaixe é ideal. Quando termina de enfiar tudo, ele fica parado lá dentro por alguns instantes. Não interrompemos o contato visual nem por um segundo. Respiro fundo mais uma vez e, quando mordo o lábio, ele já sabe o que fazer.

Num movimento ritmado que vai ganhando força aos poucos, Ricardo me come com muita vontade. Entre uma metida e outra, ele me beija, segura meu pescoço com força, brinca com meus mamilos e também com meu pau, que está duro e babando, batendo na minha barriga a cada estocada.

Variamos as posições de tempos em tempos, mas, no fim das contas, sempre acabamos voltando para cá. Eu de pernas abertas, ele metendo em mim, nossos olhos famintos se encontrando. Nossos corpos estão suados e a luz da vela faz nossa pele brilhar.

— Eu quero gozar com você — ele grunhe.

Existe uma diferença enorme entre gozar *em* você e gozar *com* você. Descobrir que o Ricardo quer gozar *comigo* me excita mais ainda, e me sinto pronto para esporrar a qualquer momento.

Mais uma vez, Ricardo cospe na palma da mão. Demonstrando uma habilidade que poucos têm, ele envolve meu pau com os dedos e me masturba enquanto continua metendo no mesmo ritmo.

A cuspida me faz lembrar do desejo latente em meu peito. Queria que ele cuspisse na minha boca. Mas a verdade é que tenho vergonha de pedir. Não vergonha do ato em si. Mas vergonha de juntar as palavras "cospe na minha boca", de formar a frase e dizer em voz alta.

Tento racionalizar tudo isso da melhor maneira possível. A verdade é que no momento eu não consigo muito bem, já que Ricardo continua me fodendo num ritmo frenético e não tira a mão do meu pau nem por um segundo, repetindo o movimento molhado e excitante, embalado pelo som dos nossos gemidos.

Uma voz na minha cabeça diz: *Eugênio, você é um homem adulto e bem resolvido. Um passivo que sabe o que quer. É só pedir. Ricardo não vai dizer não.*

Mas quando abro a boca, as palavras não saem.

Aproveito que estou de boca aberta e, numa última tentativa, coloco a língua para fora e encaro o Ricardo com um olhar de súplica.

Para a minha sorte, ele sorri, entendendo exatamente o que eu quero por causa desta telepatia insana que desenvolvemos desde o primeiro segundo em que nos deitamos na cama.

Ricardo cospe na minha boca e meu coração acelera com essa mistura de submissão pelo ato em si e satisfação por ter meu desejo realizado. Jogo a cabeça para trás, revirando os olhos de tanto prazer, e sei que não vou aguentar mais. Quando gozo, meu corpo inteiro se contrai, apertando o pau duro do Ricardo dentro de mim. É a deixa de que ele precisa.

— Porraaaaaa! — Ricardo solta um grunhido alto, liberando todo o tesão em duas, três jatadas, antes de desabar o corpo suado em cima do meu.

É. Ele gozou comigo.

10
Ligação

— Bom dia, gostoso.

A voz do Ricardo me acorda.

Não sei que horas são, mas, considerando luz do sol entrando pela janela e iluminando minhas pálpebras ainda fechadas, já deve passar das dez. Estou esparramado na cama com os olhos pesados e a sensação de que fui atropelado ontem à noite. De certa forma, eu fui mesmo.

Pisco lentamente para me acostumar com a claridade e me deparo com o corpo tatuado do homem que me comeu a noite inteira de pé ao lado da cama. Ele está só de cueca, com duas canecas de café na mão (a boa e a quebrada). A naturalidade da cena me pega de surpresa. Eu sou um cara acostumado com sexo casual. Trago homens para casa com uma certa frequência. Mas nunca foi assim. Mesmo os que já dormiram aqui, se vestiam logo que o sol nascia e iam embora com um beijinho impessoal e a promessa de manter o contato. Ninguém nunca *permaneceu* no dia seguinte, muito menos me trouxe café na cama.

— Bom dia... — Minha voz sai meio rouca e eu sinto um leve arranhão na garganta por motivos óbvios.

— Desculpa ter revirado tua cozinha sem permissão — diz ele, me entregando uma caneca (a boa) e se sentando na beirada da cama. — Mas eu preciso de café pra acordar e tenho que ir trabalhar daqui a pouco.

Me ajeito na cama para me sentar e seguro a caneca quente nas mãos. Meu cabelo deve estar despenteado e oleoso, considerando que ontem a gente meio que gozou e dormiu. Mas a visão do Ricardo pelado junto com o cheiro de café no ar me deixa tão desarmado que não consigo me preocupar. Mas é o cabelo *dele* que me chama a atenção. Está molhado.

— Você tomou banho? — pergunto.

— Desculpa ter usado seu chuveiro sem permissão — ele repete, rindo dessa vez. — Mas, em minha defesa, usei uma toalha limpa!

— Você sabe onde eu guardo minhas *toalhas*? — pergunto. — Estou começando a ficar preocupado…

Ricardo acaricia meu cabelo.

— Eugênio, você tem um armário de duas portas. Não foi muito difícil. — Ele aponta para trás, na direção do pequeno armário embutido do quarto. — Mas, sério. Desculpa. Eu só não queria te acordar. Você estava dormindo tão bonitinho com essa bundinha gostosa pra cima.

A mão desocupada dele desce pela minha costela até chegar na cintura, escorregando para a lateral da minha bunda. Ele dá uma apertadinha. Também estou pelado, e meu pau dá uma pulsada com o toque do Ricardo, como um bom-dia em código morse.

Ricardo percebe o movimento, encara meu pau e sorri. Não sei como ele leva tanto jeito para ser safado e carinhoso ao mesmo tempo, mas estou adorando.

Bebo o primeiro gole. Está sem açúcar. Não consigo esconder a careta ao engolir o líquido quente com gosto de lama.

— Tá ruim? — ele pergunta.

— Não! — respondo rápido demais. Forço um sorriso. — Está perfeito.

Escolho mentir porque acho que seria meio babaca da minha parte reclamar do café feito por um homem bonito que me comeu como ninguém, trouxe uma caneca para mim e ainda se preocupou em pegar uma toalha limpa antes de tomar banho enquanto eu dormia.

Terminamos o café e, enquanto tomo banho, Ricardo se veste e lava as duas canecas. Quando saio do banheiro, ele já está arrumado com a mesma roupa do nosso encontro, que parece muito mais extravagante agora, sob a luz do dia. Ele se olha no espelho pequeno que tenho atrás da porta enquanto eu visto um short e uma regata para passar o dia em casa.

— Sem querer abusar da sua boa vontade… — ele começa.

— O que você quer agora? A chave da minha casa? — pergunto num tom impaciente de brincadeira.

Com a sensação inebriante de Transei Ontem que estou sentindo agora, se ele pedisse, eu daria.

Ricardo ri.

— Não. Só uma camiseta velha. Daqui vou direto pro estúdio, e tatuar com isso aqui — ele aponta para o colete de veludo que está vestindo. — É um pouco desconfortável.

— Ah! — respondo. — Claro. Quer escolher? Agora que você já está íntimo do meu armário…

Puxo a gaveta de camisetas e agradeço ao Eugênio do começo da semana que arrumou tudo direitinho. Alguns dias atrás, estava uma zona.

Ricardo se aproxima por trás, apoia o queixo em cima do meu ombro e analisa as opções.

— Cara… você não tem nenhuma camiseta preta?

Observo a gaveta e constato que não, não tenho nenhuma camiseta preta. Acho que nunca foi uma escolha consciente. Eu só não gosto.

— Desculpa se eu não sou gótico o suficiente pra você… — digo, fazendo drama. Ricardo ri, e o som da risada perto do meu pescoço me deixa todo arrepiado. — Acho essa aqui a sua cara!

Puxo uma camiseta branca, desdobro e me viro para ele.

Ricardo solta uma gargalhada.

— Nem fodendo!

— Agora você vai com essa, sim! — digo, entregando a peça.

É uma camiseta que comprei na viagem de Ano-Novo. Numa fonte cursiva azul, a estampa diz I ♡ UBATUBA com um desenho tosco de dois golfinhos se beijando logo abaixo. Nunca dei a sorte de ver golfinhos em Ubatuba, mas achei a camiseta ironicamente divertida e trouxe para casa. Desde então, só usei para dormir.

— Sério mesmo? — Ricardo pergunta, tombando o pescoço pro lado.

Assinto rápido e abro um sorriso. Ele revira os olhos e arranca o colete que está vestindo. Mais uma vez ganho o presente que é ver esse homem lindo sem camisa na minha frente. E, sem exagero, ele fica ainda mais lindo vestindo dois golfinhos se beijando.

— Aprovado? — Ricardo dá uma voltinha.

Faço sinal de joinha com as duas mãos e, em troca, ganho um selinho na boca.

— Tô indo nessa. O metrô é perto daqui? Dá pra ir andando? — ele pergunta, conferindo as horas no celular e tateando os bolsos da calça para garantir que não está esquecendo nada.

— Uns cinco minutos. Só subir a rua até a principal e virar à esquerda.

— Beleza. Vou nessa — ele responde, caminhando até a sala.

Não sei como encerrar isso aqui. A despedida dos encontros de sexo casual sempre foi um grande enigma para mim. Quero continuar conversando, mas não quero que ele *saiba* que eu quero.

— Vou descer com você. Tenho que passar no mercado — digo.

É mentira. Só estou prologando a despedida em alguns lances de escada até a rua.

— Tá bom.

Ele sorri e me beija. Um beijo rápido, mas que tem intenção. Beijo de Marido.

Eu sou patético, mas a perspectiva de ter uma peça de roupa minha em posse do Ricardo, algo que pode ser utilizado como barganha para a gente se ver de novo, me deixa mais tranquilo.

Quando saímos do prédio, um abraço rápido, um tapinha na minha bunda e ele vai embora. Com o peito estufado sob os golfinhos apaixonados e o cabelo ainda úmido. Fico parado sem reação, como naquelas notícias tristes de cachorrinhos esperando o dono voltar da guerra.

— A noite foi boa, hein? — Hugo, é claro, comenta de trás de mim, apoiado na porta da oficina com uma chave de qualquer coisa na mão, uma regata amarela e um boné virado para trás.

Passo a mão pelo cabelo, sem graça, e tento me fazer de desentendido.

— Do que você está falando?

Hugo ri, me dá as costas e volta a trabalhar numa bicicleta toda desmontada em cima da mesa.

— Olha a sua cara! — diz ele. — Cara de quem transou.

Abaixo a cabeça e toco meu rosto, como se fosse capaz de encontrar ali o que o Hugo viu de diferente em mim hoje. O traço que me deixa com Cara De Quem Transou.

— É... Foi uma noite boa — confesso.

Hugo gargalha.

— Ahá! Sabia! — Ele toca meu ombro, me puxando para mais perto. — Já tomou café? Entra aí. Tem pão de queijo ali no balcão. Café na garrafa. E uns sachês de açúcar também.

Aceito o convite e entro na oficina, porque a possibilidade de beber um café *com açúcar* me acalma. O ambiente está aos poucos ficando mais familiar para mim. As prateleiras cheias de ferramentas, estantes com acessórios à venda, bicicletas penduradas no teto e cartazes com paisagens de trilha espalhados pelas paredes.

Apoio os cotovelos sobre a bancada e enfio um pão de queijo inteiro na boca.

— Aquele era o tatuador? — Hugo pergunta, voltando ao trabalho.

— Uhum — respondo enquanto mastigo. — O encontro ontem foi bom, e eu nem sou de levar homem pra casa assim de primeira... — minto. — Mas não deu pra evitar.

— Tá certo — Hugo comenta, concentrado nas peças de bicicleta espalhadas sobre a mesa.

Como mais um pão de queijo e o nosso silêncio é interrompido pelo som do meu celular vibrando no bolso. Pego o aparelho e vejo que minha tia está ligando. Por mais que esteja com saudades de falar com ela, não sei se agora é o melhor momento. Mais tarde, com calma, retorno a chamada. Deixo tocar até ela desistir.

— O que foi isso? — Hugo pergunta, largando uma ferramenta sobre a bancada.

— Só minha tia ligando. Não deve ser nada de mais. Se for sério, ela liga de novo.

Como se estivesse esperando uma deixa, ela liga de novo.

— Atende, cara — diz Hugo. Sei que é apenas um conselho, mas sua voz sai quase como uma ordem. — Não é legal deixar as pessoas que a gente ama esperando.

Revirando os olhos e aceitando que ele tem razão, atendo a chamada, que, como de costume, é de vídeo. A conexão leva uns dois segundos para se estabelecer e, aos poucos, a imagem pixelada da minha tia vai se formando. Ela está na varanda desta vez, com sol batendo em seu rosto, as plantas de que ela ama cuidar aparecendo ao fundo, o vento balançando o cabelo curtinho.

— Lembrou que tem família!

— Dramática! — respondo. — Bom dia pra senhora também.

— Que lugar é esse onde você tá?

— Tô na oficina do meu vizinho. Longa história.

— Seu "vizinho", Eugênio? — Ela faz aspas no ar e arqueia a sobrancelha, a reação de sempre que menciono qualquer homem em uma das nossas conversas. Atrás de mim, Hugo ri. — Quem é? Deixa eu ver!

Sabendo que não tenho como escapar, viro o celular e aponto a câmera para o Hugo, que está debruçado sobre a mesa, e o ângulo valoriza aqueles brações enormes.

— Bom dia, dona Margarida — diz ele.

Não lembro da última vez que falei o nome da minha tia para ele, mas acho fofo que se lembre.

— Bom dia... — Ela espera o Hugo completar.

— Hugo! Muito prazer. Sou o "vizinho" do Eugênio — ele responde, entrando na brincadeira.

— Minha Nossa Senhora... — minha tia sussurra.

É uma situação completamente desconfortável ficar aqui segurando o celular enquanto minha tia baba pelos brações do mecânico de bicicletas que é apenas meu vizinho, sem aspas mesmo. Decido mudar o rumo da ligação.

— Tia! — exclamo, voltando a câmera para mim. — Preciso te mostrar uma coisa!

Rapidamente, coloco o celular sobre a mesa, apoiado numa caixa de ferramentas, e me posiciono bem na frente do aparelho. Levanto a manga da camiseta e mostro a tatuagem.

Tia Margarida arregala os olhos e cobre a boca com a mão.

— Que isso, meu filho? É de verdade?

— É, sim. É uma margarida! Fiz em homenagem à senhora.

Ela fica sem palavras, ainda cobrindo a boca e semicerrando os olhos. Aproximo o braço da câmera para que veja melhor.

— É de... verdade? — ela repete a pergunta. — Vai ficar no seu braço pra sempre?

Por mais que eu já tenha feito as pazes com o fator eterno da minha tatuagem, a maneira como ela pergunta me pega em cheio.

— Sim. Pra sempre.

— Ficou linda — ela sussurra. — Mas vai com calma também. Não vai ficar se enchendo de tatuagem... — Ela para, pensa e, falando um pouco mais alto, completa: — Com todo respeito, Hugo!

Hugo ri.

— Tudo bem, dona Margarida!

— Porque eu sei bem como essas coisas funcionam... Você faz uma, depois mais uma, depois outra... Quando a gente vê, vai estar todo tatuado e, pior, andando de *moto* por aí.

— Prometo que não vou começar a andar de moto — digo, colocando a mão sobre o peito.

— Muito bem. Aproveita que tá prometendo coisas e promete que vem me visitar logo.

— Prometo que vou te visitar logo — digo.

— Pode trazer seu vizinho junto! — ela diz mais alto, para que Hugo possa escutar.

Olho para ele por cima da tela do celular. Hugo desvia o olhar e balança a cabeça, mas está sorrindo.

— Vou ver com ele e te falo. Beijo e bom sábado.

— Beijo e me atende de primeira quando eu ligar de novo.

Quando ela desliga, guardo o celular no bolso.

Eu e Hugo ficamos em silêncio por um tempo. Ele trabalhando e eu pensando. Pensando que preciso cumprir minha palavra e ir visitar minha tia. Pensando no jeito como ela enfatizou que minha tatuagem é para sempre. Pensando se talvez eu vá mesmo começar a andar de moto depois da terceira tatuagem. Pensando em como seria aleatório levar o *Hugo* para conhecer a minha *tia*. Pensando em como o tatuador passou a noite inteira me comendo gostoso. Pensando que já risquei o primeiro desejo da minha lista e, agora que conheci o Ricardo, sinto que estou mais perto de riscar outro.

É. Eu preciso adotar um cachorro.

— Sua tia parece engraçada — diz Hugo, finalmente.

— Ela é. Você precisa conhecer... — Nem sei por que falo isso. Encaro o saquinho de pão de queijo sobre a bancada. Só tem mais um. — Quer dividir esse último? — pergunto.

— Não. Pode ficar.

— Mas é o último.

Hugo larga o que está fazendo e olha para mim. Testa suada, sobrancelhas cerradas e bonezinho para trás.

— Pode ficar.

— Tá bom, então.

Abro um sorriso e, mais uma vez, enfio o pão de queijo inteiro na boca.

11

Coleira

— **Minha nossa,** o que tem na pica desse cara, hein?! — Rafael exclama em voz (muito) alta no meio do pet shop.

Uma mulher que está passando pelo corredor de sachês para gatos nos encara, meio curiosa e meio apavorada.

Abril acabou de começar e meu plano de zerar a lista de Ano-Novo segue a todo vapor. Descobri uma feira de adoção de cachorros que acontece uma vez por mês no Paraíso, e estou me preparando para dar esse passo. Chamei Rafael e Gabriel, que não têm *nenhuma* experiência com animais de estimação, mas têm boa vontade e tempo livre para saírem comigo numa tarde de dia de semana, e os dois estão me acompanhando enquanto compro o básico de que preciso para receber um cachorrinho em casa. Potinhos de água e comida, tapetes absorventes para xixi, uma caminha confortável e um brinquedo de morder.

— Eu tô te falando… — respondo, quase sussurrando para ver se o Rafael pega a indireta e começa a falar um pouquinho mais baixo sobre a minha vida sexual em público. — Eu achei que ia ser só uma coisa casual, sabe? Um sexo desses que acontecem uma vez na vida e viram nosso mundo de cabeça pra baixo, mas aí a gente descobre que o cara é casado, tem filhos e não pode se envolver porque é vice-presidente de uma das maiores marcas de presunto fatiado do Brasil.

— Isso foi muito específico — diz Gabriel, analisando a prateleira de brinquedos de morder como se estivesse escolhendo um para si mesmo.

— Mas, não! O Ricardo *não sumiu*. Ele tem uma rotina corrida, claro, mas a gente já está saindo há mais de um mês e sinto que ele continua interessado. O sexo é sempre bom. Na verdade, só vai ficando melhor.

— Um mês e já vão adotar um cachorro juntos — diz Rafa.

— O orgulho das nossas amigas sapatonas — Gabriel completa.

— A gente não vai adotar *junto*. O cachorro vai ser *meu*. O Ricardo só vai me acompanhar. Tipo um encontro, só que vai acabar comigo levando um cachorro pra casa — explico.

— Ou seja, a mesma coisa que acontece toda vez que você sai com o Ricardo — Rafael brinca.

Gabriel ri e ajusta o chapéu que está usando. É um daqueles chapéus de pescador que fica perfeito no Gabes, mas que em qualquer outro ser humano normal passa uma energia meio Seu Madruga.

Engulo em seco ao me lembrar da semana passada, quando Ricardo sugeriu colocar uma coleira em mim para me dominar enquanto me come e eu prometi pensar no assunto. Acho que vou acabar topando.

— Já sabe se vai ser macho ou fêmea? — Gabriel pergunta, segurando dois comedouros de plástico, um rosa e um azul.

— Amor, favor não forçar normas de gênero num animal que ainda nem foi adotado — diz Rafael, abaixando as duas mãos do namorado.

— Ainda não sei. Vou chegar lá na feira de adoção e sentir a vibe. Ver se algum dos cachorros *chama* por mim, sabe? — Respiro fundo, tentando encarar toda a situação de adotar um animal com naturalidade. Ao contrário da tatuagem, que me exigiu uns vinte dias de cuidados especiais e hidratação da pele, um cachorro vai precisar de cuidado todos os dias. Por muitos anos. E se eu não conseguir? E se ele me odiar? E se rosnar toda vez que olhar para mim? E se não lamber meu rosto de maneira carinhosa toda vez que eu chegar em casa como geralmente acontece em filmes de cachorro? — De qualquer forma, vou levar tudo rosa. Cor-de-rosa é gênero neutro.

Rafa e Gabes concordam e nós começamos a passear pelos corredores, enchendo o carrinho com tudo que é cor-de-rosa. Depois eu me preocupo em selecionar o que vai e o que fica.

— Tá, mas quando a gente vai conhecer o Ricardo? — Gabriel pergunta.

— Pois é! — Rafa exclama. — Eu estou quase *marcando uma tatuagem com ele* só pra ver se o cara é isso tudo mesmo.

— Eu apoio! — diz Gabriel. — Você ia ficar tão lindo com uma tatuagem grandona assim no peito. — Ele alisa o peito do namorado e dá um beijinho rápido na boca dele. É tão fofo que chega a dar nojo.

Decido ignorar a cena.

— Hum, não sei. É meio que um passo importante, né? Conhecer os meus amigos. É coisa de namorado.

— Mas não é isso que você quer? — Rafa pergunta. Ele desliza os óculos de lente amarela até a ponta do nariz e me encara por cima da armação. — Um namorado?

— Eu quero — afirmo. — Quer dizer, eu acho que quero... Mas com o Ricardo é diferente. Quando a gente está junto, é tudo perfeito, mas durante as semanas a gente se fala pouco. Ele não é muito de mandar mensagem, sabe? Eu não ligo tanto — minto. — Mas às vezes queria ganhar um bom-dia, queria que ele perguntasse o que estou fazendo...

Rafael revira os olhos, segurando um osso de borracha.

— Ai, isso só é bonitinho na teoria, viu? — diz ele. — Antes de conhecer o Gabriel, eu estava saindo com um cara...

— O músico que morava com a mãe? — pergunto.

— O músico que morava com a mãe! — Rafa confirma, jogando o osso de borracha no carrinho de compras. — A gente estava se conhecendo e tal, mas conversar com ele era como dar uma entrevista vinte e quatro horas por dia. *Oi. Dormiu bem? Almoçou o quê? Tava gostoso? Vai fazer o que agora? Como foi o trabalho? A academia tava cheia? Treinou direitinho? Já vai dormir?* — Ele enuncia todas as perguntas com uma voz irritante de bebê carente. Será que é assim que eu fico sempre que encho o Ricardo de perguntas banais sobre a rotina?

— Eu não sou chato assim, viu? — Sinto a necessidade de me defender. — Só queria que ele fosse mais próximo da minha rotina. Só pra ver se a gente combina tão bem na vida quanto combina na cama.

— Tá, faz sentido. — Gabriel me apoia. — Mas você já falou com ele sobre isso? Tipo, sobre o que você quer?

Paro e organizo os pensamentos.

— Já *quase* falei. Duas vezes. Mas tenho medo de acabar assustando ele. Dele sumir da minha vida e eu acabar perdendo o…

— *O melhor sexo da galáxia* — Rafael debocha.

— Isso! — digo, analisando duas caminhas de cachorro de tamanhos diferentes sem saber qual escolher porque, assim como meu namoro com o Ricardo, meu futuro cachorro ainda é apenas um conceito abstrato na minha mente. — O melhor sexo da galáxia. Juro. Semana passada ele me fodeu tão bem que eu quase disse "te amo".

— Isso é uma música da Lana del Rey — aponta Gabriel, que gosta da Lana del Rey.

— Que pesadelo, meu deus — comenta Rafael, que odeia a Lana del Rey.

— Ainda bem que eu gozei bem na hora e a vontade passou. Teria sido bem humilhante mesmo — concluo eu, que sou indiferente à Lana del Rey.

— Enfim, acho que você deveria aproveitar tudo o que dá por agora. E viver um dia de cada vez — Gabriel aconselha. O conselho é básico e meio inútil, mas sei que é de coração.

— Amanhã já vai ser um grande dia, sabe? A gente vai sair de manhã, tomar café, escolher um cachorro… — Na minha mente, a cena se desenrola como um filme romântico. — A gente nunca se encontrou de manhã. Geralmente é nessa hora que a gente está se *despedindo*.

— Sei, sei... — Rafa balança a cabeça. — Depois de passarem a noite inteira *trepando feito dois animaizinhos*.

Ele pega dois bichinhos de pelúcia e começa a esfregar um no outro de um jeito meio obsceno.

— Ei! — digo, apontando para os bichinhos. — Isso aqui é um pato?

Rafael separa as pelúcias, analisa as duas e confirma. Na mão direita, ele segura um pato. Na esquerda, eu *acho* que é um esquilo.

— Põe o pato no carrinho. Vou levar.

Sem questionar, Rafa obedece e nós encaramos os produtos que escolhemos. Meio bizarro pensar que um cachorro que ainda nem é meu já possui mais móveis do que eu. Reviso tudo, separo as coisas que pegamos por impulso (uma fantasia de Papai Noel para cachorros pequenininhos que estava em promoção porque ainda faltam nove meses para o Natal) e as coisas que são caras sem motivo (um bebedouro que promete manter a água fresca por mais de quarenta horas, mas não entendi muito bem como, já que é apenas uma *tigela*) e acabo com uma seleção simples de tudo que o meu futuro cachorro vai precisar nos primeiros dias em que for morar comigo.

Um cachorro.

Que vai morar comigo.

Tento não pensar muito.

— Ah! — digo. — Pega aquela coleira ali pra mim? Aquela preta, com pingente em formato de osso.

— Não é melhor escolher o cachorro primeiro, amigo? — Gabriel questiona. — Você ainda não sabe o tamanho dele.

— A coleira não é para o cachorro — respondo baixinho.

E os dois me encaram como se eu fosse a vagabunda mais suja que já pisou nesse planeta. Mas do jeito carinhoso que apenas melhores amigos conseguem fazer.

12

Forte, gay e capaz

Hoje eu vou adotar um cachorro. O segundo item da lista que, até o fim do ano, vai me tornar uma pessoa diferente. Um homem responsável. Um gay que não foge das responsabilidades.

No tempo que levo entre acordar e escovar os dentes, penso umas duzentas vezes em fugir dessas tais responsabilidades. Mas, depois de me encarar no espelho por um minuto inteiro repetindo "para de ser patética" várias e várias vezes, está decidido. Hoje eu vou adotar um cachorro.

Meu apartamento já está cheio das coisas que comprei para o futuro morador. Tem três caminhas diferentes porque não sei de qual o bicho vai gostar mais. Que tipo de pessoa irresponsável e desapegada compraria *três* caminhas diferentes para um cachorro que ainda nem existe? É óbvio que sou responsável.

Acho que o fato de ir à feira de adoção com o Ricardo é o que me deixa mais empolgado. Quero mostrar a ele que sou decidido e tenho atitude, duas características que considero muito atraentes. Depois do banho, abro a gaveta do armário e encaro minhas opções de roupa. Escolho a regata mais justa, que além de mostrar o braço tatuado, faz meu peitoral parecer maior. E eu sei que o Ricardo gosta. Na semana passada, enquanto a gente transava, ele agarrou meus peitos e grunhiu um "que delícia esse peitão". Foi um momento de extrema realização para mim no campo pessoal e também no emocional.

Confiro mil vezes a lista de documentos e informações sobre adoção de cachorros que encontrei no site da prefeitura e, quando finalmente pego o celular para avisar ao Ricardo que estou saindo de casa, uma mensagem dele chega primeiro.

Oi gostoso.

Estamos *tão* conectados. Mandando mensagem um para o outro ao mesmo tempo. Digito **Oiiiii**, apago, digito **Oi** e envio.

Seguinte não vou conseguir ir contigo no lance do doguinho. Uma cliente de amanhã pediu pra remarcar pra hj a tarde e eu não tive como dizer não. Tatuagem grande, grana boa. Td bem por vc?

Inferno.

Tento não me apegar ao fato de que o Ricardo acabou de chamar um momento que irá literalmente mudar o rumo da minha vida para sempre de "lance do doguinho" e focar no que importa. Foi um imprevisto. Ele é um adulto responsável que trabalha e paga contas. E eu *também* sou um adulto responsável que trabalha, paga contas e vai adotar um cachorro *hoje*. A única irresponsável da história é a cliente que pediu para remarcar. Cogito tentar descobrir quem é para depois encher os comentários do Instagram dela de ofensas. Coisas bobas, claro, tipo "chata" e "bafuda". Nada que vá ferir a integridade da mulher, afinal de contas, eu *sou feminista*.

Deixo meus planos de uma possível vingança contra uma completa desconhecida de lado ao me lembrar de que preciso responder a mensagem do Ricardo. Digito:

De boa, lindo.

É sempre assim. Ele me chama de gostoso, mas eu chamo ele de lindo porque acho mais romântico e, dessa forma, deixo pistas no ar a respeito do que estou buscando na nossa relação (romance).

Sem problemas mesmo!!!! Trabalho é importante né??? Eu vou lá e depois te conto tudo!!! Bjo!!!

Envio.

Não sem antes apagar todas as exclamações para que ele não ache que estou sendo sequestrado e a mensagem é um pedido de socorro codificado.

Ricardo visualiza.

E manda um coraçãozinho preto.

Eu estou bem. Mudar de planos é supernormal! Eu só iria adotar um cachorro e me tornar responsável por uma forma de vida e estava contando com a companhia de um homem que, oficialmente, não é *nada* meu, e ele acabou cancelando por motivos de *força maior*. O que é supernormal!!!

Foda-se.

Tiro a regata apertada que valoriza os meus peitos e visto uma camiseta branca larga e confortável. Não tenho ninguém para impressionar hoje.

Como não consigo me convencer com esse papo de gay independente que não precisa de homem para nada, mando mensagem no grupo implorando por companhia.

Bom dia!!! Alguém livre agora pra ir comigo adotar um cachorro?

Carol responde primeiro:

Que fofo!!! Tô indo pro trabalho, não posso :(A Lu ficou em casa dormindo. Ontem ficamos acordadas até tarde reorganizando nosso armário de temperos.

Gostaria de acreditar que "reorganizar o armário de temperos" é uma metáfora para alguma atividade sexual lésbica, mas, conhecendo as duas, parece que o caso é literal mesmo.

Poxa que pena!!! Tudo bem!!! Mais alguém? @Rafael @Gabriel ???

Ninguém responde. Do nada todos os meus amigos decidiram que nove horas da manhã de um sábado é hora de *dormir*. Mas Carol, uma amiga *leal,* não me deixa desamparado.

Ela pergunta:

Amigo, alguém desmarcou com vc e agora vc tá puto, né?

Ficou tão óbvio assim?, envio.

Ela demora alguns segundos para responder.

Quando vc tá puto!!! Vc digita assim!!!

Solto arzinho pelo nariz, incapaz de prender o riso enquanto encaro a tela do celular. Eu sou mesmo um *livro aberto*. Incapaz de esconder qualquer coisa. Minha personalidade fica *exposta* para quem me conhece de verdade.

Quem foi que te deu bolo? O tatuador gostoso?

O próprio :(

Ai amigo, relaxa. Tem um monte de homem no mundo. O que, de maneira geral, é uma notícia péssima. Mas pra quem gosta é um prato cheio!

Estou sem forças para responder, então, para dar a conversa por encerrada, só mando um:

kkkk

Mas a Carol ainda não terminou:

Se divirta lá! Tô feliz que nosso grupo vai ganhar um mascote! E manda foto dos cachorrinhos aqui. Fotos de cachorrinhos me acalmam.

Abro um sorriso ao enxergar a adoção do meu futuro cachorro por esse viés que ainda não tinha passado pela minha cabeça. Nosso grupo vai ganhar um mascote. E eu vou ganhar um amigo que nunca vai desmarcar comigo porque eu serei a única prioridade na vida dele!!!

Tenho quase certeza de que essa não é a maneira mais madura de lidar com toda a situação, mas já perdi tempo demais e não quero me atrasar.

Enquanto tranco a porta do apartamento, envio:

Pode deixar amiga! Vou mandar fotos de cachorrinhos. Prometo!!!

Olho para o lado, avisto uma sacola do pet shop largada no chão e lembro de mais uma coisa que preciso fazer antes de ir à feira e mudar minha vida para toda a eternidade.

Quando saio do prédio e paro na frente da oficina, Hugo está atendendo uma cliente. Me parece uma mãe com o filho, que passaram ali para colocar rodinhas de apoio na bicicleta infantil que está em cima do balcão. Ela é verde e cheia de adesivos de dinossauros.

— Bom dia, Hugo! — chamo casualmente.

Ele me vê, sorri, pede um instante para a cliente adulta e o cliente mirim e vem correndo na minha direção.

— Bom dia, Eugênio!

Ele não diz mais nada. O que é estranho. Porque parece que deixou clientes esperando só para me dar bom-dia.

Lanço minha cartada final. A súplica desesperada.

— De zero a dez, quais as chances de você fechar a oficina e ir comigo adotar um cachorro? — pergunto rápido, atropelando as palavras.

— Nossa! Um cachorro! Que demais! Já pensou no nome?

— Te conto se você for comigo — rebato. Estou desesperado. Sou *incapaz* de fazer qualquer coisa sozinho nessa vida.

— Cara... — Ele olha para o pulso por força do hábito, já que hoje não está usando relógio nenhum. Depois aponta para dentro da oficina, mostrando os clientes lá dentro. A mãe parece impaciente e o filho subiu na bancada e está balançando uma chave de fenda no ar como se fosse uma espada. — Hoje não consigo. Cheio de trabalho.

— Nem se eu te der um presente? — argumento.

Isso parece chamar a atenção do Hugo. Ele parece tentado por um segundo, mas balança a cabeça, frustrado.

— Hoje não dá mesmo, Eugênio. Foi mal.

Reviro os olhos, enfio a mão dentro da bolsa e arranco o pato de pelúcia lá de dentro.

— Tá bom. Eu vou dar mesmo assim, porque não sou um *monstro chantagista*. — Estendo a mão e entrego o pato para o Hugo.

Assim como o pato ilustrado na placa da oficina, o brinquedo também é amarelo, com bico e patas laranjas. Só faltou estar andando de bicicleta.

— Um ursinho de pelúcia de pato! — ele exclama, mais empolgado do que achei que ficaria. — Irado!

Sinto vontade de rir. Primeiro pelo uso do termo "ursinho de pelúcia de pato" e, segundo, porque nunca vou conseguir me acostumar com o Hugo falando "irado" casualmente como se a vida fosse uma série dublada dos anos noventa.

— Encontrei no pet shop ontem e lembrei de você. Acho que vai dar uma elevada na tua decoração — explico.

— Valeu mesmo! Vou colocar ali na estante. — Hugo continua sorrindo, o que é engraçado, porque essa pelúcia é literalmente um brinquedo para *cachorro*.

— Agora vou lá! Volta para a tua cliente! — digo, apontando para a mulher que já começou a nos encarar com um ar impaciente.

— Boa sorte! — diz Hugo antes de se virar.

— Sorte?

— Com a adoção, ué! Torcendo para você escolher o melhor cachorro do mundo.

— Ah, tá. Obrigado.

Dou meia-volta na ponta dos pés e começo a caminhar na direção do metrô. Apesar de achar que não deve existir um *pior* cachorro do mundo, a pressão recém-adquirida de ter que voltar com o *melhor* faz minha testa suar e meu coração acelerar.

A parte boa é que pensar nisso tudo quase me faz esquecer que vou ter que escolher sozinho porque meu quase namorado, meus amigos e meu vizinho-mecânico decidiram me dar as costas simultaneamente.

Mas eu sou forte, eu sou gay, eu sou capaz. Concentrado, vou repetindo o mantra até chegar na estação.

13
Adoção

No caminho rápido de metrô até a feira de adoção, minha cabeça está a mil. Acho que estou muito mais nervoso do que quando fui fazer minha primeira tatuagem. Tento me tranquilizar pensando que não preciso decidir *nada* hoje. Posso simplesmente chegar lá, olhar os cachorros, fotografar alguns para mandar para a Carol e voltar para casa sem nenhum. Mas essa linha de raciocínio não me tranquiliza. Pelo contrário, só me deixa mais desesperado. Faz com que eu sinta que falhei não só comigo mesmo, mas também com o meu cachorro em potencial que, neste exato momento, está me esperando.

Saio da estação Paraíso com pressa, a passos largos e rápidos, desviando das pessoas com habilidade até chegar na calçada. O dia está nublado, mas meio abafado. É sábado de manhã, então a rua está menos lotada do que estaria durante a semana. Abro o mapa no celular só para confirmar a direção e caminho por três quarteirões rumo à feira de adoção.

É fácil de identificar, porque há balões na entrada e uma faixa bem grande sinalizando: ONG MELHOR AUMIGO - FEIRA DE ADOÇÃO HOJE! Objetivamente, eu sou contra a palavra "aumigo", mas a faixa está cheia de fotos dos cachorros disponíveis para adoção, e todos são tão fofos que a parte amarga do meu coração se derrete um pouquinho.

Com as mãos suadas e a boca seca, entro na feira.

A ONG fica em uma casa amarela antiga, que sobrevive no bairro em meio a um monte de terrenos em obra para se tornarem prédios de vinte andares com apartamentos minúsculos que serão vendidos por valores descolados da realidade. Atravesso um corredor apertado até chegar no quintal dos fundos, onde há uma árvore grande e vários cercadinhos com cachorros de todos os tipos. Alguns filhotes, outros mais velhos, uns agitados, latindo sem parar, outros dormindo o sono mais tranquilo do mundo. A feira está cheia de humanos também, o que me deixa mais calmo. Fica mais fácil passar despercebido caso eu decida ir embora sem levar um aumigo.

Paro no primeiro cercadinho que vejo e observo os cachorros ali. Acho que são todos vira-lata. Não sei identificar raças de cachorro a não ser que sejam as mais óbvias, tipo dálmata ou pug. Me dou conta só agora de que, embora minha casa esteja 100% preparada, eu pesquisei muito pouco sobre o que busco num cachorro de estimação. Não ligo muito se é macho ou fêmea, e o tamanho também não importa, desde que não seja um daqueles que crescem até virarem um mini cavalo, porque o pobrezinho iria sofrer dentro do apartamento. Tirando isso, não sei quase nada. Vou precisar de ajuda.

— Bom dia — alguém fala comigo enquanto observo um filhotinho acinzentado e cheio de energia roendo um pedaço de corda. — Posso ajudar?

Levanto a cabeça para encarar o dono da voz.

É um rapaz jovem, que deve ter mais ou menos a minha idade, de pele branca, bochechas rosadas e cabelo cacheado castanho-claro-quase-loiro. Ele tem as laterais da cabeça raspadas, o que faz com que os cachos pareçam ainda mais volumosos. Sua camiseta azul-clara já está coberta de pelos, e um crachá pendurado no pescoço diz: BERNARDO - VOLUNTÁRIO.

— Bom dia... — Sinalizo com a cabeça para o crachá. — Bernardo! Prazer, Eugênio.

— Prazer! E aí? Vamos adotar um aumigo hoje? — ele pergunta. E, chegando um pouco mais perto, sussurra: — Eles me obrigam a dizer isso.

Solto uma risada e o Bernardo ri comigo. Reparo nas duas covinhas que surgem na bochecha dele e decido na mesma hora que achei esse garoto uma gracinha. Não que isso signifique algo. É só essa *coisa* que meu cérebro faz toda vez que sou obrigado a interagir com outro homem. Preciso categorizá-lo de alguma forma. Preciso decidir se achei bonito ou feio, se achei atraente ou puramente gostoso, se era interessante só de longe ou só de boca fechada. Geralmente não faço nada com essa informação. Deve ser só Coisa De Gay.

— Então... — Respiro fundo, repito meu mantra mental que já nem lembro direito qual é, então devo ter trocado a ordem das afirmações, e me explico para o Bernardo, o voluntário do abrigo de animais, que é uma gracinha. — Eu vim pensando em adotar. Mas não entendo muito de cachorro e estou meio perdido...

— É pra isso que eu estou aqui! — diz Bernardo, colocando as mãos na cintura como um personagem de desenho animado. — Se importa se eu fizer algumas perguntas? Só para entender que tipo de tutor você é...

Tutor. A palavra me pega de surpresa. Me parece um cargo muito mais sério e corporativo do que Pai de Pet.

— Claro!

Ele sinaliza com a cabeça para que eu o siga em um passeio pelo quintal. É um espaço amplo, e estamos andando devagar, o que me dá tempo de continuar observando os cachorros e seus possíveis *tutores*.

— Primeiramente, por que você decidiu adotar um cachorro?

Porra.

Já começa com pergunta difícil, Bernardo?

Acho que eu seria expulso daqui se dissesse que coloquei isso como meta numa lista de Ano-Novo criada de última hora sob pressão e que sou teimoso demais para desistir. Então penso um pouco e reviro meu peito em busca de uma resposta que seja genuína.

— Olha… Desde criança eu sempre quis ter um cachorro, mas por mil motivos nunca pude. Minha tia não gostava de animais, me achava irresponsável, não queria mais um gasto em casa…. Só que de um tempo pra cá eu me senti pronto, sabe? Eu entendo que é uma decisão séria. — Bernardo assente e cerra as sobrancelhas, acho que só para reforçar que a decisão é séria *mesmo*. — Mas, ao mesmo tempo, é algo que eu desejo. Que eu sinto que vai mudar minha vida para melhor.

Bernardo sorri e eu sou tomado pela satisfação de ter dado uma Resposta Boa.

— E como é a sua rotina, mais ou menos? Como você acha que um animalzinho se encaixaria no seu dia a dia?

— Sendo sincero, minha rotina é bem entediante — respondo. — Eu moro sozinho, trabalho de casa…

— Faz o quê? — Bernardo pergunta. Talvez tentando se certificar de que eu não trabalhe com nada que ofereça riscos para um cachorro. Tipo, sei lá, chocolate.

— Sou designer gráfico — digo.

— Que legal! — Ele dá a resposta que só quem nunca conviveu com um designer gráfico na vida poderia dar.

— Meu apartamento não é muito grande, mas também não é muito pequeno. A rua é tranquila para passear, e… acho que é isso.

— Você tem quintal?

— Não.

— Tem alguma viagem marcada para os próximos três meses?

— Não.

— Desculpa se parece que estou me metendo na sua vida — diz Bernardo, soando preocupado de verdade. — É só que esses primeiros meses de adaptação são muito importantes pra relação do cão com o tutor, daí a gente sempre tenta saber se a pessoa vai estar disponível, e...

— Relaxa. — Eu o tranquilizo. — Não parece que você está se metendo em nada. Eu vim aqui para isso. — Abro um sorriso. — E, sim, eu estou disponível.

É mais forte que eu. Dou uma piscadinha.

Não era minha intenção *flertar com o voluntário do abrigo de cachorros*, mas ele estava fazendo tantas perguntas para descobrir se eu sou um ser humano decente que meu cérebro deve ter interpretado isso aqui como um primeiro encontro.

Bernardo fica corado. Que medo de ter ultrapassado algum limite. Estou *quase* pedindo desculpas. Mas ele levanta o rosto, olha para mim e pisca de volta.

A satisfação é imediata. Parecida com o que sinto quando estou no mercado, vejo um homem, decido que é bonito e o encaro bem nos olhos enquanto nos aproximamos no corredor, daí eu olho para trás quando passamos um pelo outro. Conto até três. Ele olha para trás também. Cada um segue seu rumo e nada acontece depois. Nada além da sensação de estar vivo e ser reconhecido enquanto pessoa desejável por um completo desconhecido na seção de frios e iogurtes.

— Acho que tenho uma turminha especial pra te apresentar.

Ele caminha na frente, desviando de uma criança que está brincando com um cachorro que tem o dobro do tamanho dela, até chegar num cercadinho que fica mais ao fundo do quintal. Ele aponta para os cinco cachorrinhos lá dentro, e eu não consigo conter o sorriso.

— Conheça a família Hot Dog! São cinco irmãos... — Ele começa, e meu sorriso vira espanto na mesma hora. — Que *podem ser adotados separadamente*, relaxa. Não vou te fazer voltar para casa com os cinco.

— Mas... — A explicação dele não tirou minha preocupação.

— É... — Bernardo suspira. — É comum separar filhotes da mesma ninhada. A gente dá para cada um deles um pedacinho de pingente que se encaixa, assim eles podem se reencontrar um dia e saber que são irmãos.

Bernardo fala sério, mas não consegue parar de sorrir.

— É brincadeira isso, né?

— Sim — ele responde, frustrado. — Mas é uma ideia boa, vai…

Pior que é.

— Enfim… — Bernardo retoma o assunto que interessa. — Esses filhotes têm só uns seis, sete meses. Como você pode ver, são cruza de vira-lata com Dachshund. — Franzo o cenho. — O cachorro-salsicha — ele explica.

— Ah, faz sentido — murmuro, encarando o amontoado de salsichinhas latindo no cercado.

— Quando chegaram no abrigo, eu decidi dar nomes de coisas que vão no cachorro-quente pra cada um deles. Tenho muito orgulho dessa ideia. Se dependesse da Vanda — ele aponta para uma mulher mais velha do outro lado do quintal, baixinha, magrinha e com o cabelo pintado de acaju —, todos os machos se chamariam Pingo e todas as fêmeas se chamariam Belinha.

Bernardo revira os olhos de um jeito fofo.

— E quais nomes você escolheu? — pergunto, encarando os cachorros.

Apontando um por um, ele vai apresentando.

— Essa aqui com a pelagem mais avermelhada é a Ketchup. Aquele no canto mais gordinho é o Purê. Aquele ali com cara de bravo é o Vinagrete, e aquela com carinha de nojo é a Ervilha…

Ele conta os filhotes nos dedos e semicerra os olhos, tentando encontrar um cachorro perdido. No fundo do cercadinho, escondido embaixo de um cobertor xadrez, avisto um focinho tímido.

— Aquele ali — aponto. — Quem é?

— Ah, era ele que estava faltando! — Bernardo salta por cima do cercado, caminha até o cobertor e pega o menor cachorro-salsicha que já vi na vida. — Esse magrelinho aqui é o Batata-Palha!

Não sei explicar o que sinto quando olho para o Batata-Palha no colo do Bernardo. Ele tem o pelo marrom-escuro, orelhas caídas, e olhos pretos arregalados. Está tremendo de medo, mas quando o Bernardo começa a acariciar sua barriga, ele parece se acalmar.

— Posso? — pergunto, estendendo os braços.

Ainda dentro do cercado, com os outros filhotes latindo ao redor dos seus pés, Bernardo entrega o Batata-Palha no meu colo e eu simplesmente *sei* que é ele.

— Oi, Batata-Palha — sussurro. O corpo magrelo do filhote é quente nos meus braços, e ele se aninha no meu peito. É a coisinha mais frágil que eu já segurei em toda a minha vida. — Eu sou o Eugênio. Prazer em te conhecer.

Em outras circunstâncias, eu me sentiria meio ridículo de me apresentar tão formalmente para um *animal*, mas sou tomado por uma vontade desesperadora de receber a aprovação do cachorro. Eu *preciso* que o Batata-Palha goste de mim.

— Ele gostou de você — diz Bernardo, com um sorriso. Malditas covinhas.

— Eu gostei dele — respondo, sentindo a respiração tranquila do Batata-Palha, deitado nos meus braços como se o lugar dele fosse aqui. — É ele — afirmo.

— Mas já decidiu? — Bernardo pergunta.

— Por quê? Acha melhor eu pensar mais? Não sei como funciona isso. Nunca adotei um cachorro na minha vida — confesso.

Sou tomado pelo medo de estar me precipitando. Bernardo toca meu ombro por um momento rápido, mas reconfortante.

— Nada disso. — Ele salta para fora do cercadinho e se aproxima de mim. — Por aqui a gente tem um monte de frases prontas pra usar na hora de conversar com um tutor em potencial. A maioria é só baboseira. Mas tem uma em que eu acredito de verdade, sabe?

— Qual? — pergunto, sem tirar os olhos do filhote no meu colo.

— Não é você que escolhe um cachorro. — Bernardo se aproxima do meu ouvido, como se estivesse prestes a me contar um segredo. — É ele que te escolhe.

Como se fosse capaz de nos entender, Batata-Palha abre a boca num bocejo, coloca a língua para fora e empurra o focinho contra o meu peito. Se isso não significa "eu escolho você" na linguagem dos cachorros, não sei o que mais poderia significar.

Quando termino de preencher os papéis da adoção e pago a taxa opcional da ONG para cobrir os custos de vacinas, castração e manutenção da organização, Batata-Palha já cansou do meu colo e está agitando as patinhas querendo ir para o chão.

Estamos numa salinha adjacente ao quintal, com uma mesa e uma cadeira, um armário de metal cheio de gavetas e um mural enorme cheio de fotos de cachorros que já foram adotados e outros que ainda estão disponíveis para adoção.

Coloco o Batata-Palha no chão e ele começa a correr de um lado para o outro, soltando um latido tímido de vez em quando.

— Você mora por aqui? — Bernardo pergunta, terminando de grampear os papéis já preenchidos.

— Pertinho. Tô a duas estações daqui. Mas acho que vou voltar andando — respondo, pegando uma guia que o Bernardo me entregou. Não sei se é um presente que já vem com a adoção ou se foi uma gentileza.

— Ah, perfeito! Bom que já dá uma canseira nesse rapazinho — diz ele, enquanto o Batata-Palha rosna para a minha perna. — Mas perguntei porque, se você precisar, eu sou passeador de cachorro aqui pelo bairro. Se estiver com a rotina corrida e sem tempo para sair com ele, é só me chamar.

O jeito como o Bernardo fala comigo aqui é diferente de como ele falava lá fora. Mais contido. Mais tímido. Um pouquinho mais ansioso.

— Eu... eu não tenho seu número.

— Estava esperando você pedir — diz ele, abrindo um sorrisinho.

Esse cara não é inocente.

Trocamos contatos e, antes que a conversa possa se estender por mais alguns momentos de completa confusão emocional, uma voz chama o Bernardo. Parece ser a tal da Vanda. Ela precisa de ajuda porque a feira está bem mais lotada do que quando cheguei.

— Tenho que ir! O dever me chama — diz ele, apontando para o caos do lado de fora.

Prendo a guia na coleira do Batata-Palha e ele começa a arranhar a porta da salinha, desesperado para sair.

— A gente se fala, então — digo. — Obrigado por tudo. Hoje foi… — Olho para o cachorro. O *meu* cachorro. Que sensação esquisita. — Foi especial.

— Tchau, garotinho! — Bernardo exclama, soprando um beijo antes de abrir a porta e sair para o quintal. Demoro uns dois segundos para entender que o garotinho é o Batata, e não eu.

Bernardo sai e o Batata me encara, como se estivesse perguntando quando é que *nós* vamos sair também.

— Pronto pra conhecer sua casa? — pergunto.

Batata-Palha late em resposta. E eu posso até ser novo nisso aqui, mas tenho quase certeza de que ele disse sim.

1. ~~Fazer uma tatuagem~~
2. ~~Adotar um cachorro~~
3. Arrumar um namorado

14
Áudio de quase dois minutos

— Ah, mentira! Eu não acredito! — Hugo praticamente grita quando me vê chegando com o Batata-Palha na coleira. — Eu não acredito! — repete.

Por um instante, parece que adotei um bebê rinoceronte, e não o animal de estimação mais comum do mundo inteiro.

— Pode acreditar! Você acaba de ganhar um novo vizinho — digo enquanto o Batata late e corre na direção do Hugo, que já está agachado na porta da oficina com os braços estendidos. Ele deixa o cachorro arranhar sua perna e parece não se importar com a euforia do animalzinho. Muito pelo contrário: quanto mais o cachorro late, mais eu acho que o Hugo vai começar a latir em resposta.

— Qual é o nome desse bebezão? — ele pergunta, sem olhar para mim. É sério, ele está engajando numa conversa *com o cachorro.*

— Batata-Palha — respondo, traduzindo os latidos do meu cachorro. — Ele disse que está feliz de te conhecer. E que ninguém precisa de *tantos bolsos* assim numa bermuda.

Hugo ignora minha provocação enquanto acaricia a cabeça do Batata, que parece estar tendo o melhor dia da sua vida.

— Esse é o melhor nome do mundo! — Hugo afirma. Eu meio que concordo. Por fim, ele se levanta e olha para mim. — Eu *adoro* cachorros salsicha!

— Nossa, legal... — comento, sem saber o que dizer.

— É sério — diz ele antes de, num movimento rápido, se levantar, erguer a camiseta até a altura do peito e apontar para a própria costela. Fico um pouco desnorteado com a imagem, porque não estava esperando ver o corpo do mecânico de bicicletas assim, do nada. Hugo tem uma barriga redonda e firme, o peitoral grande, com aquela fenda no meio perfeita para apoiar a cabeça, e pelos escuros se espalham por todo o tronco marrom. Levo alguns instantes para entender o que está acontecendo e para onde o Hugo está apontando. Perdida no meio do corpo peludo que, assim como os braços dele, é cheio de tatuagens espalhadas sem nenhuma relação entre si, vejo a imagem de um cachorro-salsicha num traço de desenho animado levantando a pata traseira e fazendo xixi. Decido que essa é, sem dúvidas, a tatuagem mais tosca do Hugo (dentre as que eu já vi. Sabe deus o que ele tem tatuado da cintura para baixo. E eu nem deveria estar *pensando* no que ele tem tatuado da cintura para baixo). — Fiz tatuagem e tudo!

— Nossa — repito, incapaz de me comunicar direito pela segunda vez em menos de um minuto. — Uma tatuagem? Por quê? Você já teve algum cachorro-salsicha quando era criança? — pergunto.

— Nada — diz ele, dispensando minha pergunta com um gesto sutil e abaixando a camiseta. — Só acho cachorros salsicha irados.

Pelo jeito, Hugo é assim mesmo. Ele tatua na pele todos os animais que considera *irados*. Ainda na coleira, Batata-Palha para de latir e coloca a língua para fora. Sou obrigado a admitir que ele é irado mesmo.

— Espera — diz Hugo, me dando as costas e correndo para uma salinha nos fundos da oficina. Em poucos segundos, ele volta de lá com o que parece ser a tampa de uma vasilha de plástico cheia de água. Ele coloca a tampa no chão e o Batata-Palha ataca imediatamente, bebendo de um jeito afobado e atrapalhado.

Sorrio ao descobrir que esse tempo todo existia uma parte do meu cérebro que libera serotonina mediante a imagem de cachorros bebendo água. Ter adotado o Batata-Palha já entrou rapidamente para o Top 3 Melhores Acontecimentos.

— Tava com sede, amigão? — pergunto.

— A língua pra fora geralmente significa sede — Hugo explica. — Ou "comi seu tênis e estava uma delícia".

Solto uma risada.

— Obrigado pela explicação. Sendo bem sincero, eu não entendo nada de cachorros — explico. — Isso aqui vai ser... Bom, vai ser uma aventura.

De repente, sinto um aperto esquisito no peito. O medo de me tornar Top 3 Piores Acontecimentos na lista do Batata-Palha me corrói de dentro para fora. Tenho que aprender a interpretar cada sinal deste animal o mais rápido possível. Espero que cachorros recém-adotados também sejam um tópico bem explorado por lésbicas do YouTube que ensinam coisas.

Hugo dá um tapinha no meu ombro.

— *Pfff*, relaxa. Eu tive cachorro a vida inteira, até sair da casa dos meus pais. É mais fácil entender os cachorros do que as pessoas. Você vai adorar. E, pro que precisar, tô aqui para ajudar!

As palavras do Hugo acalmam um pouco minha aflição. Retribuo com um sorriso.

Com o focinho todo molhado, Batata-Palha finalmente para de beber água. Ele olha para o Hugo e solta um único latido.

— Ele agradeceu pela água — traduzo. Mais um latido. — E disse que também te acha irado.

Quando subo para casa e apresento o apartamento para o novo morador, Batata-Palha passa umas duas horas inspecionando cada cantinho. Ele cheira os poucos móveis que tenho, experimenta as três caminhas que comprei (uma no meu quarto, uma na sala e outra na cozinha), arranha a lateral do sofá e faz xixi no meio da sala, ignorando os *"Batata, não!"* que eu grito à toa, porque ele ainda não me entende. Observo cada passo do querido como se a existência dele fosse o *reality show* mais interessante do mundo. E, como todo bom reality, eu filmo tudo e envio no grupo. Em caixa alta, mando:

ATENÇÃO PARA A NOTÍCIA MAIS IMPORTANTE DO DIA: BATATA-PALHA ACABOU DE CHEGAR E ELE É PERFEITO!

Em seguida, mando um vídeo no qual ele está correndo atrás da própria sombra no chão da sala.

Como sempre, Carol responde primeiro.

Eu não acredito que você adotou o cachorro mais lindo do mundo! Quando a gente vai conhecer???

Luana chega logo em seguida com uns quinhentos emojis de choro e manda:

Eugênio se tornando o primeiro PAI do grupo!!! Por essa eu não esperava!

Isso atrai a atenção do Rafa, que traz comentários fofos e também agressivos (típico Rafa):

Amigo ele é tão fofo!!! Se você colocar "Pai do Batata-Palha" na sua bio do Instagram eu juro que te mato!! E roubo seu cachorro pra mim!!!

Imediatamente, envio uma foto do Batata encarando a câmera com os olhos esbugalhados e digo:

Por favor, sem falar de assassinato e sequestro na frente do neném.

Em tempo recorde, Gabriel salva a imagem e faz uma figurinha do meu cachorro. Já sei que vou usar em todas as ocasiões possíveis.

Passo o dia inteiro acompanhando os passos do Batata e sorrindo sem parar. A euforia me impede de me preocupar com as responsabilidades que vêm junto com o cachorro, e consigo deixar todos os pensamentos ruins bem longe.

Bom, *quase* todos.

Por mais mesquinho que possa parecer, uma partezinha do meu cérebro, pequena, mas irritante, não me deixa em paz.

Porque quando chega a noite, Ricardo ainda não me mandou nenhuma mensagem. Nem um "oi, como foi lá no lance do doguinho?" sequer. Tento reunir toda a maturidade emocional que há dentro de mim (pouca) para racionalizar a situação. Ele passou o dia trabalhando. Deve estar cansado, ou ocupado. E, acima de tudo, e essa é a parte que mais me incomoda, ele não é *nada* meu. É só um cara com quem eu faço sexo algumas vezes por semana.

Mas aí, a partezinha irritante do meu cérebro me lembra de que ele *sabia* que eu iria adotar um cachorro. Ele combinou de ir junto. Parecia empolgado até desmarcar em cima da hora. Então, assim, o que *custa* mandar uma mensagem? Vai cair a *porra do dedo*?

Estou deitado no sofá enquanto meu cachorro segue correndo de um lado para o outro, mostrando ser a criaturinha mais incansável do mundo (preocupante), até parar do nada, olhar para mim e soltar um latido grave e contido.

Parece que está me dizendo "vai cair a *porra do seu dedo* mandar mensagem pro Ricardo em vez de ficar a noite inteira deitado aí cobrando de outro homem uma atitude que você mesmo é capaz de tomar?".

Nossa, Batata-Palha, na cara, não.

Obedeço ao conselho imaginário do meu animal de estimação e envio uma mensagem para o tatuador que, apesar de gostoso, não curte conversa-fiada de namoradinho:

Passando para te apresentar o novo morador daqui de casa. Conheça o Sr. Batata-Palha!

Junto com a mensagem, envio cinco das duzentas fotos do meu cachorro que tirei só hoje. E, então, eu espero.

O tempo parece se arrastar, e o jeito como meu coração acelera quando o Ricardo visualiza a mensagem não é normal. Não é a empolgação que senti no primeiro encontro, ou a excitação que sinto toda vez que a gente transa. É diferente. Como se eu tivesse feito algo de errado e agora fosse a hora da verdade.

O momento em que o Ricardo decide se mereço perdão por algo que nem sei o que é.

O celular vibra na minha mão. Leio a resposta:

Q fofo!

E nada mais.

Juro.

Vou explodir de tanta frustração.

Penso em tirar print da conversa e mandar no grupo junto com um contexto completamente enviesado para que meus amigos ridicularizem o Ricardo e defendam meus sentimentos, mas a verdade é que *sentir* coisas em espectros tão distantes (a euforia da adoção e a melancolia da solidão de sábado à noite) está me deixando cansado. Então, sigo meu ritual para noites solitárias.

Tomo um banho quente, passo um hidratante no rosto para me sentir cheiroso, peço *delivery* de comida japonesa e procuro algum documentário sobre cultos bizarros para ter a sensação de que a minha vida pode estar desmoronando, mas, pelo menos, eu ainda não entrei para uma seita.

Quando a comida chega, Batata-Palha parece entender que é a hora de jantar e descansar (ainda bem!). Com a barriguinha para cima, ele se deita ao meu lado no sofá enquanto eu devoro um sushi atrás do outro e assisto ao primeiro episódio de uma série documental sobre o Culto da Saia Amarela, que rolou há uns dez anos atrás nos Estados Unidos (óbvio), e reunia viúvas que eram convencidas a viver uma vida de servidão ao líder do culto e usar sempre uma saia amarela como sinal de obediência.

Normal.

Meu celular vibra.

Meu coração se enche de esperança. No segundo que levo para pegar o aparelho e ler a notificação, meu cérebro já imagina o pedido de desculpas que o Ricardo mandou, mas, quando finalmente leio a mensagem que acabou de chegar, puxo o ar com mais força, porque, sinceramente, não estava esperando.

É o Bernardo, o voluntário da feira de adoção/passeador de cachorros/escrivão que deu nome para o Batata-Palha e todos os seus irmãos.

Boa noite, Eugênio! Como foi o primeiro dia com o Batata-Palha? Tudo certo por aí?

Releio a mensagem e vou deixando o conforto que ela me traz se espalhar pelo peito. É exatamente isso que eu esperava receber do homem que está me comendo há um mês, e não de um cara que conheci literalmente *hoje*.

Com os dedos ansiosos, digito a resposta rapidamente:

Deu tudo certo! Parece que ele gostou daqui. Passou o dia inteiro correndo e latindo mas agora cansou e tá deitado aqui do meu lado.

Bernardo leva um tempo para responder, mas, quando a resposta finalmente chega, é um áudio de quase dois minutos. Eu, que geralmente sou antiáudios, não entendo o sorriso que se abre no meu rosto. Talvez seja a perspectiva de ouvir uma voz humana falando diretamente comigo depois de um dia longo, cansativo e cheio de sentimentos conflitantes em que basicamente só me comuniquei com um cachorro. Boto o áudio para tocar e deixo a voz do Bernardo preencher a sala.

— *Oi, Eugênio, boa noite! Desculpa mandar áudio, não sei se você gosta ou não, mas é que só cheguei agora em casa e tô morrendo de cansaço, daí bate a maior preguiça de digitar. Então, se você odeia áudios, pode escutar na velocidade x2 que eu não vou julgar… Nem vou ficar sabendo na real, né? Hehe. Enfim, nem consegui me despedir de você direito hoje, mas só mandei mensagem pra saber como foi o dia e dizer que tua presença lá na feira foi muito especial. Fiquei feliz de ver o Batata-Palha indo embora com um cara que parece ser tão gente boa. Então, assim, obrigado de coração. Não em nome da Melhor Aumigo… Em nome do Bernardo mesmo… Nossa, do nada eu falando de mim na terceira pessoa, haha… Que tosco. Boa sorte com teu novo cachorrinho. Os salsichas geralmente são bem agitados e cheios de energia, mas como o Batata-Palha é cruza de salsicha com vira-lata, o comportamento dele pode ser meio imprevisível... Mas não precisa ter medo. Vai dar tudo certo... Qualquer coisa, se ele ficar muito impossível, no YouTube você acha uns vídeos enormes de música relaxante para cachorros... Se cê parar para ouvir, parece só uma música relaxante pra humanos mesmo... Umas flautinhas e tal... Mas dá certo, eu juro. Tenta aí se for o caso. E precisando de um passeador, só chamar... O primeiro passeio é de graça. Mas só pra cachorros com tutores bonitinhos hehe. Meus deus, que que eu tô falando? Hehe. Beijo tchau!!*

É muita informação.

O agradecimento, a simpatia gratuita dele, a preocupação com o bem-estar do Batata-Palha, as dicas de vídeos para cachorros no YouTube e o passeador de cachorros *possivelmente* dando em cima de mim. Tudo isso num sotaque tranquilo e cantado que tenho quase certeza de que é de algum lugar de Minas.

Escuto mais uma vez antes de responder. Batata-Palha apoia uma patinha sobre a minha coxa, como se soubesse que preciso de apoio moral. Aproximo o celular da boca e começo a gravar um áudio.

— *Oi, Bernardo, não precisa pedir desculpas, não. Eu adoro áudio...* — Deslizo o dedo para o lado e deleto. Não vou começar *mentindo* para o cara, né? Melhor tentar de novo. — *Oi, Bernardo, boa noite! Obrigado pelo áudio... Foi muito... informativo. O Batata-Palha é mesmo bem agitado, mas agora parece que ele cansou... Vamos ver como vai ser amanhã. Qualquer coisa eu vou te avisando. Vou pesquisar depois as músicas relaxantes pra cachorros... Espero que funcione em humanos também. Tô precisando, viu?* — Fico em silêncio por uns dois segundos. Tá ficando esquisito. Acho que vou dar em cima dele de volta. Preciso demonstrar interesse. Preciso? Bom, acho que não custa nada. Pensa rápido, Eugênio. *Pensa rápido*. Três segundos de silêncio. Já está *muito* esquisito. — *Então!!!* — continuo, e minha voz sai aguda demais. Limpo a garganta. — *Então... Sobre o passeio. Acho que vou aceitar o teste gratuito. O tutor pode ir junto ou a promoção é só pra cachorros?*

Ufa.

Com a mão suada, solto o dedo da tela do celular e envio o áudio.

A resposta dele chega logo em seguida, em texto dessa vez (ainda bem).

Para passear comigo tem que me pagar pelo menos uma água de coco. Tá livre semana que vem?

Respondo que sim. Ignoro o fato de que odeio água de coco. Mas quem vai beber é ele, não eu. Então, não faz diferença, faz?

15
Favor

Batata-Palha é um tsunami em forma de cachorro.

É manhã de quarta-feira, sou oficialmente Pai de Pet há quatro dias, e já descobri que nem todos os vídeos relaxantes para cachorro são capazes de acalmar o demônio da Tasmânia que toma conta do corpo dele durante o dia. Ele late, corre, arranha as coisas, morde meus sapatos e faz xixi em todos os cantos do apartamento. Por algum motivo, eu não consigo ficar *bravo* com ele, mas isso não me impede de ficar cansado.

Ao longo dos dias, Bernardo tem mandado mensagens constantemente. Às vezes para perguntar do cachorro, às vezes para perguntar de mim, e, na maior parte do tempo, só para dar bom-dia, boa-tarde ou boa-noite, sempre recomendando um podcast muito bom que acabou de descobrir, mostrando um restaurante que quer conhecer ou perguntando a minha opinião sobre qualquer assunto banal do momento. *Você viu que aquele ex-participante do Big Brother foi preso? Ficou sabendo daquela cantora que lançou o pior álbum do mundo? E essa tragédia climática, cara? O mundo está colapsando!!!*

A companhia dele, mesmo que virtual, me faz bem.

Por outro lado, Ricardo continua do mesmo jeitinho de sempre. Aparecendo casualmente no meio da minha rotina para ser um gostoso safado. Ontem mesmo, enquanto conversava com o Bernardo sobre a exposição de uma artista plástica sul-coreana que vai vir para São Paulo em breve e ele quer muito ver, Ricardo mandou uma foto do pau, anunciando que "estava num tesão daqueles". E eu engajei *simultaneamente* nas duas conversas! É um dom que eu tenho.

Depois de acordar cedo e tomar meu café, Batata-Palha já espera ao lado da porta, encarando a guia pendurada na parede. Está na hora do nosso passeio da manhã e eu acho bonitinho como, mesmo em poucos dias, já estamos construindo uma rotina juntos.

Rotina esta que vou precisar quebrar porque algum ser desumano marcou uma reunião de trabalho para as nove da manhã.

Estou prestando serviço para uma agência que já me contratou algumas vezes, então a vantagem é que já conheço todo mundo e sei que eles pagam bem e no prazo. A desvantagem é que a "cultura da empresa" é marcar um número excessivo de reuniões em que todo mundo precisa ficar com a câmera ligada balançando a cabeça para demonstrar interesse.

Coisas que eu topo por dinheiro.

— Amigão, o passeio hoje vai atrasar — digo para o cachorro, que responde com dois latidos de indignação.

Pego uma segunda caneca de café, me sento na frente do computador e entro na reunião.

Passamos alguns minutos falando amenidades enquanto esperamos todo mundo entrar. *A Mari atrasou? A Mi já chegou? Fê, seu microfone tá desligado. Gê, a apresentação está pronta?*

Gê! Sou eu! Gê significa "Eugênio" em publicitês.

— Oi, gente! Bom dia — digo, sorrindo para a câmera. — A apresentação tá pronta, com todos os ajustes de texto que a Mi enviou na segunda. Vou dar uma última revisada antes da reunião com a produ...

— *AUAUAUAUAU!* — Batata-Palha berra em estado de revolta antes de pular no meu colo.

Todos na chamada de vídeo se assustam. Alguns riem. Menos a Mari, a diretora de arte responsável pelo projeto e pessoa mais mal-humorada da equipe.

— Desculpa, gente! Foi meu cachorro! — digo, pegando o Batata-Palha pelos sovaquinhos dele e colocando seu rosto perfeito na frente da câmera. — Esse é o Batata-Palha! Chegou aqui em casa no fim de semana!

Pelos fones de ouvido, ouço uma enxurrada de suspiros, risadinhas e gritinhos. Todo mundo *ama* o Batata-Palha. Menos a chata da Mari, que permanece tão imóvel que alguém chega a soltar um "Gente, a Mari travou?" no chat.

— Enfim... A apresentação está prontinha pra reunião com os portugueses. Podem ficar tranquilos! — continuo.

Estou trabalhando na identidade visual de um festival de música de Portugal que tem um monte de artistas espanhóis no line-up e vem para o Brasil daqui a dois anos. Ainda não entendi direito a vibe da coisa toda, mas me contrataram porque um dos argumentos de venda do festival é "os gays alternativos de São Paulo vão pirar". E talvez a agência me considere um gay alternativo de São Paulo. Deve ser o bigode.

Depois de todo o papo-furado que se desenrola em mais uma Reunião Que Poderia Ter Sido Um E-mail, todo mundo se despede, mas a Mari me chama.

— Gê, pode ficar mais um pouquinho depois que todo mundo sair? Só pra gente alinhar umas coisinhas...

— Claro, Mari — respondo.

Batata-Palha rosna, impaciente.

Os quadradinhos com imagens de funcionários cansados vão desaparecendo aos poucos até sobrarmos só eu e a diretora de arte.

— Então, migo — ela começa. Nem somos amigos. — A gente já fechou projetos contigo várias vezes, te acho muito bom e superprofissional. Mas essa apresentação para os portugueses é *muito* importante. As peças estão *lindas,* mas a gente precisa vender a ideia com muita precisão, sabe?

— Sei... — Assinto, sem saber aonde ela quer chegar com isso.

— Então, daqui a pouco, quando chegar sua hora de apresentar para os portugueses, queria te pedir para deixar o cachorro em outro cômodo, pode ser? Aqui no Brasil a gente tem essa cultura de achar fofo quando algum cachorro aparece no meio da call, mas em Portugal é diferente, sabe?

Sinto meu rosto queimar.

Tenho vontade de perguntar o *quão* diferente é em *Portugal*? Lá as pessoas acham *asqueroso* quando um cachorro aparece no meio da porra da *call*?

Mas me seguro porque me humilhar por dinheiro é outro dos meus dons.

— Tudo bem, eu dou um jeito — respondo. Ela não precisa saber que meu apartamento é minúsculo e que prender o Batata-Palha no meu quarto está fora de cogitação. Mas, até a hora da reunião com os portugueses, posso ver se Bernardo passa aqui para passear com o meu demoniozinho. — A gente se vê mais tarde na reunião. Duas da tarde, né?

Mari me encara como se eu fosse a pessoa mais burra do mundo.

— Duas da tarde *de Portugal*.

— Ah — digo, pego de surpresa. Desde quando a gente marca reuniões em outro fuso horário? — E no horário daqui, isso significa…

— Dez da manhã. — Ela pigarreia e olha o relógio de pulso. — Daqui a vinte minutos.

— Ah! Claro, claro! Vinte minutos — respondo, tentando esconder o pânico.

— Ai, Gê! Seu *doidinho!!!* — exclama Mari com a voz aguda de quem me acha clinicamente doido. — Até daqui a pouco. Beijos pro doguinho! Super fofo!!! Só não pode atrapalhar a reunião, né? Fofo!!! Tchau.

Ela sai da chamada, mas seu tom de voz estridente me deixa com um gosto amargo na boca. Parece que ela odeia o Batata-Palha. E isso, automaticamente, faz com que eu a odeie.

Mas depois eu processo meu ódio por esta mulher virtual sem nenhum vínculo empregatício comigo. Agora, tenho um problema para resolver.

Batata-Palha voltou para perto da porta e está encarando a guia com os olhos tão arregalados que a qualquer momento podem saltar da sua cabecinha canina terrivelmente perfeita.

— Vem Batata, tive uma ideia — digo.

Ele solta um latido alegre assim que abro a porta da sala.

— Preciso de um favor — digo, segurando o cachorro na minha frente na esperança de que a presença do Batata-Palha ajude a amenizar meu pedido cara de pau.

— Não me diz que tá chegando *outro* sofá — Hugo provoca, jogando um pedaço de pano sujo de graxa por cima do ombro.

Hoje esfriou um pouco e, pela primeira vez na vida, estou vendo o mecânico de bicicletas com os braços cobertos. Uma pena, porque adoro os braços dele.

— Resumindo: tenho uma reunião importante agora para apresentar uma identidade visual para os organizadores de um festival em Portugal, e a filha da puta da diretora pediu para que eu deixasse o *meu cachorro* de fora dessa conversa só porque, sei lá... Ela envolve contratos milionários? Só que eu não *posso* deixar o Batata trancado no meu quarto, porque...

— Ele vai mijar na sua cama toda. — Hugo ri.

— Isso.

— E você precisa que eu fique com ele?

— Isso. Por uma horinha. No *máximo* uma hora e meia. Ele provavelmente vai latir um pouco porque ainda não passeou, mas eu trouxe um pacotinho de petisco, às vezes dá para enganar ele com comida, e...

Nem consigo terminar de apresentar meu caso, porque o Hugo já está com os braços (infelizmente cobertos) estendidos, pegando meu cachorro no colo e recebendo uma sequência empolgada de lambidas na barba.

Tento não pensar muito na insegurança que bate ao perceber que talvez meu cachorro ame mais o Hugo do que a mim, porque não tenho esse tempo.

— Você é um *anjo*. Muito obrigado! — digo, jogando a guia e o pacote de petiscos em cima do balcão da oficina.

— Tá ligado que esse é o favor mais *fácil* que você já me pediu, né?

— Claro, claro. Porque cachorros-salsicha são *irados* — respondo, com uma risadinha. Hugo não ri, porque essa piada só existe na minha cabeça. — Enfim, obrigado! Eu já volto! Uma horinha!

E, com o coração partido de um pai deixando seu filho na creche pela primeira vez, subo correndo para a maldita reunião.

A reunião dura mais de duas horas.

O lado positivo é que os clientes portugueses adoraram minha proposta e elogiaram meu trabalho. "Muito giro", eles disseram. O lado ruim é que... Bom, a reunião durou mais de duas horas.

Quando fecho a janela na tela do computador e dou uma última conferida para me certificar de que a câmera e o microfone estão desligados, jogo a cabeça para trás e solto um grunhido dramático de quem teve que passar por tudo de *pior* que pode acontecer numa manhã normal (trabalhar). Me recomponho em dois segundos e desço correndo as escadas do prédio para resgatar meu cachorro e me desculpar com o Hugo pelo atraso.

Quando abro o portão e me viro na direção da oficina, meu coração para. Porque o Hugo está ali, pacato e másculo como sempre, esfregando uma lixa num quadro de bicicleta com uma concentração cirúrgica. Mas o Batata-Palha, *meu filho*, não está por perto. Não escuto o latido animado dele, nem vejo seu corpinho marrom esguio se movimentando todo desengonçado por causa de suas micropatinhas.

— Hugo! Cadê meu filho?! — grito.

Sem tirar os olhos do trabalho, Hugo dá uma risadinha e, por cima dos ombros, aponta com o polegar para o fundo da oficina. Sem nem pensar, corro naquela direção e encontro a cena mais linda que já vi em toda a minha vida.

Por trás do balcão, Hugo improvisou um cercado alto com uma treliça de ferro que não sei onde ele arrumou (mas não me parece um objeto descolado da realidade, já que isso aqui é uma oficina) e, atrás da pequena cerca, há uma caminha feita de estopas limpas, onde o Batata-Palha descansa com um pato de pelúcia agarrado entre os dentes. Ao me ver, ele balança a cabeça para chacoalhar o pato, como se estivesse me mostrando cheio de orgulho uma presa que ele mesmo abateu. É o pato que eu dei de presente para o Hugo no sábado passado.

— Ai, não! Você não pode comer o pato de pelúcia dos outros, Batata! — Tento brigar.

— Relaxa. — Hugo ri. — Ele viu o pato no topo da prateleira e ficou doido. Acho que foi amor à primeira vista.

Batata-Palha assente, concordando, enquanto enfia os dentes ainda mais fundo no pescoço amarelo do pato felpudo. Acho que amor à primeira vista é assim mesmo.

— Ele se comportou? — pergunto.

Hugo larga o trabalho, se aproxima e agacha na frente do cercadinho, acariciando o Batata-Palha.

— Ele foi uma ótima companhia! Nem vi o tempo passar. Pode deixar ele por aqui sempre que precisar. É bom ter outro ser vivo para conversar de vez em quando… — Hugo fala com um tom leve de brincadeira, mas há uma certa melancolia no seu olhar.

— Tá, posso fazer uma pergunta aleatória? — digo, tentando mudar de assunto.

— Manda. — Hugo assente, ainda encarando meu cachorro.

— Por que "Oficina do Pato"? É tipo um apelido de infância, ou...

Ele ri.

— Não é uma história tão interessante, mas vamos lá... — Hugo se levanta e se espreguiça. Sua blusa de frio sobe até a altura do umbigo, me fazendo lembrar da tatuagem de cachorro-salsicha na costela. Por algum motivo, gostaria de vê-la de novo. — Eu prestei vestibular para economia e entrei na faculdade com dezessete anos. Acho que tive uma puberdade atrasada, sei lá, mas a minha voz era meio estranha. Meio fina, ainda. E eu tentava disfarçar fingindo que era rouco, mas isso só piorou as coisas...

— Hum...

— Daí meu apelido de faculdade virou Pato Donald — confessa.

— Putz.

Hugo olha para baixo, meio envergonhado. Consigo perceber suas bochechas ficando coradas por trás da barba espessa.

— Você deve estar se perguntando: como um cara que fez faculdade terminou a vida como mecânico de bicicleta? — diz ele, quase sussurrando.

Na verdade, eu estava era pensando num Hugo de dezessete com a voz engraçada e menos tatuagens pelo corpo tentando sobreviver ao inferno que é o ensino superior. Mas não digo isso.

— "Terminou a vida" é meio exagero, né, Hugo? Nossa vida só está começando agora! — respondo, tentando melhorar o clima da conversa.

— Fale por você. — Ele ri. — Eu já cheguei nos trinta.

— Entendo... Eu estou mais perto dos trinta do que dos vinte — repito o argumento que me fez ter a crise existencial no Ano-Novo.

Hugo sorri para mim, como se achasse bonitinha a minha inocência. Ele respira fundo e estala os dedos. *Tec, tec, tec.*

— Para resumir, eu tranquei o curso por causa de um monte de problemas que tive com a minha mãe. Eu precisava de dinheiro, e consertar bicicletas era a única coisa que eu sabia fazer direito, porque aprendi com meu pai quando era adolescente… E quando decidi abrir a oficina, foi o único nome que consegui pensar. Acho que me apeguei ao Pato.

— Então a oficina já existia antes de você vir pra cá? — pergunto.

— Sim! — Ele coloca as mãos na cintura e infla o peito com orgulho. — Já trabalho com isso há nove anos! A oficina ficava perto da minha casa, na Zona Leste. Vim pra cá por uma questão estratégica.

— Ah, sei. Queria trabalhar mais perto de um vizinho folgado que vive te pedindo favores? — brinco.

Hugo puxa meu braço com delicadeza até a porta da oficina e aponta para o outro lado da rua.

— Tá vendo aquela ciclofaixa ali?

Eu observo. Com a tinta vermelha descascando sobre o asfalto esburacado, a ciclofaixa da rua já está pedindo socorro há um bom tempo.

— Aham — confirmo.

— Bem ali tem um buraco. Um buraco que parece inofensivo, mas acaba com *qualquer* pneu de bicicleta. E quando o ciclista passa por um sufoco desses e levanta a cabeça desesperado, o que ele encontra?

— A Oficina do Pato! — respondo com um sorriso.

— Exatamente!

— Você é maquiavélico.

— Em minha defesa, isso só aconteceu uma vez.

— Mas valeu a pena mudar sua oficina pra cá?

— Valeu nada. O aluguel é mais caro e eu tenho um vizinho folgado que vive me pedindo favores…

Não consigo segurar a risada. Dou um tapa no braço dele e caminhamos de volta para o fundo da oficina. Meu cachorro late para exigir atenção e então volta a chacoalhar a pelúcia na frente do focinho.

— Parece que o sr. Batata-Palha também se apegou ao pato — comento, com um sorriso.

— Pois é... Mas, ei! Garotão! — Levo meio segundo para entender que ele não está falando comigo. Isso precisa parar de acontecer. — Não vou te deixar levar o pato pra casa, viu? Ele vai ficar aqui comigo! — E, se virando para mim, acrescenta: — É só um truque para ele ficar com vontade de voltar.

Sei que o Hugo já me deu conselhos, se aproximou dos meus amigos e me ajudou a carregar um sofá escada acima, mas o carinho dele com o meu cachorro é, talvez, a maior demonstração de gentileza que já recebi de alguém.

— Obrigado, viu? De verdade.

— Imagina! — Hugo responde, dando um tapinha no meu ombro e voltando ao trabalho. — Vizinhos são para isso!

Depois de pegar o Batata-Palha de volta e tentar explicar para um filhote de cachorro que ele *precisava* deixar o pato de pelúcia para trás porque *nem tudo na vida é do jeito que a gente quer*, consigo convencê-lo ao balançar a guia no ar. Ele entende que é hora do passeio e, num piscar de olhos, deixa seu primeiro amor para trás.

Sinto que há uma metáfora sobre relacionamentos escondida nisso tudo, mas não consigo elaborar.

— Já almoçou? Tô indo no quilo baratinho aqui na rua de trás — pergunto ao Hugo enquanto me preparo para sair da oficina.

— Valeu! Mas eu trouxe marmita — ele responde, apontando para o frigobar atrás do balcão.

— Quer que eu traga um chocolatinho de sobremesa?

— Só se você achar que eu mereço... — diz ele, coçando a nuca, todo inocente.

— Vou pensar no seu caso. — Abro um sorriso e, olhando para o Batata-Palha, digo as palavras mágicas: — Vamos passear?

Ele começa a latir com euforia e me puxa em direção à rua.

*

Dou algumas voltas pelo bairro para cansar as perninhas curtas do Batata-Palha antes de me sentar para almoçar no restaurante barato com mesas na calçada. O friozinho do início de tarde me dá preguiça de voltar ao trabalho e, depois de comer, finalmente pego o celular para me atualizar com as notícias do mundo (ver o feed do Instagram e ir curtindo automaticamente qualquer coisa que provoque alguma emoção no meu cérebro, mas sem prestar muita atenção de fato).

Abro as mensagens e me sinto extremamente popular, porque há três notificações me esperando.

Tia Margarida mandou um vídeo de receita de pavê de amendoim e escreveu:

Vou fazer quando você vier me visitar.

Aproveito para responder com uma foto do Batata-Palha apoiado no meu joelho e digo:

Olha quem vai querer também!

Tia Margarida ficou toda feliz depois que adotei o Batata. Ficou claro que ela sempre *gostou* de cachorros, só nunca quis *ter* um. Agora, além da constante cobrança para que eu vá visitá-la, ela também quer que o Batata-Palha vá junto. Ainda estou pensando em como fazer para levar um filhote que não para de latir para Santos numa viagem de ônibus. O Eugênio do Futuro vai dar um jeito.

A mensagem seguinte, na verdade, é uma conversa inteira que rolou no grupo enquanto eu estava em reunião. Rafa e Gabes pegaram uma promoção de milhas e vão para Buenos Aires em julho. Carol, que já foi para Buenos Aires, mandou um monte de links com recomendações de restaurantes e lugares para visitar. Luana tentou descobrir se a viagem fazia parte da lista de desejos de Ano-Novo de um dos dois. E eu, atrasado e sem muito a acrescentar, escrevo:

Boa viagem, amigos!!! Tragam um presentinho pra mim e outro pro meu cachorro!!!

A terceira mensagem faz meu coração acelerar um pouquinho. Bernardo enviou uma selfie passeando no parque segurando uns seis ou sete cachorros em suas respectivas guias. É uma cena fofa. Depois da foto, ele disse:

Bom dia! Passeando por aqui e pensando em quando vou levar o Batata-Palha pra passear também. Tá livre na sexta? Fim de tarde é gostoso no parque da Aclimação. Quando o sol se põe, o céu fica todo cor-de-rosa. Topa?

Abro um sorriso imaginando a cena cinematográfica que seria passear com o Bernardo sob um céu cor-de-rosa. Respondo:

Combinado. Eu e Batata-Palha estaremos lá!

Bernardo responde na mesma hora com um emoji de coração e eu me sinto na obrigação de tirar uma dúvida antes que seja tarde demais.

Só para eu entender. É uma amostra grátis do seu serviço de passeador ou um encontro? Pra eu saber como me vestir.

Como se estivesse, assim como eu, com o celular na mão e a tela aberta na nossa conversa, Bernardo não demora a responder.

É um encontro ;) Pode ir bonitão que eu vou gostar.

Me sinto uma protagonista de comédia romântica dos anos 2000, porque pressiono o celular contra o peito, olho para o meu cachorro e, sentado numa mesa bamba na calçada depois de bater um pratão de estrogonofe, literalmente digo em voz alta:

— Batata-Palha, temos um encontro na sexta-feira!

Ele late com menos empolgação do que eu gostaria.

Ainda pressionado no peito, o telefone vibra de novo. Desbloqueio a tela para ler mais uma mensagem atenciosa do Bernardo, mas, para a minha surpresa e total quebra de roteiro da romantização da minha rotina, é o Ricardo quem está me chamando.

Oi, gato. Livre sexta? Sdd do teu cuzinho.

E, por mais que caminhar sob o céu cor-de-rosa com o Bernardo me pareça um programa ótimo para sexta, passar a noite dando para o Ricardo é *igualmente* tentador. Acho que consigo organizar os horários para viver os dois mundos. A Hannah Montana da Aclimação.

Com dois emojis de diabinho roxo, envio:

Tô. Sdds da sua pica.

Satisfeito com as minhas decisões, pego meu cachorro e volto para casa. Mas não sem antes comprar um chocolatinho de agradecimento para o Hugo.

16

Outro encontro

— **Você mora quase do lado** e nunca veio aqui? — pergunta Bernardo enquanto passeamos pelo Parque da Aclimação.

O fim de tarde está geladinho e, com as nuvens carregadas lá no alto, a promessa de céu cor-de-rosa não se concretiza. Mas o ar está com um cheiro gostoso de grama molhada e fim de outono. Bernardo veste um cardigã de lã vermelho, e seus cachos balançam sob o vento forte. Eu me derreto um pouquinho toda vez que ele sorri para mim.

— Não me julga, mas, sei lá, eu nunca fui muito um cara de *parques* — explico. — Acho que é só questão de hábito mesmo. Agora, pelo menos, tenho um motivo para vir, né?

Caminhando ao meu lado, Batata-Palha solta um latido empolgado. Ele está vestindo uma roupinha de feltro cor-de-rosa que comprei numa lojinha perto de casa. Não quero que ele passe frio nos nossos passeios quando o inverno chegar com mais força.

O parque está razoavelmente vazio (para os padrões de uma cidade infernal onde *nada* está vazio *nunca*), e, por isso, não é difícil encontrar um banco livre de frente para o lago principal. Batata-Palha está maravilhado com todas as árvores, o gramado, as bicicletas e as pessoas correndo que passam de um lado para o outro. Seu rabinho balança de felicidade e dá para ver que ele quer marcar tudo isso aqui como seu território.

Quando nos sentamos, solto um suspiro de alívio. Prendo a guia do cachorro no banco e, sentindo o ventinho gelado no rosto, enterro as mãos nos bolsos da jaqueta de moletom cinza que estou vestindo. Minhas pernas já estão cansadas de tanto andar, e é bom relaxar o braço um pouco, sem a pressão da guia sendo puxada pelo cachorro mais empolgado do mundo.

— Gosto demais daqui, sabe? — diz Bernardo. — Às vezes parece que o parque é o único lugar da cidade onde eu consigo respirar...

— Você não é garoto da cidade grande, então? — pergunto.

— Nada. Nasci no sul de Minas, numa cidadezinha *deeeesse tamanho*. — Ele junta o dedo polegar ao indicador. Eu assinto, finalmente entendendo de onde vem o sotaque gostoso dele. — Se chama Pouso Alegre. Cidade bonita, cheia de árvore, mas cheia de igreja também. Vim pra cá fazer faculdade e nunca mais voltei.

— Formou em quê?

Bernardo ri.

— Formei em nada. Comecei Relações Internacionais, tranquei; fui pra Ciências Sociais, não curti; prestei pra Arquitetura e Urbanismo e nem consegui entrar. Fiquei meio perdido, sabe? Agora tô fazendo um técnico em Audiovisual, mas nem sei se é isso que eu quero.

— Hum... — murmuro, perdido nos meus próprios pensamentos, que, do nada, foram dominados por uma voz assustadora gritando *"E você, Eugênio? O que* você *quer?"*.

— Eu sou ruim demais nisso, né? — Bernardo comenta com uma risada.

— No quê?

— Te chamei pra sair com a esperança de te conquistar e na primeira oportunidade já começo a confessar que tô perdido na vida e não sei o que eu tô fazendo.

Solto uma risada.

— Relaxa. Olha em volta. Ninguém aqui sabe o que tá fazendo... — Por uns cinco segundos, nós dois observamos as pessoas que passam pelo parque. — Mas... ó! E essa história de querer me *conquistar*, hein? — pergunto, deixando de fora o fato de que eu sou literalmente a pessoa mais fácil desse parque inteiro.

— Ah, tentar a sorte, né? Quando te vi lá no abrigo foi meio comédia romântica, sabe? Parecia que você estava andando em câmera lenta. Decidi arriscar porque, desde que mudei pra cá, eu nunca consegui conhecer outro cara assim, *organicamente*.

— Como assim?

— Quase todo mundo que eu já namorei eu conheci no Tinder. História sem graça de contar pros netos.

Bernardo é emocionado. De um jeito fofo. Sentado ao lado do banco, Batata-Palha troca um olhar de cumplicidade comigo.

— Quantas vezes você já namorou? — pergunto.

— Namorei quatro, mas só amei duas — diz ele, como se a resposta já estivesse na ponta da língua.

— Agora você vai ter que contar melhor — peço, curioso para conhecer mais sobre o garoto.

Bernardo abraça o próprio corpo e esfrega as mãos pela textura felpuda do cardigã.

— Tá... — Ele solta um suspiro. — Vamos lá. Primeiro namorado foi um garoto de Pouso, o primeiro gay que conheci lá. Namoro de adolescência, sabe? A gente não se *amava,* mas ele era gay, eu era gay, então fazia sentido a gente namorar. Durou o terceiro ano do ensino médio inteiro e, quando acabou, a gente já sabia que ia acabar. Mudei pra São Paulo e vieram os três namorados de Tinder. O primeiro eu amei. Ele me amou também. Mas a gente se amava de jeitos diferentes e, depois de uns dois anos, acabou não dando certo. O segundo eu não amei. Só namorei com ele pra superar o anterior. Foi coisa rápida, uns seis meses. Ele começou a me pedir dinheiro emprestado e eu percebi que era hora de terminar. Daí o terceiro e último, meu ex mais recente, esse eu amei *amei*. E acho que ele me amava também. Mas não *gostava* de mim, sabe? Da pessoa que eu sou.

Talvez ele amasse uma versão do que eu poderia ser se estivesse disposto a mudar por ele. Só que nenhum namoro se sustenta assim, né? — Eu concordo balançando a cabeça, apesar de não saber como namoros se sustentam. — Com os dois ali, amando versões inventadas um do outro... Mas hoje eu tô bem. Isso rolou há mais de um ano. Pronto pra amar de novo!

Bernardo termina sua autoanálise amorosa com um sorriso no rosto e, por dentro, estou me tremendo todo. É assustador o jeito como esse garoto fala de amar como se fosse fácil.

— E você? — ele pergunta, se virando na minha direção e cruzando as pernas sobre o banco.

— Eu o quê?

— Já namorou?

— Acho que sim.

— Mas já amou?

— Acho que não.

Bernardo ri.

— Agora é sua vez de se explicar melhor.

Paro e penso um pouco. Não esperava ter que falar de *amor* quando topei um passeio no parque com meu cachorro e um cara bonitinho.

— Tá. Diferente de você, eu nunca fui de namorar. Acho que eu nunca *quis*, sabe? — Sinto a necessidade latente de defender minhas escolhas. — Sempre fui mais de ficar com um monte de caras e, quando a coisa começava a ficar séria, eu perdia o interesse. Mas também não sou um filho da puta, né? — Ah lá a necessidade latente de me defender de novo. — Sempre deixei muito claro que não queria nada sério, e todos os caras que se envolveram comigo já estavam de acordo. Na época da faculdade eu meio que "fiquei sério" com um veterano do curso por quase um ano. Ele era a pessoa que ia comigo pras festas e a gente tinha um acordo não dito de sempre se pegar, mas também rolava um cuidado depois, um carinho, dormir agarradinho... Eu gosto dessas coisas.

Bernardo sorri e assente, como se estivesse anotando mentalmente "ele gosta de dormir agarradinho".

— Mas, depois de um tempo, a gente acabou dando um fim nessa situação. Ele foi fazer mochilão na Europa, sei lá. Arrumou um marido gringo e tá casado até hoje. Acho que isso foi o mais próximo que eu já tive de um namoro — continuo.

— Entendi — Bernardo responde. — Mas e o amor?

Ele não vai deixar essa passar, né? Desvio o olhar e encaro o Batata-Palha, que cansou de latir para as pessoas do parque e, agora, nos encara com muita atenção, ansioso para ver como vou me sair nesse papo sobre amar.

— Amor é *outra coisa*. Acho que já *gostei muito* de alguns caras, já fui *apaixonadinho*, já senti *muita atração*. Já disse "eu te amo" depois do sexo algumas vezes, mas só porque a gozada foi muito boa e minha cabeça não estava no lugar. Mas amor, *amor mesmo*, desses de filme da Disney, de beijar na chuva, correr atrás no aeroporto... Nunca rolou.

— Amor pra mim é diferente — Bernardo responde. — Claro que eu não ia reclamar se um bonitão corresse atrás de mim no aeroporto. Mas eu enxergo o amor nas coisinhas pequenas, sabe? Em estar junto, conhecer lugares novos, inventar um jeito de se comunicar que só funciona a dois. Amar, pra mim, é ter aquela pessoa que, quando aparece, te enche de alívio. Te enche daquela certeza de que a partir dali o dia vai ser bom, porque *não tem como* não ser bom. Faz sentido?

Na minha cabeça, não faz. Mas não tenho coragem de dizer isso em voz alta. Não sei se sou cínico demais ou se Bernardo é romântico demais, mas essa conversa, que de maneira geral me faria revirar os olhos, inventar uma desculpa e ir embora daqui, me deixa curioso. Talvez seja a coisa toda da lista de Ano-Novo. Meu desejo de arrumar um namorado *de propósito*. Só para ver como é. Só para descobrir se ele vai ser a pessoa que me enche de alívio a qualquer hora que seja.

Uma brisa gelada passa entre nós e meu corpo todo se arrepia. Batata-Palha corre para debaixo do banco e se deita entre as minhas pernas. Bernardo continua me encarando, esperando minha resposta para sua pergunta. *Faz sentido ou não faz?*

Sinto vontade de beijá-lo. Não é uma vontade carnal. O fato de ele ser uma gracinha ajuda muito, é claro. Mas, na minha cabeça, se eu beijar o Bernardo aqui, agora, o jeito como ele enxerga o amor irá fazer sentido para mim. Vai entrar no meu organismo pela saliva e descer até o meu coração. Biologicamente, é assim que funciona mesmo. Só quero aprender a amar de outro jeito e, de forma alguma, quero dar fim a esta conversa para que meu cérebro pare de pensar na tristeza que é estar mais perto dos trinta do que dos vinte sem nunca ter amado.

Então, me enchendo de coragem, pergunto:

— Posso te dar um beijo?

Embaixo do banco, Batata-Palha salta de repente, enroscando a coleira na minha perna e fazendo meu joelho encostar no do Bernardo. Para ele, que viu tudo em câmera lenta no dia em que a gente conheceu, este momento deve ter sido digno de comédia romântica também.

Bernardo me encara com um sorriso e suas covinhas aparecem de novo, como um convite para que eu chegue mais perto. Ele faz que sim com a cabeça e eu me aproximo.

E, então, a gente se beija.

Assim, no parque, ao ar livre, com carinho e com vontade.

Respiro fundo com nossos lábios grudados e, pela primeira vez, sinto o cheiro de Bernardo. Ele usa um perfume doce que combina com a personalidade dele. Tem cheiro de baunilha e é aconchegante. Dá vontade de ficar aqui. Nossas bocas se encaixam num toque macio e muito, muito gostoso.

Longe de mim promover a rivalidade entre homens que conheci este ano enquanto eles me prestavam algum tipo de serviço e que eu acabei beijando, mas, em comparação com o Ricardo, Bernardo beija melhor. Com mais calma, sim, mas com mais desejo. A combinação é perfeita.

— Sua boca é tão gostosa — ele sussurra com a testa colada na minha quando finalmente paramos o beijo para respirar.

— Eu não estava esperando um beijo *tão bom* — digo com uma risadinha, bem na hora em que mais uma lufada de vento gelado nos atinge. Meu corpo estremece todo.

Bernardo se ajeita no banco, passa o braço por cima dos meus ombros e me puxa para perto. Recosto a cabeça no peito dele e, assim como nossas bocas, nossos corpos se encaixam direitinho. Ele aproveita a deixa e começa a fazer cafuné em mim. Daí, fodeu. Me derreto todinho. Sinto o que imagino ser o equivalente ao que Batata-Palha sente quando dou uma coçadinha na barriga dele. Tento pensar, mas não lembro da última vez em que um homem fez isso comigo. Me acariciou como se o meu conforto fosse sua maior prioridade. Quem passa e nos vê aqui nem imagina que acabamos de trocar o primeiro beijo. Parecemos namorados, compartilhando um momento de carinho tão bonito. Lá no alto, em meio ao céu cinza, as nuvens parecem dar uma trégua e abrem uma fresta bem pequenininha para o sol de fim de tarde passar. Vejo um feixe de luz sutil atravessando o tempo ruim e iluminando o lago, que está agitado por causa do vento. A água fica cintilante, e a sensação é de que eu poderia ficar aqui para sempre.

Não para sempre *sempre*, né? Não vou deixar uma hora de encontro com o Bernardo me transformar numa princesa de contos de fada, mas por *um bom tempo* seria gostoso. Não pensar em nada. Só cafuné, beijinho e cheiro de baunilha.

— Valeu a pena o passeio teste? — Bernardo pergunta, o queixo apoiado na minha cabeça.

— Você vai ter que abrir uma exceção e virar passeador de humanos também. Mas só comigo — digo. — Passeador de Eugênio.

Bernardo ri da pior piada do mundo como se ela fosse de fato boa, e isso me conforta quase tanto quanto o cafuné. Ele arrasta a cabeça até meu pescoço, planta um beijinho ali e, com delicadeza, puxo Bernardo pelo queixo até encostar minha boca na dele mais uma vez.

— Não acredito! — exclama uma voz e, se não fosse pela familiaridade do grito, eu me assustaria de verdade.

Sem acreditar na interação que estou prestes a ter, me afasto da boca do Bernardo e olho para a frente.

— Luana? O que você tá fazendo aqui? — Só então meu cérebro processa a imagem diante dos meus olhos. Luana veste um short de compressão na altura ideal para cobrir a pinta da Angélica, tênis esportivos coloridos e uma faixa na cabeça que prende a franja vermelha para trás. — E por que você está vestida assim?

— Estou treinando pra uma prova de corrida.

— Do nada?

— Do nada.

— Isso tem cheiro de lista de Ano-Novo — rebato.

Luana fecha a cara, sentindo o gosto do próprio veneno.

Momentos depois, Carol aparece, quase tão irreconhecível quanto a namorada. Ela está de capacete na cabeça e pedalando uma bicicleta.

— Carol, você também? — digo, quando ela estaciona a bicicleta ao lado da namorada e me observa sentadinho no banco com meu cachorro e o cara com quem eu estava conversando sobre amor minutos atrás.

— Eu também o quê?

— Decidiu aparecer do nada no meio do meu... — Penso na palavra ideal. "Passeio" não me parece certo. — Negócio.

— Vim passear com a minha bike nova — Carol explica. — O Hugo que montou pra mim. Ela não é linda?

É só então que reparo na bicicleta: com um visual meio vintage, uma cesta de palha na frente e o quadro verde lésbico. Parece um acessório da Barbie, se a Barbie gostasse de verde lésbico. É linda mesmo.

— Hugo nem me falou nada… — É a primeira coisa que penso em dizer. O que é ridículo, porque não é como se ele me contasse sobre o *trabalho* toda vez que conversamos. Nem como se *eu* perguntasse. Mas, por algum motivo, a bicicleta linda e verde é um lembrete de que tanto o Hugo quanto as minhas amigas têm uma vida onde coisas acontecem e nem todas têm a ver comigo. É difícil para um gayzinho com síndrome de protagonista ser lembrado de que nem sempre ele é o protagonista.

Ao meu lado, Bernardo pigarreia de um jeito comicamente exagerado.

— Desculpa, nem apresentei. Gente, esse é o Bernardo. — Apontando para as minhas amigas, acrescento: — Bernardo, essas são a Luana e a Carol, minhas amigas. Que agora correm e andam de bicicleta no parque. Do nada.

— Prazer em conhecer vocês — Bernardo diz, abrindo um sorriso ainda mais conquistador do que todos os que já abriu para mim.

— Prazer, querido — Carol responde, educada como sempre.

Saindo de debaixo do banco de madeira, Batata-Palha faz uma aparição triunfal, latindo e pulando nas pernas da Luana.

— Ai, meu deus! — as duas exclamam ao mesmo tempo.

— Ah! Claro, e esse é o Batata-Palha! — me apresso em dizer.

— Ai, meu deus! — Carol grita, saltando da bicicleta num piscar de olhos e ajoelhando na frente do cachorro.

Batata-Palha, que, apesar de novo, já demonstra sinais de que *adora* receber atenção, salta, late e lambe minha amiga.

Luana se agacha também, e observa a cena, maravilhada.

Bernardo vira o pescoço, me encara com uma expressão de choque e pergunta:

— Elas não conheciam o Batata?

— Eu adotei ele não tem nem uma semana, então… — me justifico.

— E você *me* apresentou antes de apresentar o *seu cachorro*?

Carol, que já se levantou e está ninando o cachorro como se o Batata fosse um bebê reborn, dá uma risadinha. Luana, ao lado dela com seu look corredora, que ainda não faz sentido na minha cabeça, dá uma cotovelada de leve na namorada.

— Gostei dele — diz num sussurro não tão sussurrado assim.

— A gente precisa marcar um encontro oficial para o grupo inteiro conhecer o Batata-Palha! — sugere Carol. — Tipo um chá de bebê.

— Quem é "o grupo inteiro"? — Bernardo pergunta, cruzando as pernas sobre o banco e capturando a atenção das minhas amigas com esse magnetismo assustador que ele tem.

— Nós duas — Luana começa, gesticulando os braços num movimento que envolve ela e a Carol —, que somos as melhores pessoas que você vai conhecer. Daí tem o Rafa, o gay inteligente do grupo. E o Gabriel, o gay bonito do grupo.

Me pergunto como elas me categorizariam se precisassem me apresentar também. Decido que é melhor não pensar nisso.

— E o Hugo! — Carol se apressa em dizer enquanto o Batata-Palha lambe seu rosto com euforia. — O... o bissexual mecânico do grupo!

— Ei! — exclamo. — Tecnicamente, o Hugo não é "do grupo". — Faço aspas bem exageradas no ar. Não sei o que dá em mim. — Não quero excluir o Hugo, é claro, mas acho meio antidemocrático colocar o Hugo no grupo sem uma votação geral. A não ser que vocês tenham um grupinho só de vocês onde... sei lá! Onde vocês marcam de *montar bicicletas juntos*.

— Olha como ele é ciumento... — Luana comenta diretamente para o Bernardo. — Foge enquanto há tempo, viu?

Bernardo ri e, num gesto bem sutil, pega minha mão e entrelaça nossos dedos. Um gesto que, talvez seja coisa da minha cabeça, mas interpreto como uma total falta de interesse em fugir enquanto há tempo.

— Desculpa — diz Bernardo, sem soltar minha mão. — Mas meu cérebro não conseguiu processar mais nada depois de "bissexual mecânico". O cara é tipo um ciborgue?

Nós três rimos juntos e, sem comentar em voz alta, penso que, de todos "do grupo", Hugo é de fato o mais provável de ser um ciborgue.

— Gostei dele — Luana repete, sem sussurrar desta vez.

Usando a técnica infalível de me comunicar com minha amiga que me conhece desde a época da escola usando apenas o olhar e, possivelmente, vibrações mentais, encaro a Luana bem nos olhos e mentalizo: *Beleza, corredora, será que agora vocês podem ir embora para que eu possa voltar a beijar este belo rapaz antes que nosso encontro termine, já que marquei com um outro belo rapaz que vai passar lá em casa hoje à noite para, nas palavras dele e não minhas, "matar a saudade do meu cuzinho"?*

Ela parece entender. Talvez não tudo, mas a parte importante sim. E eu sei disso porque ela corresponde minha encarada e diz em voz alta:

— É pra gente ir embora, né?

Assinto silenciosamente. Bernardo solta uma risadinha. Carol solta um gemido frustrado, colocando o Batata-Palha no chão como uma criança que não quer parar de brincar.

— Tchau, neném! — Carol diz para o cachorro. — Tchau, *homens*. — Ela diz para mim e para o Bernardo, quase como uma ofensa.

— Vamos marcar alguma coisa semana que vem — sugiro enquanto Carol sobe na bicicleta novamente.

As duas sorriem de maneira genuína porque sabem que eu vou *de fato* tentar marcar alguma coisa semana que vem. Nosso grupo está constantemente marcando coisas na semana que vem.

— Leva o bonitinho aí! — Luana diz, antes de voltar a correr atrás da bicicleta da Carol. — Gostei dele.

Balanço a cabeça, perturbado com o fato de a Luana, que dificilmente gosta dos caras com quem me envolvo, ter verbalizado *três vezes* que gostou do Bernardo. Talvez ele tenha mesmo uma energia magnética e especial. Ou talvez ela só esteja querendo provocar e me fazer perder o juízo. Aposto mais na segunda opção.

Durante a interação inesperada com as minhas amigas, o céu de fim de tarde escureceu e o parque começou a esvaziar.

— Eu... preciso ir pra casa — digo. Cogito me justificar, dizer que "tenho um compromisso", mas até mesmo isso soaria como uma mentira. Então, não digo mais nada.

— Tranquilo. Eu também tenho que ir. Posso deixar vocês em casa? Última caminhada para encerrar a noite? — Bernardo sugere.

Batata-Palha late, aceitando o convite. Eu, que não vou latir na frente do cara, decido concordar dando um último beijo na boca macia do Bernardo. Quando o beijo termina, ele se levanta, estende a mão e me puxa.

Caminhamos de mãos dadas até o portão do parque e, quando chegamos na rua, ele não solta e eu também não.

No meu bolso, o celular vibra duas ou três vezes, mas eu ignoro porque com uma das mãos estou segurando a coleira do meu cachorro e, com a outra, seguro a mão do rapaz bonito que me levou para passear.

17
Três

— **Obrigado pela companhia hoje** — digo uns quinze minutos depois, quando nos aproximamos da rua do meu prédio. — Foi um fim de tarde muito gostoso.

Ainda estamos de mãos dadas e, não vou mentir, a sensação é bem gostosa. Não lembro a última vez em que demonstrei afeto publicamente no sentido romântico e literal da palavra. Digo isso porque Rafael e Gabriel chamam de "demonstração pública de afeto" a minha história da mamada triste no Renault Sandero prata. Tem algo nesse lance de andar de mãos dadas que mexe com minhas emoções de um jeito que não sei explicar. Por mais que seja o primeiro passo para definir o meu nível de intimidade com outro homem, o toque das duas mãos no meio da rua é quase como cumprir uma promessa que fiz para mim mesmo quando criança. Correndo o risco de soar meio exagerado, eu me sinto invencível.

— Não tem o que agradecer. Eu estava precisando disso… — Bernardo responde.

O jeito como ele morde o lábio não é nem um pouco provocante. É meio melancólico, até. Dá para ver que está querendo dizer mais alguma coisa.

— Que foi? — pergunto como quem não quer nada, balançando nossas mãos para a frente e para trás.

— Nada… — Ele ri. — Desculpa pelos papos estranhos sobre *amor* e tal. Acho que passei um pouco dos limites.

— Ei! Nem vem! Sem essa de pedir desculpas! — Paro de andar e sinto meus dois braços sendo puxados por duas forças: um cachorro e um garoto bonito. Me mantenho parado, e o Bernardo para também. Ele me encara e abre um sorriso tímido. Batata-Palha, por sua vez, não está nem aí para o nosso papinho de gay emocionado e continua me puxando para a frente. — Foi uma *boa* conversa.

— É só que... eu não quero ficar nadando pra morrer na praia, sabe? Não quero te assustar e nem sei se quero tentar isso *com você*, mas, assim... — Ele respira fundo, organizando os pensamentos. — Eu estou buscando algo *sério*, sabe, Eugênio? Não quero ficar por ficar. E a minha psicóloga diz que não tem nada mais atraente do que um homem que sabe o que quer.

Bom, eu acho que há, *sim*, coisas mais atraentes, mas podemos enfiar "homem que sabe o que quer" ali num top 20, talvez?

Pensando por outro lado, eu *sou* um homem que sabe o que quer. Pelo menos este ano. Queria uma tatuagem. Queria um cachorro. E agora só falta o namorado. Então, minha ficha cai e eu sei exatamente o que responder para que o Bernardo me enxergue como um homem decidido e, consequentemente, atraente.

— Eu também estou buscando algo sério. — Imediatamente, os olhos dele se enchem de um brilho repleto de esperança. Sob a luz amarelada dos postes na rua, ficam ainda mais bonitos. Mas me deixam ainda mais apavorado. — Assim, *sem pressão*. Mas é isso que eu venho buscando. Conhecer alguém e... construir... alguma coisa...

Minha declaração vaga, que poderia ser sobre um namorado ou um pedido a um mestre de obras, parece ser boa o suficiente para acalmar a tensão na expressão do Bernardo.

— Vamos ver no que dá — diz ele.

— Isso — concordo.

"Ver no que dá" me parece um bom plano.

Para a felicidade do Batata-Palha, voltamos a caminhar, e meu celular vibra mais uma vez.

— Deixa eu só ver uma coisa rapidão — peço, soltando a mão dele e tirando o celular do bolso.

Mais cedo, quando estávamos saindo do parque, Ricardo me mandou três mensagens:

Gato, terminei mais cedo no trabalho. Cliente marcou tatuagem no peito e não aguentou fazer tudo numa sessão só.

Posso ir pra tua casa?

Se prepara que estou num tesão daqueles hehe.

E agora, poucos segundos atrás, enviou mais duas:

Cheguei aqui no teu portão. Tá em casa?

Qualquer coisa me avisa que vou pra um bar aqui perto e te espero lá bjo.

Mas é claro que não dá tempo de avisar. Estou a poucos passos do meu portão quando termino de ler as mensagens e, ao levantar o rosto do telefone, lá está Ricardo, de calça preta, camisa preta e coturno, recostado no muro do prédio como um bad boy de filme adolescente. Na coleira, Batata-Palha começa a latir freneticamente, me puxando para a frente com as patinhas agitadas. O som do latido faz o Ricardo perceber que estou chegando e ele sorri, primeiro para o cachorro e depois para mim (um bom sinal, imagino). Mas o Batata não quer nem saber do tatuador gostoso que me aguarda. Toda a sua atenção se volta para o Hugo, que está na calçada fechando a oficina e, quando avista o meu cachorro, agacha e começa a acenar, parecendo o *pai* do mesmo filme adolescente de onde Ricardo, o bad boy, saiu.

Não sei onde eu me encaixo nessa história fictícia. Na verdade, até sei, mas tenho receio de mais uma vez soar como o gayzinho com síndrome de protagonista.

Ao meu lado, Bernardo parece confuso, e eu não sei exatamente como lidar com a quantidade descabida de *homens na minha calçada*. Exausto, eu apenas solto a coleira do Batata-Palha.

Bernardo solta um gritinho assustado, mas eu coloco a mão sobre o peito dele.

— Relaxa — digo.

Como esperado, Batata-Palha corre como um carro rebaixado e salta nos braços do Hugo. Ricardo se junta ao grupo de homens que parecem confusos e, quando finalmente chego em frente ao portão, decido que a solução mais inteligente é apresentar todo mundo sem necessariamente *categorizar* os três.

Por sorte, Ricardo não é do tipo Demonstrações Públicas de Afeto, então ele só me dá um abraço e um beijinho na bochecha.

— Oi, oi, oi. Calçada movimentada hoje, hein? — brinco, meio sem jeito. — Bernardo, esse é o Ricardo, e aquele é o Hugo. Gente, esse é o Bernardo. — Faço as apresentações apontando para cada um e, depois disso, não sei mais o que dizer.

— Hugo? O ciborgue bissexual? — Bernardo pergunta, oferecendo ao contexto uma piada interna que ninguém mais conhece e, de certa forma, dificulta uma interação que já não estava tão fácil assim.

O apelido inesperado chama a atenção do Hugo, que se levanta com o incansável Batatinha no colo.

— Oi? — ele pergunta. O membro que restava no clube dos homens confusos acabou de chegar!

— Longa história — digo. — Coisa da Carol. Depois te conto.

Quase digo *sua cliente e melhor amiga Carol*, mas me seguro porque só tem graça provocar o Hugo quando tenho tempo para elaborar e, depois, explicar que era só brincadeira. Agora não tenho tempo para mais nada porque preciso encerrar um encontro e, imediatamente, começar outro.

Uma coisa de cada vez. *Vamos lá, Eugênio, você consegue!*

Me viro para o Bernardo.

— Obrigado por me trazer em casa. E pelo passeio. — É carinhoso e genérico na mesma medida.

Bernardo, que parece ter ficado um pouco tímido na frente dos demais homens tatuados, enfia as mãos no bolso da calça e olha para o chão. É meio fofo. Como se fosse o nerd secretamente gostoso do filme adolescente.

Batata-Palha rosna para mim como se estivesse me mandando *parar* de enxergar a realidade com um filtro de filme adolescente e *voltar* para a realidade onde estou mais perto dos trinta do que dos vinte. Ele, é claro, tem toda a razão.

— Obrigado você. A gente se fala, então? — Bernardo quase sussurra.

— A gente se fala.

Damos o abraço mais esquisito do mundo e o Bernardo se prepara para ir embora.

— Tchau — ele diz para Ricardo e Hugo, que respondem com um aceno de cabeça que pode parecer intimidador para quem não os conhece. — Tchau, amigão! — Agora é especificamente para o meu cachorro, que não dá a mínima, já que está ocupadíssimo lambendo a barba do Hugo.

Ele enterra a mão no cabelo cacheado, coça a nuca, dá meia volta e caminha na mesma direção de onde viemos. Ele veio até aqui só para me trazer em casa. Nem era caminho para ele. Fofo.

Resolvido o primeiro encontro, hora de lidar com o segundo.

— E aí? — digo para o Ricardo, surpreso com o jeito como minha voz muda quase que automaticamente para um tom mais, na falta de palavra melhor, *sedutor*. É minha "voz de falar com o Ricardo". Um pouco mais sussurrada e convidativa. — Você quer subir direto ou…

— Subir direto! — Ele nem me deixa terminar.

Penso na mensagem que li há pouco, em que o Ricardo dizia estar "num tesão daqueles". Sinto um friozinho na barriga, aquela sensação gostosa de quem está prestes a fazer um sexo que, estatisticamente, tem grandes chances de ser excelente. Dentro da calça, meu pau fica um pouquinho duro numa resposta biológica para lá de normal.

— Vem, filho! — digo, estendendo os braços na direção do Batata-Palha. Contra sua vontade, Hugo me entrega meu cachorro. — Valeu, Hugo! Boa noite.

— Boa noite — ele responde, me olhando nos olhos. — Aproveite o fim de semana.

— Ah, pode deixar! Vou aproveitar — respondo.

Ao meu lado, Ricardo solta uma risadinha safada.

— Eu *também* vou aproveitar! — Hugo rebate, quase me desafiando.

— Aí, sim, hein? *Tem que aproveitar mesmo!* — digo, imitando a entonação provocativa dele. Nem sei por que faço isso.

Ele continua me encarando, e não desvio o olhar.

— Valeu, irmão — Ricardo interrompe, apoiando a mão nas minhas costas.

— Valeu, *meu querido* — Hugo responde, finalmente reconhecendo a presença de outro ser vivo que não seja eu ou Batata-Palha nesta calçada.

Esquisitíssimo o clima.

Viro a chave no portão e subo para casa com meu cachorro, e o Ricardo vem logo atrás. Assim que viramos o primeiro lance de escadas e ficamos fora do campo de visão de qualquer pessoa, ele coloca a mão em cima da minha bunda e dá uma apertadinha. Me sinto extremamente valorizado.

Quando entramos no apartamento, não acontece a erupção de excitação que acontecia nos primeiros encontros com o Ricardo. Tudo aqui está um pouco diferente desde quando ele conheceu meu apartamento pela primeira vez. Mais móveis, mais pontos de luz e, por conta do Batata-Palha, mais bagunça. Levo um tempo para tirar a coleira do Batata e encher os pratinhos de ração, enquanto ele, sem cerimônia, esvazia os bolsos na mesinha de centro. Chaves, carteira e um drops de bala de menta. Com calma, ele caminha até a cozinha e pega uma cerveja que está na geladeira desde sei lá quando.

— Quem é aquele carinha, hein? — ele pergunta, abrindo a lata de cerveja. *Tssss.*

— O Hugo? É só o mecânico lá de baixo. Vocês já se viram antes, né?

— Não, não — Ricardo responde antes de beber um gole. — Não tô falando do grandão. Aquele cara me odeia. Tô falando do que chegou com você.

— Ah! — digo, entrando na cozinha. Ricardo está apoiado na pia, relaxado e lindo. Passo a mão pelo peito dele e pego um gole de cerveja também. — Aquele é o Bernardo. Ele é voluntário na ONG onde eu adotei o Batata-Palha. E passeador de cachorros. A gente foi dar uma volta.

Ricardo abre um sorriso safado e me dá um beijo rápido. O beijo gelado com gosto de cerveja me faz lembrar de como eu estava com saudade.

— Só uma volta? — ele pergunta sussurrando dentro da minha boca.

Sinto uma pontada de pânico. Não sei o que essa pergunta significa. Ricardo nunca me passou uma energia de ciumento. Provavelmente é só curiosidade. Ou, conhecendo o Ricardo, uma sondagem na possibilidade de trazer o Bernardo para a cama com a gente. Em todos os casos, meu cérebro atordoado decide que mentir é a melhor solução.

— Sim — respondo, mordendo o lábio. — Só uma volta.

— Putz. Mó gatinho ele.

O comentário me fez perceber que também não sou ciumento com o Ricardo. O que é excelente. Seria altíssimo meu nível de insanidade se eu sentisse ciúmes porque um cara que não é *nada* meu achou "mó gatinho" outro cara que é convencionalmente bonito.

— Vem — digo, por fim, puxando-o na direção do quarto e fazendo com que deixe meia lata de cerveja em cima da pia.

No meio do corredor, ele me agarra por trás, lambe meu pescoço e beija minha orelha. Nos poucos segundos que levamos para chegar ao quarto, ele já conseguiu arrancar meu moletom e, quando caio sobre a cama, fico numa posição privilegiada para vê-lo tirando a camisa lentamente, me provocando com seu corpo gostoso.

Então, ele ataca. Pula em cima de mim e me beija, esfregando sua calça na minha e arfando como alguém que, de fato, está "num tesão daqueles". Então, quase tão rápido quanto começou, Ricardo para. Ele olha para o lado, na direção da porta do quarto. Batata-Palha está parado ali, nos encarando com uma expressão de completo choque. Ricardo solta uma risada.

— Ele costuma... te ver transando?

A pergunta provoca um turbilhão de dúvidas na minha cabeça. Dentre todas as mudanças que a adoção de um cachorro vem provocando na minha rotina nos últimos dias, transar de porta aberta ainda não tinha passado pela minha cabeça.

— Não sei... ele chegou no sábado.

Ricardo arqueia a sobrancelha, percebendo que não transei com mais ninguém nos últimos seis dias. Não sei se ele gosta de saber que, no momento, só estou transando com ele, ou se está julgando o marasmo da minha vida sexual. Tento não analisar demais a situação e, mais uma vez, fazer o que precisa ser feito.

— Melhor fechar a porta, né? — sugiro, ainda embaixo do corpo tatuado do Ricardo.

— É. Acho melhor.

Me arrasto para fora da cama, encaro o Batata-Palha com a expressão mais arrependida que consigo e sussurro:

— Desculpa, filho. Não vou demorar.

No momento em que fecho a porta, a sensação de culpa quase esmaga meu peito.

— Espera um minuto — digo ao Ricardo.

Abro a porta novamente, corro até a sala, ligo a TV e coloco no YouTube um vídeo de três horas com músicas relaxantes para cachorros. Melhor assim.

Quando volto para o quarto, Ricardo já está me esperando pelado na cama. Com o pau duro como ferro, uma das mãos apoiadas atrás da cabeça e o sovaco esquerdo à mostra. Dentre as duas opções, o sovaco esquerdo é meu favorito no Ricardo. É cercado por uma tatuagem de água-viva que começa no peito e desce pela costela. Eu gosto.

Fecho a porta e o Ricardo me chama com o dedo indicador.

— Vem logo que eu tô doido pra te foder.

Ele não precisa pedir duas vezes. Eu vou.

Quando terminamos, estamos suados, ofegantes e leves. Ricardo nunca decepciona na cama, e desta vez não foi diferente. Sempre que gozamos, eu me sinto mais leve e menos preocupado.

Estamos nos recuperando. Eu deitado em seu peito, que sobe e desce numa respiração que vai ficando mais tranquila a cada minuto, e ele mexendo no celular.

— Banho, pizza e filminho de terror. O que me diz? — ele sugere.

Na mesma hora lembro do Bernardo e sou obrigado a concordar. Não há *nada* mais atraente do que um homem que sabe o que quer. Talvez um homem que *verbaliza* o que quer enquanto está pelado na sua cama com o corpo tatuado coberto de porra após uma boa trepada.

— Por mim, perfeito. — Sorrio, satisfeito. — Só não quero filme de terror com criança possuída. Esses me dão medo de verdade.

— Beleza. Nada de crianças possuídas. — Ele faz um cafuné rápido na minha cabeça antes de se levantar, abrir o armário e pegar duas toalhas. — Posso dormir aqui hoje?

— *Pfff*. Nem precisa mais perguntar — digo, me levantando também.

— Claro que precisa. A gente não é *casado* nem nada.

Por mais que o Ricardo esteja sorrindo, o comentário me atinge de um jeito meio esquisito. Ignoro a sensação. Quando abro a porta e saio do quarto, Batata-Palha está dormindo no sofá. Parece que, no fim das contas, a música relaxante para cachorros (uma mistura de trilha sonora de *O Senhor dos Anéis* com música de missa) deu certo desta vez. Ao ouvir a movimentação pela casa, ele abre os olhos e late com empolgação.

Seguimos o plano: banho tomado, pijama no corpo, pizza para dois e filminho na TV.

Estamos enroscados no sofá. Eu e Ricardo de conchinha. Ele por trás, como a Bíblia manda. Batata-Palha no chão roendo a tampa da caixa da pizza. E, na televisão, adolescentes burros fogem de um assassino em série que parece ser mais burro ainda. Não estou prestando muita atenção no filme, para ser sincero. Na posição em que estamos, consigo sentir o pau meia-bomba do Ricardo roçando na minha bunda por cima da calça, como uma promessa de que, antes de dormir, deve rolar pelo menos uma última mamada.

— Deixa eu te perguntar uma coisa — falo.

— Que foi? — diz Ricardo, com a boca bem perto do meu ouvido.

— Você já se apaixonou? Já amou alguém?

Juro que nunca em toda a minha vida vi um pau *desendurecer* tão rápido. Ricardo se ajeita no sofá, se afastando um pouco de mim.

— Do nada isso? — ele pergunta, rindo. Mas percebo que está abalado.

— Não... nada de mais. Só... curiosidade mesmo. Mas esquece. Nada a ver mesmo...

Ricardo se apoia sobre o cotovelo e se senta no sofá. Sou obrigado a me sentar também e, agora que nossa conchinha foi completamente arruinada pela minha inabilidade de ficar quieto durante um filme de terror ruim, assumo a posição de alguém que está prestes a ter Uma Conversa Importante.

— Relaxa. É importante falar dessas coisas também. É só que... — Ricardo coça o piercing no septo. O gesto que carrega um tipo de insegurança que eu sempre achei que ele seria incapaz de sentir. — Eu não sou muito do tipo que se *apaixona*, sabe? A maioria dos meus relacionamentos não segue muito o caminho convencional.

— Sexo, pizza e filme ruim numa noite de sexta me parece *bem* convencional, Ricardo — rebato.

Ele ri.

— Justo. É só que... *agora*, neste momento exato da minha vida, eu não estou pronto para me comprometer com nada, sabe? Acho até bom você ter puxado esse assunto, porque a gente tá se vendo há... o quê?

— Quase dois meses — respondo. — Toda semana.

— Pois é. Momento bom pra gente deixar claro o que queremos um com o outro. E, sendo sincero contigo, Eugênio, o que eu quero e *posso* oferecer é isso aqui. — Ele faz um gesto vago apontando para nós dois.

— Sexo, pizza e filme ruim? — brinco.

— Isso. Sem nenhum tipo de compromisso. Mas também sem ser um completo *babaca*, sabe? Casual sem ser impessoal.

— Casual sem ser impessoal — repito. — Faz sentido.

— E você? O que você quer?

O que eu quero? A pergunta de um milhão de reais. Uma lista estúpida que escrevi no Ano-Novo diz que eu quero um namorado. A noite com o Ricardo diz que eu quero sexo, pizza e filme ruim. O passeio da tarde com o Bernardo diz que eu quero carinho e andar de mãos dadas na rua. Sei lá o que eu quero.

No fim das contas, é tudo uma questão de perspectiva. Se na noite de Ano-Novo eu tivesse escrito "1. Pizza; 2. Sexo; 3. Filme ruim" na lista de desejos, estaria me sentindo completamente realizado agora.

— Acho que assim funciona pra mim. Eu e você. Sem pressão.

— E não *apenas* eu e você, tá bom? — Ricardo reforça, olhando nos meus olhos. — Só avisando mesmo. Eu não tenho nenhum interesse em relações monogâmicas. Eu saio com outras pessoas. Nunca vi a necessidade de me justificar nem nada, porque…

— Porque a gente não tem nada oficial, claro.

Um grito estridente toma conta da sala e meu corpo salta sem sair do lugar. Na TV, um adolescente loiro morre esfaqueado no coração. Ricardo parece não se importar. Acho que já viu este filme antes.

— Isso — ele concorda. — Mas agora que estamos conversando sério… Sei lá. É bom deixar tudo explicado. Alinhar as expectativas.

— Agora parece que tô numa reunião de trabalho — comento, revirando os olhos de brincadeira.

Ricardo bagunça meu cabelo, acaricia meu rosto e chega pertinho até me dar um beijo.

— Tudo certo entre a gente? *Isso aqui* funciona pra você?

Por enquanto, funciona. Então, decido falar a verdade.

— Por enquanto, funciona.

Ricardo parece satisfeito. Ele se deita no sofá, me puxa de volta para a conchinha e nós dois encaramos a TV, onde o adolescente loiro e agora ensanguentado se contorce na sala de carpete branco até morrer.

18
Votação

As semanas passam voando enquanto tento equilibrar todas as áreas da minha vida como um artista de circo girando pratinhos sem deixar nenhum cair. As responsabilidades de ter um cachorro, a cobrança constante da tia Margarida por uma visita (dificultada pelo fator cachorro), a pressão de arrumar um novo trabalho toda vez que entrego o anterior, a emoção de ter dois homens completamente diferentes na minha vida ao mesmo tempo e a angústia de não saber o que faço com os tais dois homens.

Bernardo manda mensagem todo dia de manhã. A gente toma café em chamada de vídeo e saímos aos finais de semana. Cinema, exposições, parque... coisa de namoradinho. Ele me faz rir, me dá atenção, tem paciência comigo e está sempre disponível. Ricardo é mais distante, mas, quando aparece, me vira do avesso e confunde todos os meus sentimentos. Porque, apesar do sexo excelente, não é como se ele fosse apenas uma Piroca Ambulante. Nas noites em que dorme comigo, passamos horas conversando sobre viagens, política e arte. Ele é inteligente de um jeito que chega a ser injusto, porque, sinceramente, precisava? Precisava mesmo ser gostoso *e* inteligente? Durante a minha vida inteira, eu escolhi ser *apenas* gostoso e, quando o Ricardo conversa comigo, me arrependo um pouco das minhas decisões.

Maio já está quase na metade quando finalmente conseguimos reunir o grupo inteiro no meu apartamento. É uma tarde nublada de domingo e estamos bebendo vinho e comendo amendoim torrado. A desculpa "chá de bebê do Batata-Palha" não cola mais porque todos os meus amigos já conheceram o cachorro em outros momentos. Luana e Carol continuam frequentando o parque e a gente sempre marca de se ver lá. Rafael e Gabriel conheceram o Batata porque eu o levo para a academia, e ele fica lá bonitinho me esperando. Todos os funcionários da recepção se apaixonaram por ele. Mas juntar nós cinco no mesmo lugar ao mesmo tempo tem sido um evento raro de acontecer.

Nós seis, talvez. Porque o Hugo está aqui também e esse é o grande motivo do encontro.

— Beleza — diz Luana, sentada de pernas cruzadas no meu sofá, ao lado de Carol, Rafa e Gabriel. — A gente precisa fazer uma votação. Quem aqui é a favor da inclusão do Hugo no grupo?

Todos olham para o Hugo ao mesmo tempo.

Ele não está mais sentado no chão. Com o dinheiro do trabalho para o festival de música que os gays alternativos de São Paulo vão adorar, comprei uma poltrona extra (que acabou virando a cama de luxo do Batata-Palha), mais almofadas e um novo jogo de taças. Minha casa agora é oficialmente capaz de receber seis pessoas. Mas eu continuo sentado no chão, porque a poltrona é pequena demais para acomodar eu *e* o Hugo ao mesmo tempo.

— Meio estranho fazer essa votação com ele aqui na nossa frente, né? — aponto.

— A gente pode, sei lá, cada um escrever seu voto num papel, daí a gente coloca tudo numa urna e uma pessoa neutra faz a contagem dos votos — sugere Luana, viciada em dinâmicas que envolvam escrever alguma coisa num pedaço de papel.

— A pessoa neutra seria quem? O Batata-Palha? — Carol ri.

— O Bata é o *menos neutro* daqui! Olha só pra isso! — digo, apontando para Hugo, que está segurando meu cachorro no colo e fazendo carinho em sua barriga. — O Hugo é o favorito dele! Depois de mim, claro.

A parte do "depois de mim" talvez seja mentira, mas não estou pronto para confrontar isso agora.

— Eu não acredito que a Luana acabou de sugerir *voto impresso*! — diz Rafael, revirando os olhos de maneira dramática só para provocar.

— Conservadora! — começo.

E todo o grupo, ao mesmo tempo, bate palminha e grita:

— CONSERVADORA! CONSERVADORA!

Irritada, Luana joga uma almofada na minha direção e eu pego no ar porque, bom, estamos a poucos centímetros de distância.

— Uma dúvida. — Gabriel levanta o dedinho feito um aluno de escola. — Essa é uma votação pro Hugo entrar no grupo — ele gesticula, digitando num celular invisível — ou no grupo *grupo*.

— Ahn? — Luana parece confusa.

Rafael, o tradutor oficial dos pensamentos do Gabriel, interfere:

— Gabriel quer saber se é uma votação para o grupo de mensagens no celular ou para o grupo de amigos enquanto construção social — ele explica.

— Porque, assim... — Gabriel continua. — Ele já *é* do grupo, né? Hugo tá aqui sempre. Só não está no grupo de mensagem. Daí eu acho que vale a pena colocar ele porque o Hugo tem umas figurinhas muito engraçadas.

— Desde quando você conhece as *figurinhas* do Hugo? — pergunto, mais chocado do que a situação pede.

— A gente conversa, ué? Papo de treino — Gabriel explica.

— Isso. O Gabes tá me ajudando a ficar monstrão. — Hugo finalmente se pronuncia, tirando uma das mãos da barriga do meu cachorro e flexionando o bíceps.

Encaro o braço dele por mais tempo do que deveria.

Luana parece impaciente.

— Todo mundo de acordo, então? — pergunta, levantando a mão. Todos levantam a mão ao mesmo tempo. Hugo pega uma patinha do Batata e coloca para o alto também. — Votação encerrada! Bem-vindo ao grupo, Hugo!

Ela nem termina de falar e já recebi uma notificação no celular.

Gabriel adicionou Hugo ao grupo.

— Nossa, que rápido — comento. — Essas figurinhas devem ser *hilárias* mesmo.

Rafael pega a garrafa de vinho que já está pela metade e reabastece as taças de todo mundo.

— Vamos falar do que interessa agora — diz ele ao terminar de encher a própria taça. — A vida amorosa do Gênio!

— Ai, *não!* — protesto. — Impossível que vocês não tenham *outro assunto*.

Desde que Luana e Carol me viram beijando o Bernardo no parque, o assunto "minha vida amorosa" tem surgido com frequência no grupo. As duas são extremamente Time Bernardo porque acharam ele fofo, bonito e educado, gosta de animais e tem um jeitinho de "menino do interior que se emocionou quando andou de escada rolante pela primeira vez". Palavras da Luana, não minhas. Já Rafael e Gabriel são Time Ricardo porque, apesar de nunca terem conhecido o tatuador pessoalmente, ouvem todos os meus relatos barbarizantes e acreditam que o pinto dele tem propriedades medicinais, já que fico mais feliz, disposto e confiante toda vez que a gente passa a noite transando. Já eu, estou feliz com os dois por enquanto porque entendo que sou um adulto multifacetado e não a Bella de *Crepúsculo*, que precisa, necessariamente, escolher *apenas um*.

— Sua vida amorosa é nossa novela favorita, amigo — diz Rafa. — A gente só comenta pelo entretenimento.

— Tá bom — cedo, dando um gole demorado na taça de vinho. — O papo com o Bernardo está fluindo bem. Nós dois estamos buscando algo sério e ele parece, tipo... Parece *gostar de mim* de verdade, sabe? Ele está sempre demonstrando interesse, mas...

— Eles ainda não transaram — Rafael completa, revelando a todo o grupo uma confissão que fiz somente a ele.

— É só transar, ué! — Carol sugere, enfiando um monte de amendoins na boca.

— Sim, claro. Mas é que...

— Eugênio tá com medo do Bernardo não ser ativo — Rafael completa, relevando a todo o grupo *outra* confissão que fiz somente a ele.

— Passiva tóxica! — Luana puxa.

— PASSIVA TÓXICA! PASSIVA TÓXICA! — O grupo acompanha. Incluindo o Hugo. O que é meio estranho para mim.

— Mas vocês já falaram sobre sexo, pelo menos? — Gabriel pergunta.

— Já. Ele me disse que é *versátil*.

Rafael e Gabriel riem. Luana e Carol parecem confusas. Hugo está distraído brincando com as orelhas do Batata.

— E isso é *bom*, não é? — Carol pergunta.

— Falar que é versátil é tipo responder "sou eclético" quando perguntam que tipo de música você gosta — Rafael explica, como se fosse um doutor em Cultura Gay.

— Além do mais, existem, sei lá, uns *três* versáteis de verdade nessa cidade — Gabriel acrescenta.

— E quando chega a hora do vamo ver, o versátil acaba *escolhendo um lado* — digo.

— Minha mãe disse a mesma coisa quando eu me assumi bi — Hugo se manifesta. Meu coração gela, com medo de ter ofendido o cara no primeiro dia dele como membro oficial do grupo. Mas quando levanto a cabeça, ele está rindo da minha cara, até que começa: — Versatilfóbico!

— VERSATILFÓBICO! VERSATILFÓBICO!

É óbvio que todo mundo acompanha.

— Minha nossa, falando sério — Luana resmunga. — Vocês gays conseguem transformar qualquer experiência humana na coisa mais *exaustiva* do mundo. Sexo é pra ser uma coisa gostosa. E vocês aí tratando tudo como se fosse uma entrevista de emprego.

— Calma lá! Não é bem assim, viu? — Tento me defender. — É só que, bom, sexo é uma parte importante da vida pra mim. E é foda, porque... Porque, em comparativo, eu venho fazendo um sexo *muito bom* com um cara...

— Que só te liga quando quer trepar — Luana interrompe.

— A gente come *pizza* e vê *filme* depois — explico, levantando o dedo indicador. — Às vezes sushi também. E teve uma vez que pedimos mexicano, mas nós dois passamos mal no dia seguinte.

— Teoria! — Carol levanta a taça para o alto. — O tatuador transudo é casado e nunca te contou.

— Já descartei essa — rebato, porque eu também já tive a teoria de que o Ricardo é casado e eu estava sendo amante sem saber. — Ele já me disse um milhão de vezes que não é monogâmico. E já contou experiências recentes dele com outros caras. E... — Penso se revelo a última parte. Bebo um gole de vinho e decido que, bom, foda-se. — Numa noite em que a gente estava junto, essa teoria estava corroendo a minha mente e eu *parei o sexo* pra perguntar se ele era casado. Ele riu e disse que não acredita em casamento, que essa é uma instituição de controle e manutenção de poder. Juro.

— Meu deus. — Luana suspira.

Viro o último gole de vinho da taça e entro oficialmente no momento da noite chamado Eugênio Compartilhando Detalhes Íntimos Da Própria Vida.

— E ele disse tudo isso com o pau duro *dentro* de mim. — Nenhuma reação. Decido continuar. — E eu fiquei *mais excitado ainda* porque tenho tesão em caras com opiniões fortes e ideais políticos.

— Isso é verdade! — Rafael vem em minha defesa. — Ano passado o Eugênio tava há meses conversando com um carinha e só saiu com ele depois que descobriu que o cara foi mesário nas eleições.

— Uhum!!! — Viro a taça vazia na minha boca porque cansei de compartilhar detalhes íntimos e não quero que todo mundo saiba que, naquele caso, *sim*, o mesário era casado e eu fui o amante.

— Quer saber? — Luana começa. — Acho que o Hugo está quietinho demais. Anda logo, Hugo! Opina sobre a vida do Eugênio!

Pela primeira vez na noite, Hugo parece desconfortável. Ele coloca o Batata-Palha no chão e o cachorro vem correndo para o meu colo. Assim como o pai, Batata também parece estar dividido entre dois homens.

— Opinar o que? A vida é dele, ué!?

— Finalmente alguém *sensato* no grupo! — exclamo, levantando as patinhas do Bata para o ar.

— Mas você é Time Bernardo ou Time Ricardo? — Carol provoca.

— Olha… — Hugo coça o queixo barbudo e cruza as pernas. Parece estar considerando de verdade. — Eu não gosto do tatuado. Toda vez que chega no prédio, ele ou me encara como se eu fosse um inimigo ou como se fosse muito mais meu amigo do que realmente é. O passeador de cachorro… ele parece mais bonzinho. Mais tímido. É o menos pior, já que o Tata gosta dele.

— Tata? — Gabriel pergunta.

— O Batata-Palha — Hugo e eu respondemos ao mesmo tempo.

— É um nome com muitas variações — explico. — Bata, Tata, Batatildo, Batuta, Tuta, Tutu…

— Tatu Bola, Tatu *Bolinha* — Hugo continua. — Palito, Lito, Lilito, Sr. Cabeça de Batata, Frito, Fritito…

— McFritas! — Nós dois gritamos juntos, orgulhosos do apelido mais recente que inventamos para o cachorro.

Do sofá, Luana, Carol, Rafael e Gabriel nos encaram como se estivéssemos falando em outro idioma. Hugo me encara e sorri. Eu sorrio de volta, sentindo meu rosto queimar. Deve ser o vinho.

— Assim vocês vão confundir o coitado do cachorro. Ele vai crescer com crise de identidade sem saber o próprio nome! — Luana protesta.

— Nomes são uma instituição de controle e manutenção de poder — argumento, fazendo todo mundo rir.

— Enfim. — Hugo continua. — Eu não consigo ser nem Time Alfredo nem Time Frederico.

— Bernardo e Ricardo — corrijo. Ele não se importa.

— Acho que eu sou Time Eugênio! Torço pra quem te fizer feliz, cara.

Eu aplaudo com animação e Batata-Palha se assusta no meu colo. Tadinho.

— Muito bem! *Alguém* tinha que ser Time Eugênio! Obrigado pelo apoio, Hugo.

Ele ri, se levanta da poltrona e pergunta:

— Tem mais vinho na geladeira?

— Acho que tem meia garrafa de um tinto muito ruim e umas latinhas de gim tônica de melancia — respondo. — Pode trazer tudo pra sala que a gente mata.

— Jesus amado! — Hugo exclama, indo até a cozinha e abrindo a geladeira. — Às vezes eu esqueço que vocês são jovens.

— Até parece, Hugo! — Carol comenta quando ele volta equilibrando quatro latinhas numa das mãos e meia garrafa de vinho na outra. — Você não é *tão mais velho* do que a gente.

— Eu já passei dos trinta — diz ele, me entregando uma lata e colocando as outras na mesinha de centro. Hugo se agacha ao meu lado e sussurra no meu ouvido: — Senta lá na poltrona. Deixa que eu fico no chão um pouco.

Eu agradeço e aceito a oferta, porque minha bunda está doendo. Batata-Palha vem logo atrás de mim e se aninha no meu colo.

— Uau? Não parece! — diz Rafael.

— Eu tenho 33. Com essa carinha de 28. — Ele se senta no chão e cruza as pernas. Seu joelho estala alto o bastante para todo mundo ouvir. — E joelho de 65.

— Não acredito que deixei de ser a mais velha daqui! — comemora Carol, que tem 29.

— Pois é. Virei o paizão do grupo, é isso? — Hugo pergunta, levantando de leve a camisa para coçar a barriga peluda e provando que, sim, ele é meio que o paizão do grupo.

— Tópico sensível! — Luana adverte, fingindo falar sério, mas incapaz de segurar a risada.

— Oi? — Hugo pergunta, deixando de coçar a barriga, mas mantendo a mão ali. Só alisando. Gostaria que ele parasse de fazer isso.

— Ninguém aqui tem pai — Rafael explica. Apontando um por um, ele vai expondo nossas questões familiares para o recém-chegado. — Meu pai não fala comigo há cinco anos, o pai da Luana mora fora do país e só liga pra ela no aniversário, o pai da Carol abandonou a família quando ela era criança, o Gabriel é filho de duas mães e o pai do Eugênio meio que... não existe, sei lá.

— Ele existe — explico. — Só não sei onde está. Nem quem ele é. Complicado.

Eu só consigo falar disso com tranquilidade quando estou com meus amigos porque sei que, de certa forma, todo mundo aqui me entende. É mais fácil lidar coma a inexistência de um pai na minha vida quando estou em um grupo onde não ter pai é a norma. Interesses em comum são superestimados; o negócio é ter *traumas* em comum. Nada une amigos mais do que perturbações emocionais compartilhadas.

— Bom… — diz Hugo, se servindo com o vinho tinto horroroso. — Meu pai morreu há uns dez anos, então acho que encontrei o grupo certo! — Ele joga a informação, dá de ombros e ergue a taça.

Percebendo que, assim como a gente, ele também parece em paz com a sua falta de pai, nós seis erguemos taças de vinho e latas de bebida com gosto duvidoso e brindamos ao fato de que, apesar de tudo, estamos bem.

— Tá certo. Agora que o assunto é o Hugo. — Luana puxa assunto. — Qual é o seu signo?

Hugo fica sério.

— Não vou falar.

— Por quê? — pergunto.

— Porque não importa o que eu responder, vocês vão ficar tipo "ah… isso explica muita coisa".

— Besteira. Fala seu signo! — exijo.

— Eu não acredito em signos — ele responde, mas não soa tão resistente porque as palavras saem embaladas por uma risadinha frouxa.

— Mas a gente acredita! — diz Rafael.

— Signos são uma instituição de controle e manutenção de poder! — ele argumenta.

Todo mundo prende o riso na tentativa de mostrar que o tópico "signos" é respeitado dentro do grupo. Todos menos o Gabriel, que solta uma gargalhada com a boca cheia de amendoim. Traidor.

— Tá bom. — Hugo revira os olhos, se dando por vencido. — Aquário.

— Ah… isso explica muita coisa. — Não consigo segurar o comentário.

19
Resiliência

A quem interessar, hoje eu vou transar com o Bernardo, envio no grupo.

Luana responde com uma sequência de emojis de berinjelas. Em seguida, Hugo envia uma sequência de emojis de berinjelas intercalados com emojis de pêssego. **Visibilidade versátil**, ele diz.

Diferente dos meus encontros com o Ricardo, que acontecem nas noites dos finais de semana, Bernardo está vindo aqui em casa numa tarde de quarta-feira. Parte de mim se sente um pouco burguês safado por estar *marcando de transar* em horário comercial, mas aí lembro que sou apenas uma pessoa jurídica fodida, com pouquíssimos direitos trabalhistas e bastante insegurança financeira, e minha culpa passa. Apenas safado, mas nem um pouco burguês.

Bernardo passou mais cedo para buscar o Batata-Palha para passear junto com outros cachorros e organizou a rota do dia para terminar aqui em casa e aí sim começar a *nossa* cachorrada. O acordo não foi tão explícito como acontece toda vez que marco de encontrar o Ricardo. A ideia de uma possível primeira transa ficou pairando no ar, mas tenho certeza de que não é invenção da minha cabeça. Vai rolar.

Adianto o trabalho, arrumo a casa, tomo um banho e visto minha roupa de gala para ocasiões especiais: regata, shorts curtos e *jockstrap*.

Quando o interfone toca, meu coração está curiosamente descompassado. Abro a porta e recebo os dois no apartamento. Batata-Palha entra correndo e vai direto até o pote de água, arrastando a coleira pelo chão. Bernardo fica parado, esperando permissão.

— Pode entrar — digo. — Fica à vontade.

— Com licença — ele responde, limpando os pés no capacho e enfiando as mãos no bolso, todo tímido.

Bernardo está de calça jeans, camiseta branca e um moletom verde amarrado na cintura. Seu rosto está corado, um pouco suado, e os cachos, que sempre vi perfeitamente arrumados, hoje estão desgrenhados e grudados na testa. Há algo muito atraente em ver esse garoto perfeito um pouquinho bagunçado.

— E aí? Como foi o passeio? — pergunto.

— Você deve estar colocando pré-treino na ração desse cachorro — ele brinca. — Como pode um animal com patinhas tão pequenas correr tão rápido?

Dou uma risada enquanto tiro a guia do peito do Batata-Palha. Ele está ofegante e animado, mas, assim que o liberto da coleira, pula na poltrona da sala e deita de barriga para cima e língua para fora. Exatamente como pretendo estar no final desta tarde.

— Pronto. Parece que ele cansou — diz Bernardo, sorrindo para mim.

Respondo ao sorriso chegando mais perto e puxando a nuca dele para um beijo demorado. Bernardo passa uma das mãos pelo meu cabelo e, com a outra, pressiona minhas costas. Seu cheiro de baunilha ganha uma nota diferente por causa do suor. É gostoso demais. Nosso beijo, que desde o primeiro dia sempre teve cara de beijo de filme, vai se intensificando pouco a pouco. Mais língua, mais saliva, mais pressão. Até virar beijo de *outro tipo* de filme.

— Como a gente faz isso? — ele pergunta depois do beijo demorado. Sua boca continua perto da minha e o hálito quente deixa minha nuca arrepiada.

— Isso o quê? — pergunto. — Sexo?

— Não, seu besta! — Ele ri. — Também. Mas como você acha melhor…? Na sala ou…

A expressão tímida e confusa volta a tomar conta do rosto do Bernardo e eu me derreto um pouquinho. Percebo que, neste momento, ele precisa de alguém prático que tome decisões, e eu sou capaz de fazer isso.

— Não. Vamos pro quarto. É mais confortável lá.

Ele assente uma vez, feliz por termos um plano de ação para agora e outro para depois.

Enquanto o Bernardo faz o caminho de cinco passos da sala até o meu quarto, preparo o ritual pré-sexo de sempre. Coloco a playlist relaxante do Batata-Palha na TV, fecho a cortina para a sala ficar mais escurinha e beijo meu cachorro na testa.

— Se comporta, garotinho — digo carinhosamente.

Quando entro no quarto, Bernardo não está me esperando só de cueca no meio da cama. Ele continua totalmente vestido, sentado na beirada do colchão enquanto encara as próprias mãos. Percebo que, com ele, eu só preciso dar os primeiros passos para trazê-lo junto comigo na mesma sintonia. Não vai ser difícil.

Fecho a porta e o barulho da maçaneta faz o Bernardo voltar a olhar para mim. Abro um sorriso e tiro minha regata, mostrando o corpo para ele pela primeira vez. Pelo sorrisão que abre, mostrando as covinhas e os dentes, parece que o Bernardo gosta do que vê.

Fico de pé na frente dele, ainda sentado, e meu sorriso em resposta é tudo o que ele precisa para continuar. Bernardo puxa meu corpo em sua direção, seu rosto na altura do meu peito. Ele respira fundo, sente meu cheiro, acaricia minha barriga e começa a beijar. Ele passa a língua pelo meu mamilo esquerdo, e a sensação quente tocando uma parte tão sensível do meu corpo me faz soltar um gemido chiado de prazer. Ele percebe que eu gostei e beija com mais vontade. Estou com as mãos livres, então afundo os dedos nos cabelos do Bernardo e empurro seu rosto contra o meu peito. Ele passa a mão pelas minhas costas, mas sempre que começa a chegar perto da minha bunda, sobe de novo.

Me afasto por um segundo, deixo o Bernardo admirar meu corpo e, com um sinal rápido, peço para que tire a camisa também. Ele obedece. Em vez de jogar a camiseta no chão como eu fiz, dobra com cuidado, se levanta e coloca a roupa em cima da cadeira do computador.

Aproveitando que o Bernardo está de pé, decido trocar as posições (Versátil! Versátil!). Me sento na beirada da cama e, assim como ele fez comigo, puxo seu corpo para perto e começo a beijar. Bernardo não tem um corpo musculoso. Ele é magro, com o peito reto e a barriga chapada. Perto do umbigo, uma trilha de pelos clarinhos vai descendo até desaparecer por trás do elástico da cueca.

Acaricio sua pele macia por alguns minutos, beijando aqui e ali, até minhas mãos finalmente pararem em cima do volume por baixo da calça jeans. Engulo a saliva enquanto sinto o coração acelerar. O volume é bem… maior do que o esperado para uma tarde de quarta-feira.

Bernardo parece perceber minha hesitação. Ele solta uma risadinha.

— Então… — ele sussurra. — Quando eu disse que era versátil…

É agora. A hora da verdade. Estamos nos lambendo sem camisa num quarto fechado. Não tem para onde fugir. Isso aqui vai terminar em sexo, e uma hora ou outra teremos que decidir quem vai comer quem. Ou se ninguém vai comer ninguém, ideia a qual eu não me oponho. Sexo sem penetração também é uma delícia e, sinceramente, é super Sexo De Quarta-Feira.

— Hum… — murmuro, incapaz de me concentrar direito.

— Eu gosto bastante das duas coisas, mas sempre acabo sendo mais passivo… porque… bom… — Ele parece muito nervoso. Não sei o que fazer. Então continuo parado, tentando manter uma expressão neutra. — Para mim, ser ativo acaba sempre dando muito trabalho. Porque… porque não é todo mundo que… aguenta.

Na última palavra, ele agarra o volume da calça com a mão e balança, me oferecendo o vislumbre perfeito da silhueta do pau que, a cada segundo, parece estar ficando mais duro.

E eu juro por deus que, neste exato momento, é como se o céu se abrisse no meio do quarto, emitindo um feixe de luz celestial enquanto anjos tocam pequenas trombetinhas douradas e jogam pétalas de rosas sobre nós dois. Porque o que eu tenho aqui na minha frente é um cara bonito, fofo, carinhoso e romântico que sofre da *tragédia* que é ser *tão pirocudo* que *quase ninguém aguenta*.

O olhar desolado na expressão do Bernardo me enche de um desejo irracional de mudar essa história. Decido que, independentemente do que eu encontrar embaixo dessa calça jeans, eu *irei* aguentar. É uma questão de honra. E, de certa forma, um ato político em prol de *todos* os versáteis.

Abro um sorriso tão grande que quase deixo escapar uma gota de saliva enquanto o encaro de baixo para cima.

— Relaxa, Bê. A gente dá um jeito.

Ele solta um suspiro aliviado e joga a cabeça para trás. Um sinal de que posso seguir adiante.

Com a habilidade de quem já desabotoou muita calça jeans nessa vida, a maioria em situações muito mais insalubres, liberto o botão da casa, desço o zíper lentamente e, com as duas mãos, abaixo a calça do Bernardo até os joelhos. Ele está de boxer azul. Aperto seu pau por cima da cueca, provocando com calma porque estou gostando dessa brincadeira de prolongar o mistério. Minha mão quase não fecha, e acho que ele nem está cem por cento duro ainda. O pau macio está com aquela textura típica de "oiiii, tô acordando" que eu adoro.

Aperto, cheiro, lambo o tecido. A cada gesto vou sentindo o Bernardo mais e mais duro. Ele geme baixinho, me incentivando a continuar. E, quando nem eu nem ele estamos aguentando mais tanta provocação, passo os dedos por dentro do elástico e liberto a pica, que pula para fora da cueca de maneira quase cômica, por pouco não atingindo meu rosto (eu não reclamaria).

Uma juventude inteira de interações insuportáveis nos aplicativos de pegação que começam com "oi qts cm?" me fez criar uma aversão natural a unidades de medida. Não sou o tipo de gay que bate o olho num pau duro e consegue adivinhar quantos centímetros ele tem. Mas, usando minhas poucas referências, arrisco dizer que são *facilmente* 23 centímetros. Se o Ricardo tem um Pau de Marido, Bernardo tem um Pau de Amante. O que é engraçado, já que o Bernardo tem Personalidade de Marido e o Ricardo tem Personalidade de Amante. O destino às vezes apronta.

— É grande, né? — Bernardo sussurra.

Por um breve segundo, minha mente desassocia. Não estou mais no meu quarto. Nem sequer estou no mundo real onde existem homens reais com pirus reais. Isso aqui parece coisa de filme pornô. Estou num estúdio, filmando para o site MagrinhosPauzudos.com e preciso dar o meu melhor.

— Eu dou conta — respondo, sem saber se, de fato, darei conta. — A gente só vai precisar de um pouquinho de paciência e muito lubrificante.

Ele ri e o som da risada alivia nossa tensão. Decido começar pelo começo. Ajudo o Bernardo a tirar a calça por completo e, imitando seu comportamento, dobro delicadamente e coloco na cadeira, em cima da camiseta. O gesto é simples, nada de mais, porém o Bernardo me encara com uma expressão carinhosa e, juro por deus, o pau dele pulsa ao me ver dobrando sua calça com tanto cuidado.

Bernardo continua de pé, e decido me ajoelhar no chão, já que mamar sentado na beirada da cama seria péssimo para a minha coluna. Me concentro antes de começar a missão. Seguro o pau duro do Bernardo, constato que minha mão não fecha e passo a língua pela cabeça rosada. Vou descendo pela lateral, lambendo *tooooda* a extensão enquanto uso uma das mãos para fazer o movimento de vai e vem e outra para brincar com as bolas lisinhas. Me sinto o rei do *multitasking*. Depois de deixar tudo bem babado, respiro fundo e começo a engolir. É difícil de primeira. Tenho uma técnica de mamada que aprendi com um carinha uns anos atrás: consiste em brincar com a língua *enquanto* o pau está na boca. Mas a grossura do Bernardo meio que ocupa minha boca inteira, deixando minha língua sem espaço para se movimentar. Vou precisar inovar.

Diferente do Ricardo, Bernardo não empurra minha cabeça. Ele não força a entrada na minha garganta. O que é bom. Prefiro me manter no controle por enquanto. Engulo tudo o que consigo e volto para pegar mais ar. Depois engulo de novo e fico orgulhoso por ter conseguido ir um pouquinho mais além. E quando engolir se torna uma tarefa exaustiva demais, tento a famosa mamada recreativa, movendo a cabeça para a frente e para trás, enchendo o pau do Bernardo de saliva e dando uns beijinhos de vez em quando.

Percebo as pernas dele tremendo e, como ficar de joelhos também não é a posição mais confortável do mundo para mim, é hora de subir na cama.

Quando me levanto do chão, Bernardo me puxa para mais um beijo e, no processo, arranca meus shorts. Ele não dobra dessa vez. Só joga do outro lado do quarto e abre um sorriso malicioso, como se sentisse prazer em ser rebelde. E eu sinto prazer em corromper este cara bonzinho que dobra as próprias roupas antes de trepar.

Só então Bernardo percebe que estou de jockstrap. Com a bunda de fora e meu pau muito mais modesto, porém igualmente duro.

— Nossa. Você se preparou *mesmo*, né? — diz ele com a boca colada no meu ouvido enquanto acaricia minha bunda.

— Coloquei no calendário e tudo — brinco.

Nós nos jogamos na cama e o que acontece a seguir é uma sessão demorada de preliminares. Nos beijamos, nos chupamos, nos beijamos mais e não desgrudamos nossos corpos nem por um segundo. O quarto iluminado pela luz da tarde deixa a experiência diferente. O sexo com o Bernardo é carinhoso e, sem nenhuma sombra para esconder nossas expressões, é mais honesto e muito mais cheio de cor.

Depois de me relaxar com muita saliva, dedadas e um pouco de lubrificante, Bernardo me olha nos olhos e pergunta:

— Quer tentar?

— Quero — respondo, com mais certeza dessa vez. — Como você prefere?

Ele morde o lábio e pensa por um instante.

— *Preferir*, eu prefiro de quatro — ele sussurra, ainda um pouco tímido por estar falando tão abertamente de sexo comigo. — Mas, olha, pela minha experiência, acho que vai ser mais confortável pra você se a gente começar de ladinho.

Dentro da minha cabeça, uma voz sufocada de tanto tesão grita *Foda-se o meu conforto! Me coma de quatro até eu não aguentar mais!!!* Mas o medo de não aguentar fala mais alto, e decido seguir a voz da experiência. Quem tem um pirocão enorme é ele, afinal.

Deito de lado, assumo a posição e empino a bunda. Bernardo puxa o ar entre os dentes e assente. Parece que gostou da vista.

Ele ajoelha sobre o colchão e se encaixa na posição perfeita para meter. Coloca uma camisinha extragrande que provavelmente ele que trouxe, porque não tenho desse tamanho na minha caixinha do sexo e, antes de começar, se estica por cima de mim, pega outro travesseiro na ponta da cama e o posiciona embaixo da minha cabeça.

— Vê se assim fica melhor pra você — diz.

— Está perfeito — respondo, sorrindo.

Espalhando uma quantidade razoável de lubrificante, ele enfia primeiro a cabeça e eu aguento bem. Então, mais um pouco. Sigo aguentando. Um pouco mais. Sinto o pau dele atravessando aquele ponto do desconforto. O momento do sexo em que o cérebro finalmente percebe "ah, claro, estou *dando o cu*" e começa a mandar impulsos nervosos por todo o corpo fazendo a gente sentir dor, tesão, receio e prazer ao mesmo tempo. Acho que é assim que funciona. Não sou neurologista.

— Como tá? — ele pergunta.

No geral, a pesquisa de satisfação *durante* o sexo me irrita um pouco, mas o tom de voz do Bernardo é carregado de tanto carinho que não consigo ficar com raiva.

— Pode ir mais fundo — digo. — Tá de boa.

Então ele vai. E eu solto um gemido alto porque, em meio segundo, já não está mais tão de boa assim. Mas eu aguento. Eu aguento.

— Mais — peço.

Ele obedece.

— Mais um pouco — imploro.

— Agora foi metade.

— Puta que pariu, *só metade*? — grito, agarrando a fronha do travesseiro com força.

— E-eu posso... S-se você quiser, eu... — ele gagueja, começando a recuar.

— Não! — eu praticamente ordeno. E então, com uma voz mais calma, repito. — Não. — Abro um sorriso. — Só fiquei surpreso, só isso. Vai mais um pouco.

Ele assente e obedece.

— Agora me beija — mando.

Ele assente e obedece.

Sinceramente, que *delícia* mandar no sexo. Se eu soubesse que era tão bom, já teria tentado antes.

Bernardo debruça o corpo por cima de mim sem tirar o pau lá de dentro e aproxima sua cabeça da minha. Como estou deitado de lado, sua boca chega primeiro no meu ouvido, e ele me beija ali, ativando um dos meus pontos fracos e deixando meu corpo molinho. Só então percebo como eu estava tenso esse tempo todo.

— Assim — sussurro. — Continua.

Bernardo percebe o que está fazendo de certo e, como bom garoto pauzudo e obediente que é, continua. Lambe minha orelha, meu pescoço e minha nuca. Quanto mais meu corpo cede, mais fundo ele enfia. Confuso, meu cérebro para de enviar sinais de dor lá para baixo e manda sinais de prazer aqui para cima. Acho que é isso. Repetindo, não sou neurologista.

Quando a língua quente do Bernardo chega perto da minha boca, abro os lábios esperando um beijo. Mas, antes de me beijar, ele diz:

— Agora entrou tudo. Eu estou inteiro dentro de você.

Meu coração acelera. Sinto orgulho do que meu corpo é capaz de fazer. Talvez eu tatue "Resiliência" no cóccix.

— Deixa aí dentro um pouquinho — sussurro, quase suplicando. — Só pra eu acostumar.

Bernardo deixa, me cobrindo com seu corpo magro. Fico tonto com seu cheiro gostoso. Não sei se é de propósito ou involuntariamente, mas seu pau pulsa lá dentro, se acomodando em mim. O desconforto vai virando prazer a cada beijo. E, depois de alguns minutos agarradinhos numa intimidade surreal, me sinto pronto.

— Agora manda ver — digo.

Bernardo não precisa ouvir duas vezes. Ele tira o pau quase todo, e aí enfia de novo. O movimento de vai e vem começa devagar, meio experimental. Enterro a cabeça no travesseiro para abafar meus gemidos altos.

Uma coisa sobre gemidos: na maior parte das vezes, é tudo performance. O que é *normal*, porque sexo *é* performance. Mas com o Bernardo, não. Cada grito sufocado pelo tecido da fronha é genuíno. Quando mais ele mete, mais vontade eu tenho de gritar. De colocar tudo para fora numa experiência meio catártica.

Bernardo não mete com raiva. Mas também não mete fofo. Suas habilidades de meteção estão em algum lugar aí no meio. Tem vontade, tem ritmo e entusiasmo. Olho para ele por cima do meu ombro e meu coração derrete um pouquinho. Ele transa sorrindo. Encara minha bunda com a alegria de quem pediu um jogo videogame de Natal e ganhou *dois*. Agora que a dor inicial passou e tudo o que sinto é uma mistura gostosa de prazer e realização por estar encarando o maior pau que já vi ao vivo em toda a minha vida, decido que é a hora de dar ao Bernardo uma quarta-feira inesquecível.

Com a mão hesitante, toco a cintura dele. Ele sai do transe sexual em que se encontrava e me olha, a preocupação e o cuidado voltando aos seus olhos castanhos enormes.

— Me dá um minuto — peço.

— C-claro, claro...

Ele tira o pau com cuidado e me sinto vazio por um instante. Isso aqui vai ser bom.

Numa virada rápida, apoio os dois joelhos sobre o colchão e decido ignorar minhas coxas tremendo. Sei o que estou fazendo. Eu não sou bobo. Viro a cabeça na direção dele, empino a bunda e sussurro:

— Me come de quatro, Bernardo.

Ele literalmente solta uma gargalhada. Uma reação espontânea de quem acabou de receber a melhor notícia do mundo. E, obediente como tem sido a tarde inteira, Bernardo agarra os dois elásticos da minha jockstrap, puxa minha bunda contra seu quadril e mete de novo. Entrando e saindo com vontade, ritmo e, desta vez, um pouquinho de fúria.

Reviro os olhos de tesão e, nesta posição, não demora muito tempo até eu ouvir um grunhido selvagem por cima dos meus ombros.

— Toma! Toma! — ele grita, arfando, antes de finalmente gozar. Sinto seu pau inchando lá dentro e seu corpo desabando aqui fora.

No mesmo instante, meus joelhos finalmente cedem e eu desabo também. Bernardo deita de barriga para cima, eu, de barriga para baixo. Tento me mexer, mas não tenho forças. Estamos ensopados e exaustos. O tipo de sexo que, com certeza, conta como cárdio em dia de academia.

— Você quer que… — ele começa.

— Não. Não precisa agora — respondo. Tento não pensar em como o Bernardo não me fez gozar *com* ele. Mas, neste exato momento, não tenho mais nenhuma energia emocional para tirar uma gozada do meu pau. — Tô de boa.

— Mesmo?

— Mesmo.

— E foi… bom? Tipo, você curtiu?

Pesquisa de satisfação!!!

— Bê, foi ótimo — digo, finalmente reunindo forças para virar o corpo de lado, e encontro o corpo magrinho e suado dele todo esparramado pelo colchão. Em algum momento ele tirou a camisinha esporrada, deu um nó e colocou ao lado da cama. Aposto que se tivesse como *dobrar* uma camisinha esporrada, ele teria dobrado. — Você é muito… talentoso.

Estico a mão e aperto seu pau quase mole, balançando de um lado para o outro. Uma coisa bem namorado de se fazer.

— Eu acho bonitinho quando você me chama de Bê, sabia? — ele confessa, virando de lado também para me olhar nos olhos.

— É Bê de Bernardo — explico. — E *de forma alguma* Bê de bebê, tá bom? Eu não sou romântico *nesse nível*.

— Bom, saiba que, *na minha cabeça*, é Bê de bebê — diz o homem com supostos *vinte e três centímetros de pica*, deslizando as costas da mão pelo meu rosto como se eu fosse precioso.

E só porque estou feliz com o resultado da nossa primeira transa, emocionado pelo jeito carinhoso com que ele toca meu rosto e tonto de levar tanta pirocada, eu respondo:

— Tá bom. Pode ser Bê de bebê.

20

Três?

Quando chega a noite, Bernardo vai embora e eu fico deitado no sofá de pernas para o alto porque está impossível permanecer sentado. Minha cabeça está a mil, meu cachorro está inquieto e eu estou com fome. Uma quarta-feira com sexo não deveria terminar assim.

No grupo, Luana pergunta:

E aí? Como foi??

Respondo:

Foi muito bom!

Não elaboro mais do que isso. Além da vergonha constante que sinto de falar sobre sexo com as meninas, por algum motivo não me sinto confortável em detalhar minha tarde com o Bernardo agora que o Hugo está no grupo.

Minutos depois, recebo uma mensagem no *outro* grupo, aquele onde só estamos eu, Gabriel e Rafael, que manda:

"Muito bom" o cacete! Eu quero detalhes!!!

Respondo:

Vamo chamada de vídeo? To sem forças p digitar

Rafael me liga em menos de dois segundos. Apoio o celular na mesinha de centro, me deito de lado no sofá e espero a chamada conectar.

— Sem forças pra digitar, é? O negócio foi bom! — Rafa diz, do outro lado da tela. Ele está com a cabeça embrulhada em papel-alumínio.

— Que isso na sua cabeça? Tentando contato alienígena? — pergunto.

— Gabes tá me ajudando a retocar o cabelo — explica.

— Cadê o Gabriel?

— Peraí. — Ele afasta o rosto da câmera antes de gritar. — Amor! Vem cá! Gênio vai contar como foi com o bonitinho lá dos cachorros.

— Bernardo — corrijo, porque "bonitinho lá dos cachorros" me parece muito vago e ofensivo para um rapaz que tem *tanto* a oferecer.

Gabriel aparece logo em seguida, sem camisa e com um baseado na boca. Os dois me encaram através da câmera aguardando mais um capítulo da novela da minha vida, e me sinto obrigado a entreter.

— Tá bom — começo. — Vocês não vão acreditar, mas ele disse que é versátil porque até gosta de comer, mas na maioria das vezes não consegue ser ativo.

— Ih, é broxa? — Gabriel pergunta.

— Broxa emocional ou broxa de droga? — Rafael vai além.

— Nenhum dos dois. Ele não consegue porque... simplesmente... o pobrezinho... — Faço suspense em nome do entretenimento. — Tem a maior piroca que eu já vi na minha vida. E quase ninguém aguenta.

— Ai, tadinhooo! — Gabriel brinca.

— Amigo... sério. Não me diz que... você aguentou?

Não digo nada, só abro um sorriso e dou uma piscadinha!

— Passivona! — Gabriel grita.

— Túnel Rebouças! — Rafael grita ao mesmo tempo.

— Vão se foder, vocês dois! — rebato. — Não foi *fácil*, tá bom? Eu fui *muito* guerreira!

— Orgulho de você, irmã. — Rafael coloca a mão no peito e faz uma reverência.

— Mas assim... — Gabriel começa, mas interrompe a frase para dar um pega. Ele solta a fumaça e pergunta: — Você disse que foi difícil. Mas foi *bom*?

— Foi! — respondo de imediato. Penso um pouco. — Foi? Acho que foi. Foi diferente. Ele é bonito, é atraente, além dos atributos já mencionados, ainda tem uns ovão delícia de apertar, sabe? Tipo aquelas bolinhas antiestresse.

— Iguais as suas, amor — Gabriel comenta com Rafa e dá uma risadinha.

Ignoro o comentário porque agora não é a melhor hora para pensar nas bolas do meu amigo.

— Às vezes ele parecia meio perdido. Eu tive que dar as ordens. E ele obedecia. Eu me senti muito poderoso. Foi gostoso.

— Você sabia que passivos dominadores é tipo uma categoria de pornô, né? — Rafael pergunta.

— Não sabia. — Anoto mentalmente para pesquisar mais tarde. Vou precisar, visto que não gozei. Deixo esse detalhe de lado. Não quero que meus amigos saibam dessa parte. — Mas agora eu só fiquei mais confuso ainda, sabe? Porque, no fundo, eu estava esperando que o sexo com o Bernardo fosse... meia-boca, sei lá. Mas foi bom. Não excelente. Mas dá para melhorar, sabe? Ele tem potencial para ser excelente.

— "Potencial" agora é apelido para piruzão gigante — Rafa brinca.

Ignoro a piada para não perder a linha de raciocínio.

— E a *questão* é que por mais que seja gostoso estar com o Ricardo e com o Bernardo ao mesmo tempo, também é meio... cansativo? Porque eu sinto que estou *investido emocionalmente* nos dois. E isso nem é sobre monogamia ou não monogamia, sabe? É sobre...

— Estar com alguém — Gabriel tenta me ajudar. — Pra valer.

— Isso! Vocês dois, por exemplo. Não são monogâmicos, mas vocês estão *juntos*. Eu acho que nessa altura da vida eu só queria estar com alguém sem ter que me preocupar com todos os *sinais*. Sem ter que analisar meu próprio comportamento o tempo todo. Alguém para, sei lá, enrolar minha cabeça no papel-alumínio e descolorir meu cabelo!

— Amigo, pelo amor de deus, cabelo descolorido e bigode não dá! — diz Rafa.

— Foi só um *exemplo*, gay chata do caralho! — respondo, rindo. — Respeita meu momento desabafo, vai. É *muito* difícil ter dois homens na minha vida me oferecendo sexo, carinho e pirocadas violentas. — Faço minha melhor cara de coitadinho.

— Dois? — Gabriel pergunta. Pelos olhos semicerrados e o sorriso bobo, ele já está começando a chapar. — Achei que eram três.

— Três? Não inventa, Gabriel.

— Não! — diz ele, prendendo uma risada e tentando falar sério. — Tem o Hugo também, né?

— Que Hugo? Hugo *Hugo*? Hugo *mecânico de bicicletas*?

— Esse é meio que o único Hugo que a gente conhece, amigo — Rafa esclarece. — E tá na cara que ele tá muito a fim de você.

— Não viaja! — rebato, um pouco apavorado. — De onde vocês tiraram isso?

Os dois começam a rir.

— Do jeito que ele te olha toda vez que a gente está junto? — Gabriel aponta.

— E do jeito como vocês têm *apelidos compartilhados* pro cachorro? — Rafael completa.

— Nós somos *amigos*. Isso é normal entre amigos. Olha a gente, por exemplo… — Estalo o dedo, tentando pensar em um exemplo. — O Pezão da academia! A gente tem um apelido compartilhado pra ele. Coisa que *amigos* fazem.

— Não é a mesma coisa — Rafael retruca. — Você tá se passando.

— Ai, já chega! — digo, começando a me sentir levemente estressado. Essa chamada de vídeo deveria me acalmar, e não arrumar mais um problema para a minha vida. — O Hugo não está a fim de mim.

— Diz isso pro jeito como ele ficou encarando sua bunda aquele dia quando você foi na cozinha — Gabriel provoca.

— Ou pra ele exibindo aquele bração gostoso pra você de propósito. Ou a barriga peluda suculenta! — Rafael passa a língua pelos lábios feito um aluno da quinta série.

— *Nossa, Eugênio.* — Gabriel engrossa a voz, numa tentativa cômica de imitar o Hugo. — *Deixa que eu fico no chão, vai pra poltrona. É mais confortável pra essa sua bundinha linda que eu não consigo parar de olhar!*

Jogo a cabeça para trás e solto um grunhido de frustração.

— Tá bom. Já deu. Nada disso faz sentido. Beijo, tchau.

— Ai, não, não! Calma, Gênio! — Rafael tenta me acalmar. — A gente só estava...

— Tchaaaaau — digo, arrastando a palavra por alguns segundos antes de encerrar a chamada.

Jogo o celular na outra ponta do sofá e afundo o rosto com força na almofada. Era só o que me faltava. Mais uma coisa enchendo minha cabeça. Mais uma interação diária para me deixar em alerta o tempo todo. Rafael e Gabriel *só podem* estar viajando. Hugo é meu amigo. Um amigo que me ajuda a carregar sofás, que cuida do meu cachorro de vez em quando e que parece ter ciúmes de todos os outros interesses românticos da minha vida. Coisa normal. Coisa de amigo.

— Preciso te contar uma coisa — Hugo me diz na manhã seguinte, quando desço para o Batata-Palha fazer xixi na rua.

Puta merda.

— Pode ser daqui a pouco? — Aponto para o animal impaciente ao meu lado. — Ele precisa fazer xixi e...

— Ele gosta daquele poste no fim da rua — Hugo completa, como um bom amigo que sabe qual é o poste favorito do meu cachorro.

— Isso — respondo, incapaz de segurar o sorriso. Porque também não faz sentido eu ser um babaca com o Hugo do nada, só porque demorei a dormir ontem repensando todas as nossas interações nos últimos seis meses.

— Vamos fazer assim... — diz ele, enfiando as duas mãos nos bolsos da bermuda. Ele parece ansioso. — Passei um cafezinho ali na cozinha. Você dá um pulo na padaria e traz pão de queijo. Daí a gente toma café e conversa um pouco. Combinado?

Café fresquinho e pão de queijo é meio que impossível de negar. Uma manhã entre amigos. Que talvez seja estranha porque o Hugo nunca precisou "me contar uma coisa". Ele geralmente só me conta coisas sem avisar antes.

— Combinado.

Minutos depois, estou de volta com um cachorro aliviado, um saco de papel cheio de minipães de queijo e uma fome absurda porque na noite de ontem jantei uma fatia de pão com requeijão e meio copo de suco de laranja, já que estava angustiado e também cansado de tanto *dar*.

Assim que coloco os pés dentro da oficina, solto a coleira do Batata-Palha e ele vai correndo até sua caminha (não mais improvisada, já que Hugo *comprou* uma cama só para o meu cachorro, um gesto normal entre amigos), onde começa a morder o pato de pelúcia que, a esta altura, já está todo destroçado e precisou de duas cirurgias de reconstrução de pescoço.

Assumimos nosso posto oficial de café da manhã na bancada. Uma caneca de café quentinho para cada um e o saco de pão de queijo no meio, que o Hugo começa a comer sem cerimônias.

— E aí? Como vai a vida? — ele pergunta de boca cheia.

Quase engulo um pão de queijo inteiro porque, seja lá o que ele tem para me dizer, sinto que não é coisa boa. Felizmente, um cliente aparece na porta da oficina, interrompendo nossa refeição.

— Opa, bom dia — diz o cliente. É um homem na casa dos trinta, vestindo calça social preta e camisa social azul-clara.

Ele é branco e tem duas entradas enormes no cabelo, mas de um jeito meio charmoso. — Vocês por um acaso têm… — O homem para. Encara o Hugo por dois segundos e abre um sorriso. — Caralho! Pato!

Olho para o Hugo, que parece igualmente surpreso. E um pouquinho irritado.

— David! Caramba, quanto tempo não me chamam assim, hehe. — Ele não ri. Só simula o som de uma risada (*rê-rê*), o que dá um tom extremamente desconfortável para a conversa. — Como vai a vida?

Parte de mim sente uma certa desconfiança desse tal de David. A outra parte está feliz porque agora é *ele* quem tem que lidar com o "como vai a vida" do Hugo.

— Tudo suave, mano. E você? Virou bicicleteiro, meu? Essa é boa! — ele comenta com o sotaque mais paulistano do mundo. O "a" nasalado e o "u" com som de "o". Longe de mim ser sotaquefóbico, mas a voz do David, a pontada de escárnio na pergunta e a invenção da palavra "bicicleteiro" me dão vontade de dar um soco na cara dele. E eu nem costumo ser violento. Decido que as entradas dele *não são* mais charmosas.

— É mecânico que chama. Essa aqui é minha oficina — Hugo com paciência. — Posso ajudar em alguma coisa?

— Da hora, meu. — Ele parece um humorista imitando paulistano. — Tem carregador de bike elétrica aqui? A minha morreu lá na Domingueira e eu tô empurrando até agora. Esqueci o carregador na casa da mina e a gente tá brigado. Mulher é foda, né?

Tento não começar a *roer* a bancada da oficina ao perceber que este homem engravatado com entradas no cabelo acabou de inventar um apelido paulistano para a rua Domingos de Morais.

— Porra, vou ficar devendo, irmão. Aqui só trabalho com bicicleta de verdade. — Fico orgulhoso ao ver o Hugo rebatendo os comentários deste mala do caralho com o mesmo tom de acidez.

— Osso! Valeu, então, meu velho! — Ele dá meia-volta e sai da oficina. Só então reparo na mão do Hugo, que esmagou um pão de queijo inteiro até a bolinha esfarelar entre os dedos. Preciso fazer alguma coisa.

Batata-Palha solta seu pato de pelúcia e rosna. Eu também rosnaria se pudesse. Então, faço o que posso. Corro até a porta. David continua empurrando a porra da bicicleta elétrica.

— Amigão! — Faço minha melhor imitação de hétero. Ele olha para trás, a cabeça calva e suada reluzindo sob o sol. — Seguindo reto aqui, virando a segunda esquerda e depois mais um quarteirão, tu encontra uma loja de bike elétrica.

— Boa, Bigodin! Valeu. — Ele abre um sorriso, mostrando seus dentes horrorosos, e eu quase entro em combustão.

Respiro fundo e volto para trás do balcão, onde um café agora *morno* me espera.

— É sério isso? — Hugo pergunta.

— Que ele me chamou de *Bigodin*? Sim. Ainda não acreditei também.

— Não. A loja de bike elétrica.

— Ah! *Pfff*, é nada. Só quero que ele continue empurrando aquela merda ladeira acima. — Hugo solta uma risada e, enfim, parece relaxar os ombros. — De onde você conhece esse cara, afinal? Da Convenção Anual De Faria Limers Calvos?

Hugo ri.

— Promete que não vai me zoar?

— Prometo — respondo.

— Ele fez faculdade comigo. Economia. Era uma turma lotada de Davids.

— Que pesadelo — comento.

— E a gente meio que... se pegava.

— *Pfffffff*. — Prendo a risada, tentando cumprir minha promessa e falhando. — Porra, Hugo!

— Foi o primeiro cara que eu peguei, na real. Ele tinha mais cabelo na época. E era menos babaca também. Eu acho.

Às vezes nem era, mas eu estava tão cercado de babacas que aquilo parecia normal pra mim. Nós dois bêbados, aquele papo de comparar tamanho de pau só por curiosidade, sabe?

— Isso parece roteiro de pornô ruim.

— "Roteiro de pornô ruim" resume bem minha época de faculdade. No fim das contas, acho que ele era só um hétero curioso. E depois disso fui entendendo que eu era bi mesmo.

— Que livramento, hein? Você merece coisa muito melhor — digo.

Hugo não responde de imediato. Só enfia um pão de queijo inteiro na boca e começa a mastigar.

— Será que mereço mesmo? — ele murmura, ainda de boca cheia.

Agora é minha vez de enfiar um pão de queijo inteiro na boca. Mastigo devagar, mas engulo em seco, como se estivesse comendo um pedaço de pedra.

Por fim, acabo respondendo.

— É claro que merece, Hugo. Claro que merece.

O silêncio se arrasta por quase um minuto inteiro, até o Hugo finalmente se pronunciar.

— Aliás… — Hugo começa. — Era isso que eu queria te contar. Eu… eu tô saindo com um cara — ele anuncia com a voz pesada, como se estivesse confessando que *assassinou* um cara.

— Ah. — Não sei como reagir. Preciso reagir. *Pensa rápido, Eugênio.* — Que bom, Hugo.

Péssimo.

Meu tom de voz também sai todo esquisito, como se *eu* quisesse assassinar o cara.

— Ele é legal. Se chama Pedro. É mais velho. Vamos pro terceiro encontro já.

Porra. *Terceiro* encontro?

— E nem falou nada! — respondo, tentando conter a indignação.

— É… Sei lá. Acho que eu sou um pouco mais *reservado*.

Diferente de você, Eugênio, que expõe cada detalhe da sua vida pra um grupo de cinco pessoas todos os dias. Ele não diz. Mas parece que é isso que quer dizer.

Respiro fundo e analiso a situação com frieza. Isso é *bom*. A preocupação de que o Hugo estaria supostamente a fim de mim não existe mais. Porque ele está saindo com *um cara*. Um cara *mais velho*. Com um nome normal, tipo *Pedro*. E o Hugo me contou tudo. Porque somos *amigos*. Tudo está de volta à normalidade. E eu gosto da normalidade. Eu *adoro* a normalidade.

— Obrigado por me contar — digo, caminhando até a caminha do meu cachorro e pegando o Batata-Palha no colo. — Preciso subir. Mas boa sorte com o Pedro. Estou feliz por você.

Enquanto subo as escadas de volta, sinto meu peito sendo esmagado pela culpa. Amigos não mentem uns para os outros. Mas eu menti para o Hugo. Porque não estou feliz.

21

Aniversário

As semanas de julho passam rápido, sem nenhuma grande mudança. Exceto por Batata-Palha, que parece crescer horizontalmente um pouquinho a cada dia. Suas patas continuam curtinhas, mas seu corpo vai crescendo e crescendo, tomando cada vez mais uma forma salsichística. Faltando exatamente uma semana para o meu aniversário, os temidos 27 anos que me colocam *mais perto* dos trinta do que nunca, mando mensagem no grupo casualmente e sem nenhuma intenção de parecer carente e/ou desesperado:

Gente, dia 28 de julho está chegando! Tb conhecido como meu aniversário!!! Cai numa segunda-feira, mas a gente pode fazer algo no final de semana, q tal???

Carol é a primeira a responder:

Ebaaaa! Eu e a Lu temos compromisso no sábado. Mas topamos qualquer coisa domingo!

Quase ao mesmo tempo, Rafa envia:

Eu e Gabes viajamos pra Buenos Aires no domingo, mas sábado estamos livres!

Luana comenta:

Iiiiih. Vai ter que fazer duas comemorações. Igual filho de pais divorciados.

Eu, que cresci acostumado com pais ausentes e zero comemorações, fico feliz. Até o Hugo se manifestar:

Putz nesse final de semana n vou poder, vou viajar p serra com o boy

Não estou mais feliz.

Não é como se eu tivesse *ciúmes* do Hugo. É só um *ciuminho* de amigo. E também uma leve irritação que queima meu peito toda vez que ele chama o tal do Pedro de *boy*. Pedro, O Homem Mais Velho. Nunca vi a cara desse sujeito, porque pesquisei "Pedro" na lista de pessoas que o Hugo segue no Instagram e não achei ninguém. Coisa que só fiz a título de curiosidade e, de forma alguma, para descobrir se ele é mais bonito do que eu. Talvez ele seja Mais Velho do tipo que ainda usa Facebook. O que torna o Pedro automaticamente mais feio do que eu.

Não me deixo levar por isso. Até porque eu tenho *dois* boys. Digito, copio, colo e envio a mesma mensagem para Ricardo e Bernardo:

Oi, lindo! Dia 28 é meu aniversário. Cai numa segunda, mas pensei em fazer alguma coisinha no final de semana. O que acha? Bjo sdds!

Bernardo responde primeiro. Como sempre.

Topa um brunch no domingo? Conheço um lugar legal perto da sua casa que serve as melhores panquecas de chocolate do mundo! Chama seus amigos. Eu reservo uma mesa lá pra gente, ele envia junto com um emoji de panqueca (que eu nem sabia que existia) e dois corações laranja.

Animado com meus planos, mando:

Panqueca de chocolate? Não precisa falar mais nada!!! Devo levar minhas duas amigas que vc conheceu no parque, tudo bem?

Logo depois, chega a resposta do Ricardo

Perfeito, gatão! Um amigo meu vai tocar numa festa na Barra Funda no sábado. Topa? Consigo VIP pra você.

Sem nenhum emoji. Ricardo não é muito de emojis.

Respondo:

VIP pra mim? Não precisa falar mais nada!!! Sem querer ser cara de pau, mas acha que consegue VIP para dois amigos meus também?

Uso a mesma animação e a mesma estrutura de texto. O que é algo *bom*. Significa que estou sendo genuinamente eu mesmo com meus dois homens sem moldar minha personalidade para me adequar à personalidade *deles*. Um argumento excelente que inventei para sentir menos culpa toda vez que copio e colo mensagens idênticas para os dois.

Desligo a tela do celular, respiro fundo e abro um sorriso. O que mais eu poderia querer? Tenho amigos, um cachorro perfeito e homens que fazem reservas de restaurantes e conseguem VIPS de festas para mim. O que *mais* eu poderia querer? Hein?

O que você tanto quer, Eugênio. Hein? Hein?!

— Caralho, dá pra sentir o cheiro de *poppers* daqui! — Rafael comenta na fila da balada.

É a primeira noite do meu festival de comemorações de aniversário e eu me sinto o homem mais lindo daqui. Talvez seja o Sol em Leão, ou a camiseta branca e justa que estou usando, com uma jaqueta jeans e uma calça de alfaiataria que comprei depois de receber o mesmo anúncio duzentas vezes no Instagram. Às vezes o algoritmo acerta mesmo.

— O Ricardo já está lá dentro — aviso, lendo a mensagem que ele acabou de me mandar. — Disse que está começando a encher.

— Tô ansioso para conhecer teu tatuador! — Gabriel comenta.

— Pelo amor de deus, não dá em cima dele — imploro, porque não há temporada de Leão que me impeça de ficar inseguro quando comparo a minha beleza à do Gabriel.

— Nada disso! — diz Rafael. — Hoje estamos cem por cento casamento blindado. — Ele levanta a mão e balança o dedo anelar sem nenhuma aliança ali.

Encaro os dois, confuso.

— Estamos nos guardando pra viagem — Gabriel explica, com uma carinha de safado.

O segurança na entrada da festa dá um grito para fazer a fila andar e, depois de uma revista rápida na porta, nós entramos. O lugar apertado está lotado de gays, fumaça e luz verde, como o número musical de um vilão da Disney. O remix de uma música pop que eu acho que conheço enche meus ouvidos.

Entrei. Cade vc?, mando para o Ricardo.

O sinal aqui dentro é ruim, e a mensagem leva alguns segundos para ser enviada.

Ele responde:

Te esperando perto do bar.

Conforme eu e meus amigos nos esprememos pela multidão de corpos dançando, sinto duas mãos desconhecidas apertando minha bunda e, dado o contexto, vou considerar elogio. Sob as luzes piscantes, avisto o Ricardo na ponta do bar, ao lado de outro homem um pouco mais alto que ele. O cara tem a pele negra e o cabelo trançado. Está de óculos escuros do tipo *Exterminador do Futuro* e uma calça jeans com a cintura tão baixa que dá para ver os fios laterais de uma calcinha vermelha subindo pela cintura. O tipo de gay alternativo que vai *pirar* com aquele festival de música europeu lá.

— Feliz aniversário, gatão — Ricardo grita para mim por cima do som alto da festa. Ele me abraça forte, dá um selinho na minha boca e sorri para mim.

Ricardo está lindo. Com o cabelo comprido penteado para trás, uma camisa preta de botão aberta até a metade para mostrar o peito tatuado e algumas correntes douradas em volta do pescoço. E tenho *quase certeza* de que está usando lápis de olho, o que dá uma vibe meio vampiro sensual da meia-noite. Eu gosto.

— Obrigado — respondo, retribuindo o beijo.

Ricardo estica o braço na direção do bar, pega um copo de plástico com uma bebida misteriosa e me entrega.

— Seu primeiro presente — ele brinca. Eu aceito e dou um gole. É doce e extremamente alcoólico, como esperado.

— Deixa eu te apresentar! Esse aqui é o meu amigo Badu. — Ele puxa o homem de calcinha para mais perto.

— Badu? — pergunto, só para confirmar.

— Isso! Ele vai tocar aqui na festa. O set começa às três.

— Ah. — Assinto e bebo mais um gole. É o amigo DJ. Agora faz sentido. Badu é super um nome de DJ. — Prazer! — digo para ele, que se aproxima e também me dá um selinho na boca. Amor livre!!!

— O Ricardo falou muito de você! — ele grita no meu ouvido e sinto meu rosto corar. Porque, junto com a entrada VIP pra festa e a bebida de graça, estou colecionando sinais de que Ricardo sabe, *sim,* ser romântico também.

Bebo mais um gole.

— Esses são meus amigos, Rafael e Gabriel!

Os dois dão um oizinho de longe porque o ambiente está apertado, caótico e pouco propício para apresentações formais, e em seguida se enfiam na muvuca do bar para buscarem suas bebidas.

— Obrigado por ter vindo na minha festa — digo para ele, gesticulando com os braços como se todo mundo estivesse ali só por mim. É assim que me sinto.

Ricardo me puxa pela cintura para um beijo de verdade. Não é mais um selinho de boas-vindas. É um beijão gostoso que quase me faz perder o equilíbrio. Ficamos assim até meus dois amigos voltarem. Rafael com uma garrafa de cerveja e o Gabriel com um drink parecido com o meu, só que com limão.

— E agora? — Gabriel pergunta.

— Agora a gente vai dançar! — Ricardo segura minha mão desocupada e me puxa até o meio da pista.

Não demora muito para que minha primeira bebida misteriosa se transforme numa segunda, terceira, quarta. Perco a conta de quantos copos com aquele líquido meio doce e meio cítrico já mandei para dentro, e justifico cada gole gritando "É meu aniversário!!!" para algum desconhecido. Algumas horas depois, eu, Ricardo e meus amigos já estamos suados de tanto dançar, mas minhas pernas se movem sozinhas. Sou incapaz de parar. Sinto minha pele brilhando, meus olhos atentos, meus sentidos aguçados. Todas as músicas parecem ser a *minha música*.

Quando o Badu começa a tocar e percebo que já passa das três da manhã, me arrependo de ter marcado um brunch com o Bernardo, em vez de um jantar. Terei pouco tempo para me recuperar da festa de hoje, mas isso é uma coisa que o Eugênio do Futuro vai resolver. O Eugênio do Agora quer aproveitar cada segundo.

Surpreendentemente, o set começa com um remix de "Changes", do David Bowie. Digo "surpreendentemente" porque música da década de 1970 não era exatamente o que eu esperava de um DJ de calcinha, mas Badu chegou para quebrar estereótipos e emocionar seu público.

Quando o refrão chega com força, eu balanço o corpo para cima e para baixo no ritmo do *ch-ch-ch-ch-chaaaanges*, cantando a plenos pulmões as palavras que sei. Não são todas.

— Mudanças, amigo! Mudanças! — grito para o Rafael, que está ao meu lado com um sorriso enorme e os olhos marejados. Ele é muito fã do Bowie.

— Mudanças... — ele repete, reflexivo.

— Eu tô, tipo, *mudando* — continuo. Sei que existe dentro de mim uma revelação importante querendo sair. Tento botar o cérebro para trabalhar, mas as luzes coloridas me distraem. — Mudando o *tempo todo* — continuo.

— Amigo, me promete que você *nunca vai parar de mudar* — Rafael diz, olhando no fundo dos meus olhos.

— *Nunca!* — grito — Sou *viciado* em mudar!

Ficamos alguns segundos só aproveitando as luzes, o som e os pensamentos assustadores sobre mudanças.

— O Hugo tá saindo com um cara mais velho chamado Pedro — digo do nada.

— Oi? — Rafa pergunta. Acho que ele não entendeu nada.

— O *Hugo* tá *saindo* com um cara *mais velho* chamado *Pedro* — repito, dando ênfase em quase todas as palavras, o que deixa a frase com um tom esquisito.

— Putz, que merda — Rafa responde.

— Não! Isso é *bom*! Tô feliz pelo meu amigo! — digo, mais para mim mesmo do que para ele.

— Que *bom,* então! — Rafael responde, com o sorriso escancarado que ele sempre exibe quando bebe demais.

— *Viva as mudanças!* — grito, sei lá por quê. Desespero, talvez?

O grito chama a atenção de Ricardo e Gabriel, e os dois viram bruscamente na nossa direção. Gabriel já tirou a camisa e faz um movimento com o dedo indicador chamando o Rafa para mais perto. Os dois começam a se atracar, me deixando sozinho com o Ricardo. Ele se aproxima, me abraça, aperta minha bunda e beija minha testa. As luzes estão azuis agora, e sinto meu corpo flutuar como se estivesse embaixo d'água.

Até uma voz desconhecida nos interromper.

— Posso beijar seu namorado? — um homem pergunta. Olho para o lado e encontro o dono da voz. É um cara normal. Não é lindo, mas também não é feio. Gay branco de barba, camiseta branca e jeans escuros, como um personagem de videogame no começo do jogo, quando você ainda não desbloqueou roupas mais bonitas. Só depois da rápida análise, percebo que ele estava falando com o Ricardo. Que o "namorado" em questão sou eu. Levo a mão até o peito e espero o Ricardo contar a verdade. Ouvir a voz dele explicando que não somos namorados. Sei que vai doer.

— Pode. Mas vai ter que me beijar primeiro. — É tudo o que diz.

Ele não desmente. Não explica o status do nosso relacionamento para este completo desconhecido. Isso me deixa eufórico. Observo o Ricardo puxar o estranho pela nuca, dar um beijo demorado nele e, em seguida, empurrar a cabeça do cara na minha direção.

Ricardo fica no meio, apoiando nossas cabeças enquanto eu beijo o outro gay branco como um garotinho brincando com dois Kens escondido da irmã. Fecho os olhos e aproveito o beijo. É gostoso. Me dá arrepios. E só melhora quando sinto uma terceira língua invadindo nosso beijo. Ricardo.

Não é meu primeiro beijo triplo *da vida*, mas é o primeiro que realmente faz sentido. Beijos triplos são superestimados. Geralmente é difícil organizar a posição ideal das três cabeças e, dependendo do tamanho do nariz de cada participante, isso também pode se tornar um obstáculo. Mas tudo funciona perfeitamente com Ricardo e o Gay Desconhecido.

Quando nossas bocas finalmente se afastam, Ricardo olha para o outro cara e diz:

— É aniversário dele. Me ajuda a caprichar no presente.

Fico encarando os dois por um instante enquanto eles parecem se comunicar pelo olhar. Num piscar de olhos, estou no meio. Ricardo por trás, esfregando o volume da calça na minha bunda e lambendo minha orelha, e o desconhecido na frente, beijando meu pescoço.

— Feliz aniversário, meu gostoso — Ricardo sussurra.

Estou em êxtase. Me sinto lindo. Parece que vou explodir a qualquer momento. Nunca mais quero ir embora daqui.

Às cinco e quarenta da manhã, vou embora sozinho.

Não da forma deprimente que "vou embora sozinho" implica. Vou embora para a minha casa pois meus dois amigos, que viajam em poucas horas, precisam descansar e terminar de fazer as malas e meu "namorado", que está recebendo seu amigo DJ na casa dele, não pode ir embora comigo. Além do mais, eu *também* preciso descansar. Tenho um brunch de aniversário onde vou precisar chegar na hora e ser simpático. E vou conseguir. É só colocar umas panquecas de chocolate para dentro e vai ser um sorriso atrás do outro.

Chego em casa com o dia claro. Batata-Palha está dormindo na poltrona, apesar das duzentas caminhas espalhadas pelo apartamento. Ao me ouvir entrando, ele se anima e começa a latir. Apesar de podre, cansado, suado e descabelado, cumpro com a minha obrigação e desço com meu cachorro até seu poste favorito. Felizmente é domingo e a oficina do Hugo está fechada. Não tão felizmente assim, ele está "na serra com o boy". O que, no fundo, é algo muito bom, eu juro. Não ia querer que ele me visse neste estado. Mesmo sendo tentadora a ideia de tomar um cafezinho com ele agora.

Quando retorno ao apartamento com um cachorro satisfeito, coloco um alarme no celular, arranco a roupa e me jogo na cama sem banho mesmo. Só deus pode me julgar. E, sinceramente, virei a noite fazendo tanta coisa questionável que dormir sem banho estaria bem no final da lista.

Acordo atrasado. Não *atrasadíssimo*. Só atrasadinho.

A reserva que Bernardo fez está marcada para as onze horas, o que me dá vinte minutos para tomar um banho, me arrumar, pedir um Uber e chegar lá. Atrasadinho.

Com o clima frio do fim de julho, visto uma jaqueta de couro marrom por cima de uma polo vermelha que só comecei a usar depois que o Rafa me explicou que camisas polo foram reivindicadas pelos gays.

Chego no local marcado às 11h28, e o Bernardo já está me esperando com Luana e Carol.

— Desculpa o atraso, gente — digo, ocupando meu lugar na mesa ao lado dele. Penso em culpar o trânsito, mas, numa manhã de domingo, todo mundo vai saber que estou mentindo. Então, comprometido a iniciar meu novo ciclo de existência como um homem que *fala a verdade*, eu falo a verdade: — Só dormi mais do que deveria mesmo.

O lugar parece um casarão antigo que foi reformado para virar um café/restaurante. Toda a estrutura da construção é meio clássica, com pilastras enormes e detalhes entalhados nas pedras. Porém, as paredes são pintadas de cores fortes e vibrantes. É um lugar lindo, mas, com meus olhos sensíveis e uma leve dor de cabeça, tudo que é azul, rosa e amarelo fica Azul! Rosa! e Amarelo!

Pegamos uma mesa na varanda, coberta por árvores de copas vastas, porém secas por causa da estação. Não faz sol, mas a luz branca que vem do céu me deixa um pouquinho desconfortável.

— Aniversariante não tem que pedir desculpas — diz Bernardo, segurando minha mão e beijando meu rosto. Ele aproxima o nariz do meu pescoço e dá uma fungada. Por sorte, me lembrei de passar perfume.

— Feliz aniversário, amigo — diz Carol, radiante com os cabelos presos num coque e óculos escuros que estou quase pedindo emprestado.

— Parabéns! — diz Luana, literalmente usando uma *boina*, que decido não zoar porque às vezes ela está passando por um momento de redescoberta de estilo pessoal e um comentário maldoso não ajudaria em nada. — Já fizemos os pedidos, tá bom? — ela continua, sempre prática e direta. Ela estende o cardápio na minha direção. — Pedimos esse combo pra três pessoas. O garçom disse que serve quatro. Vem um pouco de tudo que tem no cardápio. Eu só não soube dizer qual queijo você vai querer na sua tostada porque, me dei conta agora, eu não sei qual é seu queijo favorito.

É muita informação. Meu cérebro processa tudo lentamente até elaborar uma resposta.

— Eu acho que não tenho um queijo favorito — digo, massageando as têmporas.

— Foi boa a festa ontem? — Luana pergunta, provavelmente após perceber minha cara de quase morte.

— Ah, teve festa? — Bernardo parece surpreso.

Penso por dois segundos antes de responder.

— Eu saí para comemorar com os meninos... porque eles foram viajar hoje — digo, por fim. Decido não comentar nada sobre a presença do Ricardo. Meu ciclo como *homem que fala a verdade* pode começar amanhã, quando for meu aniversário de fato. Além do mais, isso nem chega a ser mentira. Ricardo pode muito bem estar agrupado na categoria "os meninos". Certo?

— Hum... — Bernardo acaricia meu joelho por baixo da mesa. — Sabe o que é bom pra curar ressaca?

Assim que escuto a pergunta, minha boca começa a salivar por um café.

— Mais álcool! — Luana responde, levantando uma mão para chamar um garçom. — Quatro mimosas, por favor!

E por mais que eu seja moralmente contra a mistura de espumante com suco de laranja, acabo aceitando porque nossa experiência Patricinhas do Brunch não estaria completa sem pelo menos uma tacinha de mimosa.

Três taças de mimosa depois, já nem me lembro mais da dor de cabeça. Me sinto leve, animado e divertido. Deve ser a vitamina C do suco de laranja.

— Só sei que, no final da noite, Eugênio estava com metade da cabeça raspada e eu estava sem camisa e com um sutiã que até hoje não sei de quem era! — diz Luana, concluindo uma das nossas histórias bizarras da época de faculdade.

Bernardo está vermelho de tanto gargalhar. Até eu, que *vivi* a história, estou rindo. Luana tem um jeito especial de contar a mesma história várias vezes, sempre acrescentando um detalhe diferente ou inventando uma virada surpreendente só para entreter o público.

No canto do pátio, o garçom que nos serviu a tarde inteira me encara com impaciência. Acho que ele não aguenta mais nossas risadas altas.

— Posso pedir a conta? — pergunto.

— Juro que não vou dar golpe — Bernardo responde —, mas preciso ir ao banheiro. Quando eu voltar, a gente pede, pode ser?

— Vai lá, Bê — digo, dando um beijinho no rosto dele.

Assim que o Bernardo fica fora do campo de audição, Luana e Carol olham para mim. Ao mesmo tempo, as duas me imitam com uma voz muito mais aguda e afeminada do que a minha.

— *Vai lá, Bê.*

— É Bê de Bernardo! — explico.

— Você tá gostando dele? — Carol pergunta. — Porque, assim, ele tá muito a fim de você. Tinha que ver. Enquanto a gente te esperava, ele todo bobo falando de vocês dois. Não sei o que você fez com esse garoto, mas está dando certo.

Aguentei com paciência e carinho a piroca enorme que ele tem, penso. Mas não digo em voz alta. Em vez disso, o que sai da minha boca é meu Pensamento Intrusivo da Vez:

— O Hugo tá saindo com um cara mais velho chamado Pedro — cuspo as palavras.

— Ah, tô sabendo. Ele me contou — Carol responde.

— Claro, eu esqueço que vocês são *amigos* — comento, revirando os olhos.

— Puta que pariu! — Luana exclama, com a boca aberta de um jeito meio exagerado.

— Que foi? — pergunto.

— Você tá gostando dele. — É uma afirmação.

— Oi?

— Do *Hugo* — ela completa.

— Nada a veeeer — respondo, girando uma taça vazia na mão.

Como se não bastasse os meninos falando que o *Hugo* gosta de mim (o que é comprovadamente mentira, já que ele está saindo com um homem *muito mais velho* e que tem um nome *normal*, como *Pedro*), agora tenho que lidar com a Luana achando que *eu* gosto do Hugo (o que não faz sentido, já que não tenho *tempo* para desenvolver sentimentos por mais ninguém).

— Nada ver o quê? — Bernardo pergunta, voltando do banheiro.

— Besteira da Luana — respondo rápido demais. Quero ir logo para casa abraçar meu cachorro e não pensar em mais nada. — Podemos pedir a conta?

Com um sorrisinho lindo, Bernardo tira uma nota fiscal do bolso e dá uma piscadinha para mim.

— Já tá resolvido. Brunch por minha conta hoje — diz ele, balançando o papelzinho no ar. — Presente de aniversário.

— Até a nossa parte? — Carol pergunta, e o Bernardo confirma. — Ai, não precisava!

Realmente, não precisava. Por mais que eu ame receber carinho, mensagens e demonstrações públicas de afeto, tenho uma certa dificuldade em lidar com homens pagando coisas para mim. Mas como não sou um filho da puta ingrato e não quero transformar a conta do brunch numa *questão*, digo:

— Obrigado, Bê. De verdade.

Saímos do restaurante. Luana e Carol vão embora andando e eu fico com o Bernardo esperando meu Uber.

— Quer companhia em casa hoje? — ele pergunta enquanto digito meu endereço no aplicativo. Ele está com a mão em volta da minha cintura e a cabeça apoiada no meu ombro.

Paro de digitar por um segundo e penso na proposta. No que ela significa. Um fim de tarde com o Bernardo lá em casa seria gostoso, não tenho dúvidas. Não estou a fim de uma experiência sexual completa com ele agora, porque isso envolveria muita preparação e meu estômago está cheio de panqueca e mini croissants. Mas, conhecendo ele, sei que toparia ficarmos só de beijinho no sofá, talvez uma punhetinha ou qualquer coisa assim. Só que minha cabeça está cheia, estou morrendo de sono e minha bateria social já foi para o saco.

Respiro fundo e me preparo para decepcionar o cara lindo que acabou de pagar um brunch desnecessariamente caro para mim e para as minhas amigas.

— Ai, desculpa. Hoje eu tô meio… cansado — digo. — A gente deixa pra outro dia, pode ser?

— Pode. — Como continua com a cabeça no meu ombro, não consigo olhar nos olhos dele. E isso faz toda a diferença, porque Bernardo tem olhos muito expressivos. — Aniversariante pode tudo.

Afasto o ombro, me viro para ele e o encaro.

— Desculpa mesmo, mas é que… — começo.

— Ei! — Ele sorri. — Relaxa. De verdade. A gente combina outro dia. Te ver hoje já foi muito bom.

Solto um suspiro aliviado porque os olhos do Bernardo me dizem que, sim, está tudo bem. Ele se aproxima e me beija. O mesmo beijo gostoso de sempre. Mas não consigo aproveitar por completo porque minha cabeça está distraída demais, o que é uma pena. Mas tudo bem. A gente combina outro dia.

Quando meu Uber chega, me despeço com mais um beijinho rápido e entro no carro, que se afasta enquanto o Bernardo vai ficando pequenininho atrás de mim.

— Boa tarde — o motorista diz para mim. — Prefere que eu desligue o rádio? — Ele deve ter notado minha cara de acabado.

— Não, moço. Não precisa. Obrigado.

Fechos os olhos, apoio a cabeça no recosto do banco e respiro fundo. Escuto a vinheta clássica da Alpha FM e fica difícil abandonar minha síndrome de gay protagonista, porque, logo em seguida, começa a tocar "Changes", do David Bowie.

22

Aniversário (de verdade)

Acordo na segunda-feira, 28 de julho, o dia oficial em que completo 27 anos, com o interfone tocando e o Batata-Palha latindo. Olho o celular. São nove e meia. Me arrasto para fora do quarto e atendo.

— Pronto?

— Entrega para o sr. Eugênio — diz a voz grossa e abafada do entregador.

Estou de regata velha e com um short de pijama branco cheio de corações vermelhos que já está desbotado e com o elástico frouxo. Look perfeito para buscar o que quer que esteja me esperando lá fora. Quando viro a chave da porta, Batata-Palha vem correndo.

— Poxa, Tata. Você não vai me fazer te levar até o poste com essa roupa, vai? — pergunto.

Ele não responde. Só balança a cabeça, olhando para a minha mão na maçaneta e para a coleira que fica pendurada ao lado da porta.

— Foda-se, vambora — digo, colocando a guia no cachorro e saindo do apartamento.

É só quando começo a descer as escadas que penso no que pode estar me esperando lá embaixo. Ricardo jamais seria carinhoso a ponto de enviar alguma coisa, ainda mais *de manhã*. Bernardo já pagou meu brunch ontem, mas é bem a cara dele me mandar flores. O que seria fofo. Eu nunca recebi flores.

Descartando os homens da minha vida que se relacionam comigo e não com um cara mais velho chamado Pedro, sobram meus amigos. No último lance de escadas, meu estômago começa a roncar e torço com toda a força para que Luana, Carol, Rafa e Gabriel tenham me enviado uma cesta de café da manhã.

Mas, quando finalmente abro o portão, vejo que todas as minhas teorias estavam erradas.

— Tia? — pergunto, em choque, ao ver minha tia Margarida de pé na calçada, com um gorro de lã na cabeça, um xale colorido enrolado no corpo e uma mala de rodinhas cor-de-rosa.

— Surpresa! — ela grita.

Batata-Palha começa a latir de alegria, saltando nas pernas da tia Margarida enquanto tenta morder a franja do xale de tricô.

— O-oi...?

— Você *nunca* aparece para me visitar, então eu tive que dar um jeito, né? — diz ela, me puxando para um abraço. O perfume da minha tia toma conta dos meus sentidos, e é aí que eu percebo como estava com saudades. Como a presença dela me faz falta. — Tenho uma amiga na yoga que vem pra São Paulo semana sim, semana não. Peguei uma carona e estou aqui! — explica, sem me soltar.

— Mas como você...? — começo a perguntar quando, pelo canto do olho, percebo o Hugo saindo da oficina.

— Encomenda para o sr. Eugênio — ele diz, engrossando a voz.

— Você sabia de tudo? — pergunto, me soltando do abraço e quase caindo para trás porque Batata-Palha enrolou a coleira na minha perna.

— Não! — É minha tia quem explica. — Eu ia tocar o interfone, mas quando cheguei aqui, vi o bonitão da oficina dando bobeira, lembrei que ele era seu amigo e pedi ajuda para fazer uma surpresa.

— E se ela fosse uma criminosa? — pergunto, brincando. — Você vai interfonar para qualquer um que aparecer aqui querendo me fazer sair do prédio?

Hugo ri.

— Eu *conheço* a sua tia, Eugênio — ele explica. — Conheço mais ou menos, mas conheço. Feliz aniversário, aliás.

— Obrigado — respondo com a voz ainda meio rouca de quem acabou de acordar.

— Quer deixar o Batutinha comigo por enquanto? Só pra você acomodar sua tia? Deixa que eu levo ele pra fazer xixi.

Solto um suspiro de alívio e abro um sorriso.

— Quero. Obrigado.

Desenrosco a coleira das pernas, entrego para o Hugo e me viro para a minha tia.

— Vamos subir? — pergunto, pegando a mala de rodinhas, que me parece pesada o bastante para uma estadia de pelo menos uma semana.

— Vamos — ela responde. — Obrigada pela ajuda, bonitão.

Hugo fica corado após receber um elogio de uma mulher de quase sessenta anos.

— Depois eu desço pra buscar o Batata — explico. — E obrigado.

— Relaxa — diz ele, enquanto minha tia começa a subir. — Gostei do pijama.

Hugo aponta para os shorts de coração, e agora é minha vez de ficar corado após receber um elogio de um *amigo* que mais uma vez está salvando meu dia.

— Que casinha mais arrumadinha! — tia Margarida exclama assim que abro a porta. O que para mim é uma vitória, já que, uns dois anos atrás, da última vez em que veio me visitar, quando esteve em São Paulo para o show de uma banda cover do ABBA, ela passou o tempo inteiro reclamando da falta de cortinas, da ausência de um sofá e da temperatura do chuveiro. — E aquela bunda ali? É sua? — ela pergunta, apontando para a pintura de bunda na minha sala que, por ver todos os dias desde que pendurei na parede, nem me dou conta de que está ali.

— Não! — respondo. — É só uma pintura.

— Que pena... É uma bunda bonitinha — ela comenta, se jogando no sofá.

Penso em argumentar dizendo que a minha bunda também é bonitinha, mas sinto que seria estranho dar esse tipo de informação para a tia Margarida. Me sento ao lado dela. Nós dois encaramos a TV desligada por um tempo. Tá, e agora?

— Achou exagerada a surpresa? Eu podia só ter mandado uma cesta de café da manhã, né? — ela pergunta, lendo meus pensamentos.

— Nada disso. Tô feliz que você veio. — Penso em como a cesta de café da manhã também não seria má ideia, mas não digo em voz alta.

— Eu sabia que, se eu te avisasse, você ia pedir um tempo para organizar a casa, ia querer marcar uma data e a gente ia enrolar, enrolar, enrolar... E eu precisava te ver.

Sinto meu coração gelar. Minha mente é tomada por um pensamento horrível que não consigo verbalizar. Tia Margarida solta uma gargalhada.

— Para, menino! — ela grita entre as risadas. — Eu não estou *morrendo*, tá? Não vim pra cá só para revelar uma doença terminal no dia do seu aniversário. Fica tranquilo — Ela coloca a mão sobre o meu joelho e faz carinho, me acalmando. — Só queria te ver. Comemorar com você. Fazer um bolo fresquinho.

— Chocolate com recheio de geleia de morango? — pergunto. É meu bolo favorito.

— Sabia que você ia escolher esse.

A ideia de passar a segunda-feira nublada do meu aniversário com cheirinho de bolo se espalhando pela casa faz minha boca salivar. Percebo que eu deveria ter ido visitar minha tia há muito tempo, mas não adianta me arrepender agora. Que bom que ela veio. Encaro a mala de rodinhas no meio da sala e tento perguntar de maneira delicada.

— Você fica até quando?

Tia Margarida para de fazer carinho na minha perna e dá um tapa em vez disso.

— Você estava doido pra perguntar isso, não estava? — Ela ri. — Minha carona volta pra Santos no sábado. Seis dias comigo. Você aguenta ou eu preciso procurar um hotel?

— Ai, quanto *dramaaa* — respondo. — Vai ser perfeito.

No fundo, eu queria até mais. Porém não digo isso em voz alta.

— Agora vai tirar esse pijama e tomar banho — diz ela, batendo duas palminhas rápidas e se levantando do sofá. — Vamos ao mercado. Temos um bolo de aniversário para fazer.

Além de todos os ingredientes para o bolo, tia Margarida faz compras para um mês inteiro. Comida, materiais de limpeza e algumas garrafas de vinho. Só o essencial. Ela promete deixar uma panela de feijão pronta para eu congelar e ir comendo depois que ela for embora e, sinceramente, esse é o melhor presente que alguém poderia ganhar.

No fim da tarde, colocamos o bolo no forno e compartilhamos uma taça de vinho enquanto ela prepara a geleia de morango para o recheio.

— É bolo demais, filho — minha tia comenta. — Chama seus amigos.

— Ah... Rafa e Gabes estão viajando. Foram para Buenos Aires — respondo, me lembrando das primeiras fotos que vi no Instagram dos dois enquanto esperava na fila do mercado.

— Chique. E a Luana? Ainda namora aquela pequenininha?

— Sim. A Carol. As duas estão enigmáticas hoje. Comentaram no grupo que tinham um compromisso importante e não falaram mais nada.

— E o bonitão das bicicletas? — tia Margarida pergunta, passando o dedo na colher de pau cheia de geleia antes de lambê-lo.

— Hugo — digo. E depois não falo mais nada.

— Chama ele, bobo.

Parte de mim *quer chamar*. De todos os amigos oficiais do grupo, ele foi o único que não comemorou meu aniversário comigo. Mas *outra parte de mim* não quer sacudir esse vespeiro confuso que se instalou na minha cabeça e só vai aumentando de tamanho toda vez que penso no Hugo.

Bom, que se foda o vespeiro. Vou chamar. Olho para o relógio. Já passa das seis e meia da tarde. A oficina fecha às sete. Envio:

Oie, minha tia fez bolo de chocolate pra comemorar meu aniversário. Quer subir e comer um pedaço?

Nos trinta segundos seguintes, meu coração acelera pensando em como vai doer se ele me disser que não pode porque vai encontrar o *Pedro*. Porque um final de semana inteiro na serra não foi o bastante. Porque os dois vão *se casar* hoje! Mas ele responde:

Opa, claro! Vou fechar a oficina e colo aí bjo

Coloco o celular em cima da bancada da cozinha e respiro, aliviado. Nada de casamentos hoje.

— O bonitão vem — digo. E tia Margarida sorri, estendendo a colher de pau na minha direção para que eu prove a geleia também. Como era de se esperar, está perfeita.

Quarenta minutos depois, o bolo está pronto e Hugo chega.

— Parabéns! De novo! — diz ele, carregando dois pacotes de presente nas mãos. *Dois*. Hugo está com o boné virado para trás, escondendo o cabelo desgrenhado após um dia de trabalho, e veste uma camisa polo azul por baixo de uma jaqueta de moletom. — Um presente é pra você e o outro… também. Mas é mais pro Batuta. Você vai entender.

Ele estende primeiro um embrulho do tamanho de uma caixa de sapato, mas bem mais pesado do que parece.

— Sério, não precisava — digo, rasgando o papel de presente estampado com balões de festa.

— Precisava, sim! — tia Margarida grita da cozinha. — Todo mundo adora ganhar presente.

Hugo ri, enquanto Batata-Palha salta nas pernas dele.

— Uau — digo, quando termino de abrir o embrulho. — Uma furadeira. Só pra mim.

— Agora você não precisa mais pegar a minha emprestada.

— Eu só pedi *uma vez*! — Me defendo. — E foi você que ofereceu!

— Bom… é que você vai precisar de novo, se quiser pendurar o segundo presente. — Ele me entrega mais um embrulho e, pela embalagem, só pode ser um quadro.

Rasgo o papel ainda mais rápido do que rasguei o primeiro e fico de queixo caído quando vejo o que é. Numa moldura branca e simples, há uma foto impressa do Batata-Palha segurando o pato de pelúcia na boca. Na parte de cima, o logo tosco porém adorável da Oficina do Pato. E, embaixo, escrito em Comic Sans, o texto FUNCIONÁRIO DO MÊS.

— Eu não sou designer gráfico que nem você, mas dei o meu melhor — Hugo comenta, com uma timidez inédita na voz.

— Hugo… — digo, mas minha voz falha. — Isso aqui ficou… perfeito.

— O modelo ajuda bastante.

Batata-Palha late, concordando.

— Obrigado, de verdade. Eu amei muito. Mais do que a furadeira.

— Fiz um igual pra mim, pra pendurar lá na oficina. Mas preciso da sua permissão de pai antes.

Sem tirar os olhos da foto, eu digo:

— Está permitido. Mas se ele é funcionário, cadê o pagamento que até agora eu não vi?

Hugo pega o Batata-Palha no colo, balança seu corpinho salsichesco e responde com uma voz engraçada que ele inventou para o meu cachorro dia desses. É uma mistura de Scooby Doo com Mickey Mouse.

— Gastei tudo em petisco, papai!

Solto uma risada, mas fico sem graça quando reparo que a tia Margarida está recostada no batente da porta da cozinha, segurando uma taça de vinho e olhando para nós dois como se fôssemos duas crianças.

— Olha só, tia! — digo, virando o quadro para ela.

— Pega a furadeira! Vamos pendurar na parede do lado da bundinha bonitinha ali! — Ela aponta para os quadros em cima do sofá.

— Tá tarde. A vizinha vai reclamar — comento.

— Manda vir reclamar comigo! — Minha tia rebate.

— Gostei dela — Hugo sussurra.

Com o quadro de funcionário do mês pendurado na parede, nos reunimos em volta do bolo de chocolate na bancada da cozinha, porque ainda não tenho uma mesa de jantar. Quando estávamos no mercado, tia Margarida pegou duas velinhas — uma de 2 e uma de 7 —, e Hugo risca um fósforo para acendê-las. Cantamos parabéns, os três desafinados e fora do tom. Quando a música termina, minha tia ordena:

— Vai, filho, faz um desejo!

Eu já deveria estar esperando, porque é assim que velas de aniversário funcionam desde que o mundo é mundo, mas sou pego de surpresa e não sei o que desejar. Na minha lista de três desejos, já consegui os dois primeiros e, sinceramente, não sou mais um gayzinho de quinze anos para assoprar as velas pedindo um namorado. E parte de mim tem medo de que o sistema burocrático sobrenatural por trás das velas de aniversário decida me atender e mandar *mais um homem* para a minha vida.

Fechos os olhos e tento mentalizar algo bom. Desejo ser feliz todos os dias. O que é meio impossível. Coisas ruins acontecem o tempo todo. Ficar triste faz parte. Mas, quando penso na minha vida *agora*, sinto que não *estou* triste. Só invento coisas que me deixam aflito. Mas problemas de verdade? Não tenho quase nenhum. Continuar assim por um tempo não seria nada mal. Mas mudar para melhor também seria uma boa.

Desobedecendo os conselhos que todo mundo dá quando se trata de desejos, mentalizo um pedido bem vago: *Quero uma mudança que me faça mais feliz.*

Ainda de olhos fechados, assopro a vela.

23
Desenho animado

Passar a semana inteira com minha tia em casa é como tirar férias da vida adulta.

A resposta "desculpa, tô com visita essa semana" me poupa das interações constantes com Ricardo e Bernardo. Meu grupo de amigos também anda quietinho, com os meninos viajando e as meninas ocupadas e misteriosas. Hugo continua sempre aqui, por perto, mas não *tão perto* quanto antes. Ele nunca me contou como foi o fim de semana na serra com o Pedro, e eu também não fiz questão de perguntar. Estou entre um trabalho e outro (o equivalente a "desempregado" no Mundinho Pessoa Jurídica), então não tenho compromissos e reuniões tomando meu tempo. Por uma semana inteira, só me preocupo em conversar com minha tia, aprender algumas receitas e curtir a companhia dela. Saímos para comprar roupas, vamos ao cinema na quarta porque é mais barato e ela tenta me ensinar a praticar yoga, o que eu acho bem estressante porque envolve muito silêncio e concentração, duas habilidades que aparentemente eu nasci sem.

Diferente de todas as vezes em que vou a Santos visitar tia Margarida e acabo sentindo que viro uma criança de novo, sufocado pelos cuidados dela e me moldando às regras da casa onde eu cresci, a dinâmica é diferente aqui. É *ela* quem se adapta às minhas regras. Ela quem experimenta um pouquinho do meu mundo. Me sinto validado como gente grande toda vez que ela elogia alguma coisa simples, como a organização do meu armário ou a qualidade dos meus lençóis, e irritado quando ela troca tudo de lugar na cozinha, explicando quais legumes precisam ficar fora ou dentro da geladeira. Mas não me sinto mais uma criança recebendo ordens de uma adulta. Me sinto um adulto aprendendo coisas com outra adulta, que é um pouquinho mais experiente do que eu em adultices num geral.

Se eu soubesse que me faria tão bem, teria chamado minha tia antes.

Na manhã de sexta-feira, o primeiro dia de agosto e último dia da minha tia aqui, acordo às cinco e meia da manhã com o barulho de uma tempestade caindo lá fora. Levanto rápido da cama para ver se a janela da cozinha está aberta e tento não fazer muito barulho porque tia Margarida está dormindo na sala. Desde o primeiro dia, insisti para que trocasse de lugar comigo e ficasse com a cama, mas ela achou o sofá confortável e argumentou incansáveis vezes que não queria me atrapalhar.

Porém, quando passo pela sala, tia Margarida está acordada. A sala está toda escura, mas ela ligou a luminária e está enrolada nas cobertas, segurando um livro de romance com uma duquesa na capa e com o Batata-Palha aninhado no colo.

— Acordou cedo? — ela pergunta bem baixinho.

— Foi o barulho da chuva — explico. — O Batata está te atrapalhando aí? Deixa ele comigo. Ele tem medo de trovão.

— *Pff*, que nada — ela responde, fechando o livro e acariciando as orelhas do meu cachorro. — Eu gosto dele.

— Ele também gosta de você.

— Você também tinha, lembra?

Confuso, cruzo os braços sobre o peito, porque, longe das cobertas, meu pijama não é muito adequado para a manhã fria.

— Oi?

— Medo de trovão — ela responde com uma risadinha. Num movimento lento, ela se senta de pernas cruzadas no sofá, acomoda Batata-Palha e dá dois tapinhas no espaço ao seu lado. — Vem cá.

Sabendo que não vou conseguir voltar a dormir, me aproximo do sofá e, quando estou quase me sentando, tia Margarida levanta o dedo indicador.

— Pensando bem! — diz ela. — Faz um cafezinho pra gente antes?

Sou incapaz de negar. Depois de tudo que minha tia cozinhou para mim essa semana (tem seis potinhos de feijão prontos no congelador!), é impossível negar uma caneca de café para esta mulher. Embalado pelo som das gotas pesadas de chuva batendo na janela, ligo a cafeteira, uso o pó que ela comprou na segunda-feira, que, segundo a embalagem, tem "notas de frutas secas", e volto para sala com duas canecas cheias do líquido fumegante.

Ela segura uma, inspira a fumacinha e solta o ar lentamente.

— Aaaah... agora sim.

Me sento ao lado da minha tia, cobrindo as pernas com o cobertor. O aroma do café toma conta da sala e sinto um tipo de conforto que não sentia há muito tempo. Bebemos em silêncio por um tempo. Só nós dois e o barulho da chuva. Apesar de assustado, Batata-Palha parece começar a se acalmar, com sua barriguinha peluda subindo e descendo numa respiração ritmada.

— Lembra quando você era criança? Você adorava acordar cedo, levar o cobertor para o sofá da sala e ficar vendo desenho animado até eu acordar.

Sorrio com a lembrança.

— Sim. Eu deixava o volume da TV bem baixinho pra você não acordar.

Bebo mais um gole. Ela também.

— Tá esperando o que? Coloca um desenho aí pra gente.

Acho a ideia boba, mas obedeço mesmo assim. Não tenho TV a cabo como tínhamos quando eu era criança, mas abro o YouTube e encontro uma transmissão constante de desenhos dos anos 2000. Está passando Três Espiãs Demais. Deixo o volume bem baixinho e observo as cores brilhantes da TV mancharem as paredes brancas da sala.

— Toda vez que você fazia isso... que eu passava pelo seu quarto e via sua cama vazia, meu coração só voltava a bater quando eu chegava na sala e te encontrava lá, todo pequenininho embrulhado no edredom e hipnotizado pelo desenho — ela comenta, quase divagando. — Morria de medo de você fugir um dia.

— Até parece, tia.

— Eu achava que fazia tudo errado contigo. Não sabia muito bem como... *cuidar* de alguém. — Ela respira fundo.

Fui morar com minha tia muito novo, mas ela já cuidava de mim desde antes. Minha mãe engravidou no fim da adolescência. Obviamente, não fui planejado. Fui um erro juvenil de uma garota que não sabia em quem acreditar. O namorado dela na época, meu pai, meteu o pé no segundo em que descobriu a gravidez. É até estranho pensar neste garoto como "meu pai" porque, na minha cabeça, ele é um adolescente irresponsável até hoje, vivendo a vida sem nenhuma preocupação e fugindo ao primeiro sinal de qualquer mínima inconveniência. Foi minha tia, irmã mais velha da minha mãe, quem chegou junto e decidiu ajudar. As duas sozinhas em Santos, também nascidas em uma família toda fodida, como um eco que se repetia a cada geração. Dizendo que nenhum de nós teria muita sorte na vida. Foi ideia da minha mãe me chamar de Eugênio. Ela dizia que era nome de rei. Diferentão. Que ninguém no colégio teria o mesmo nome que eu. Bom, quanto a isso, ela estava certa.

Eu devia ter uns sete ou oito anos quando minha mãe também foi embora. Não aguentou a pressão. Não estava feliz com o destino que foi traçado para ela tão cedo. Queria recomeçar do zero. Racionalmente, eu até entendo. Mas ainda a culpo bastante por não ter ficado. Por sorte, tia Margarida ficou. Mais uma vez, ela chegou junto e decidiu ajudar. Me pegou para criar num momento da vida em que, na minha cabeça, ela já era minha tia. Tarde demais para ser minha mãe, mas cedo o suficiente para que eu não me perdesse.

— Eu nunca quis ter nada nem ninguém *dependendo* de mim — ela continua. — E de repente eu me vi com um moleque em casa, que precisava comer, estudar, aprender as coisas da vida, sabe?

— Obrigado, tia — sussurro. — Obrigado por ter cuidado de mim.

Ela ri.

— Não tinha outra opção. Por mais teimosa que eu fosse. Por mais que ainda tivesse um monte de sonhos para realizar... Eu não *podia*, sabe? Não podia ser a terceira pessoa a te abandonar. Meus planos eram apenas ser a tia divertida. Aparecer de vez em quando com um presente. Te levar no aquário e mostrar os peixes. Te devolver no fim do dia. Eu nunca planejei ser...

Mãe. Ela quer dizer, mas não diz. Mãe é uma palavra complicada entre nós dois.

Não foi sempre complicada. *Se tornou* complicada. Eu já estava no ensino médio, e fui para uma festa de quinze anos de alguma garota da minha turma. Meu celular ruinzinho da época ficou sem bateria e eu não me esforcei muito para entrar em contato com ela e avisar que chegaria em casa mais tarde do que o horário combinado. Estava empolgado demais porque naquela festa eu iria beijar um menino pela primeira vez. Acabou que nem beijei. Ele ficou com medo. Deixamos para depois. Quando voltei para casa, já de madrugada, ela estava furiosa. Brigou comigo, gritou alto, me chamou de moleque irresponsável e ameaçou me colocar de castigo. Rebelde, cheio de traumas mal resolvidos e, sinceramente, frustrado por não ter beijado o tal do menino, respondi a primeira coisa que veio na minha cabeça: "Para de achar que você é minha mãe, porque você não é!".

A briga acabou na hora. Ela se trancou no quarto, me ignorando por completo. Nem sequer se deu ao trabalho de me dar uma resposta. Ficamos sem nos falar por quase uma semana inteira. Aquilo era a resposta que ela tinha para mim.

As coisas acabaram voltando ao normal entre nós dois, é claro, mas era um novo normal. Diferente do nosso normal de antes.

— Daí eu chego aqui e vejo sua casinha, sua vidinha... — Ela suspira. Pelo tom de voz, sei que está usando diminutivos com carinho e não com desdém. Na verdade, sinto até um certo conforto com as palavrinhas assim porque, parando pra pensar, eu tenho *mesmo* uma casinha. Tenho *mesmo* uma vidinha. E gosto de tudo aqui. — Pode parecer egoísmo meu, mas eu fico satisfeita, sabe? Acho que fiz um bom trabalho.

— Claro que fez! Olha só onde eu cheguei! — respondo.

Cheio de amigos, um lugar com a minha cara, o cachorro mais lindo do mundo, uma confiança inabalável e um senso de responsabilidade recém-adquirido. Claro que tem também a instabilidade financeira, a vida amorosa toda esquisita, o medo de morrer sozinho... mas olha a minha pele! Impecável!

— Acho que era disso que eu precisava, sabe? — ela diz, se virando para o lado e acariciando meu rosto. — Viajei até aqui só para ver se estava tudo bem. Que bom que está. Tenho orgulho de você.

Meu peito começa a formigar, sinto que vou explodir. Acho que, quando a gente é gay, a palavra "orgulho" tem impacto em dobro.

— Bom... — digo, bebendo mais um gole de café enquanto, na TV, Sam, Clover e Alex abrem um cofre usando um batom com raio-laser. — Já que estamos conversando... algum conselho para quando eu chegar aos trinta?

Tia Margarida solta uma gargalhada, quebrando completamente o clima gostoso, nostálgico e emotivo que construímos até aqui.

— Que conversa é essa, Eugênio? Você *acabou* de fazer 27!

— Estou mais perto dos trinta do que dos vinte — respondo, usando meu argumento de sempre.

— Você ainda tem três anos pela frente até chegar nos trinta. Tem noção de tudo o que dá pra fazer em *três* anos? — Ela desce os óculos até a ponta do nariz e me encara por cima das lentes. — E, depois, ainda tem uma vida inteira pela frente. Que besteira se preocupar com essas coisas.

— Não, não é bem isso. — Tento me defender. — Eu não estou *preocupado*. Só quero chegar aos trinta com a vida mais... no lugar.

Ela aproxima o nariz do meu pescoço e dá uma fungada.

— Isso está me cheirando a problema com homem. — Ela ri. — Como tá esse coraçãozinho?

Solto um suspiro, aceitando que estou prestes a pedir conselhos amorosos para minha tia solteirona.

— Tem um cara... eu gosto dele. Na verdade, eu gosto do... do...

— Sexo — ela completa, sem rodeios.

— Isso. É muito bom. Mas acho que eu estou mais a fim dele do que ele de mim — confesso, me lembrando de todas as vezes em que tentei me inserir mais na vida do Ricardo e, delicadamente, ele me cortou. — Daí tem *outro cara*.

— Dois!? Caramba!

— E com ele é o oposto. Porque acho que ele gosta bem mais de mim do que eu gosto dele. Ele é carinhoso, conversa sobre amor e gosta de passear no parque...

— Só coisas boas. O sexo deve ser ruim — opina tia Margarida, coçando o queixo como uma detetive tentando encontrar o problema.

— Pior que nem é! É bom. Mas... dá trabalho.

— Grandão, é? — ela pergunta com toda a naturalidade.

— Enorme — respondo com a *mesma* naturalidade.

Falar da minha vida amorosa com minha tia nunca foi um problema. Desde que me assumi aos quinze anos, pouco antes da nossa briga que mudou tudo, ela sempre foi compreensiva, carinhosa e curiosa. Nunca, nem por um segundo, fez com que eu me sentisse mal por ser gay. Na época, com minha cabecinha de adolescente revoltado, eu achava que ela simplesmente não ligava porque, afinal de contas, eu não era seu filho. Qualquer expectativa heterossexual de mãe que ela pudesse ter não se aplicava a mim. Agora, com a cabeça madura e os anos de convivência, sei que a tia Margarida só é uma pessoa justa e genuinamente boa. Uma mulher incapaz de julgar qualquer pessoa.

— Olha, Eugênio, me parece que você está inventando problema, viu? — diz ela, finalizando sua caneca de café. — Pelo que você me contou, só tem coisa boa acontecendo. Um é uma transa boa e casual, sem dor de cabeça envolvida. O outro gosta de você e é... — Ela pausa e pensa na escolha de palavras. — *bem-dotado*. Qual é a questão? Não consegue escolher?

— Não é bem isso...

— Ah! — Ela apoia a caneca vazia sobre a mesinha de centro e usa as duas mãos livres para fazer carinho no Batata-Palha, que, a esta altura, já caiu num sono profundo. — Você não quer escolher! Quer os dois! Conversando direitinho, dá super certo, sabe? Meu personal é gay e faz parte de um *trisal*. — Ela fala como se a palavra fosse nova para mim. — Ele adora. Disse que é super vantajoso rachar o aluguel em três pessoas.

— Desde quando você tem personal? — pergunto, porque essa parte é novidade para mim.

— Comecei em janeiro. Meta de Ano-Novo, sabe? Aliás! — Ela arregala os olhos. — Tá aí uma dica para antes dos trinta: cuida desse corpinho porque o tempo vai passando e daí é só ladeira abaixo. Chega uma hora que seu joelho simplesmente *se recusa* a funcionar direito. E a lombar? Puta que p...

— Anotado! Obrigado pela dica.

— Anota a dica do trisal também — ela aconselha.

— Fora de cogitação — respondo. — Até porque, a questão é que tem um *terceiro cara*...

— Quanto fogo nesse rabo, hein, meu filho?

— Mas esse nunca rolou nada. Ele é só *um cara*. Que existe. E está sempre presente. E *talvez* eu esteja gostando dele. Mas a gente é só amigo…

— Já é um bom começo. Se apaixonar por inimigo só dá certo em livro…

— Mas agora ele está saindo com um homem mais velho chamado Pedro — revelo, me sentindo um pouco frustrado pelo espaço que o homem mais velho chamado Pedro vem ocupando na minha cabeça nos últimos dias, sendo que eu nem sei quem ele é.

— Tá resolvido. Outro trisal. Você, o amigo e o Pedro! — Ela dá de ombros como se aquela fosse a solução mais brilhante do mundo.

— Não é bem assim que as coisas funcionam… — comento, me sentindo muito mais conservador e cabeça-dura do que minha tia de quase sessenta anos.

— Ai, *Eugênio*… — Tia Margarida suspira, provavelmente cansada da minha ladainha. — O que você quer que eu te diga, então?

— Sei lá, tia! Que vai ficar tudo bem? Que eu mereço achar um cara que goste de mim no mesmo nível que eu goste dele? Que é tudo uma questão de tempo? Qualquer conselho genérico e um abraço já serve.

Ela estica o braço por trás dos meus ombros e me puxa para perto. Deito no ombro da minha tia e recebo cafuné.

— Já pensou em tirar esse bigode? — ela sussurra. — Às vezes ajuda.

— O bigode fica, tia — respondo com uma risada, seguro das minhas escolhas estéticas.

Em silêncio, observamos a TV que continua passando o desenho animado sobre três alunas de ensino médio que, secretamente, são espiãs e salvam o mundo com a ajuda de um senhor careca de terno que tem todos os *trejeitos* de um gay enrustido. Aposto que o Pedro, o homem mais velho, é igualzinho ao Jerry das Três Espiãs Demais. Aposto que é careca também. Tomara que seja.

— Deixa eu perguntar uma coisa — sussurra tia Margarida. — Assim, só por curiosidade mesmo. Posso?

Sinto um frio na espinha porque *qualquer coisa* pode sair da boca dela.

— Pode — digo, abraçando meus joelhos e me encolhendo todinho.

— O Hugo… o bonitão das bicicletas… ele é um dos seus três homens?

Solto o ar com força.

— É — respondo. E, depois de alguns segundos, completo: — O amigo.

— Ah… — Tia Margarida volta a fazer cafuné em mim. Com mais vontade dessa vez. — Que pena. Estava torcendo para ele ser o carinhoso pauzudo.

— Antes fosse, tia… — Fechos os olhos. — Antes fosse.

24
Convite

Algumas semanas depois de minha tia voltar para Santos, estou entediado numa tarde de sexta, contemplando uma vida triste onde não tem mais feijão no congelador e, movido pela mais pura falta do que fazer, digito no celular:

Oi! Sdds. Tem planos pra hj?

Copio a mensagem e envio para o Ricardo com um emoji de foguinho, depois para o Bernardo com emoji de coração. Minutos depois, meu celular vibra, mas não é uma resposta de nenhum dos dois. É a Luana enviando uma mensagem extremamente alarmante no grupo.

ATENÇÃO! Precisamos reunir o grupo inteiro HOJE. É importante. Quem tiver compromisso DESMARQUE. Espero vocês pontualmente às oito no Bar do Nelson. É IMPORTANTE!

A quantidade de palavras em caixa alta faz meu coração acelerar. Já estou acostumado com o jeitinho incisivo da minha amiga, mas ela nunca falou com tanta urgência assim. Por alguns segundos, sou aterrorizado por um cenário em que ela e Carol terminaram e o Bar do Nelson será o local do velório. Para o meu alívio, minha respiração volta ao normal quando Carol envia no grupo:

Esperamos vcs!

Um a um, vamos confirmando presença. Primeiro eu, depois Rafael e Gabriel (respondendo numa mensagem única enviada pelo Rafa) e, por fim, Hugo.

Quando fecho a janela do grupo, vejo que Ricardo e Bernardo também responderam minha proposta.

Junto com uma foto autodestrutiva do que, confirmo após abrir, é o pau marcando na calça preta, Ricardo enviou:

Bora. Meu pau já animou aqui. Que horas na sua casa?

Seguido de uma selfie fofa segurando um vira-lata que, pelo contexto, parece ter acabado de chegar no abrigo, Bernardo enviou:

Oiii! Tô livre. Cineminha de noite?

Uma sensação esquisita invade meu coração e fico com vontade *dos dois*. Vontade do pau do Ricardo, do cineminha com o Bernardo. Talvez a ideia de trisal da minha tia não seja tão horrível assim.

Reorganizo meu calendário mental antes de responder para o Ricardo:

Putz, desculpa. Acabei de receber msg de uma amiga, tenho um compromisso meio urgente hoje. Sábado fica ruim pra vc?

E para o Bernardo:

Putz, desculpa. Acabei de receber msg de uma amiga, tenho um compromisso meio urgente hoje. Domingo fica ruim pra vc?

Desde o meu aniversário, minha cabeça se acostumou em associar sábados ao Ricardo e domingos ao Bernardo. O que, parando para pensar, faz todo o sentido. Ricardo é promissor e empolgante como um sábado. Bernardo é tranquilo e aconchegante como um domingo.

Os dois confirmam em poucos minutos.

Eba! Mais um final de semana de confusão emocional para a minha cabecinha.

Perto da hora de sair de casa, estou saindo do banho quando o interfone toca. Me enrolo na toalha, torcendo para que o Ricardo não tenha se confundido e aparecido aqui do nada com seu pau animado. Corro até a sala e atendo:

— Pronto?

— Oi. — É o Hugo. — Posso te pedir um favor?

— Claro — respondo. É esquisito ter uma conversa que dura mais do que duas frases pelo interfone do prédio.

— Posso subir e tomar um banho antes do bar? O convite da Luana foi meio em cima da hora, então eu não tive...

— Claro — respondo sem nem pensar, apertando o comando que abre o portão. — Sobe aí.

A resposta imediata sai de mim porque a alternativa era dizer "Não. Vai ter que ir fedendo pro Bar do Nelson". Mas só depois de colocar o interfone no gancho é que me dou conta do que está prestes a acontecer. Hugo vai *tomar um banho* aqui em casa. E eu estou todo molhado com uma toalha branca enrolada na cintura. Ele deve ter subido dois degraus por vez porque, antes que eu consiga pensar no que fazer, já está batendo na porta.

Foda-se essa merda.

— Oi, entra! — digo, abrindo só uma frestinha da porta.

— Oi, valeu pela... — Ele entra, mas não termina a frase. Só encara meu corpo com um olhar enigmático que mistura curiosidade, surpresa e um pouco de pavor, eu acho. Talvez a parte do pavor seja só coisa da minha cabeça. Minha autoestima está um pouquinho balançada porque a temporada de Leão terminou ontem.

— Acabei de sair do banho — explico, para que o Hugo saiba que não recebo *qualquer pessoa* com uma toalha na cintura e nada mais. Exceto por uma vez ou duas em que recebi o Ricardo assim porque não valia a pena me dar ao trabalho de me vestir só para ter que arrancar toda a roupa dois minutos depois.

— Ah, claro. Eu posso... — Ele gesticula na direção do banheiro e, mais uma vez, não termina a frase.

— Sim, sim. Deixa eu só... — Deixando um rastro de pingos d'água pelo chão, corro até o quarto, pego uma toalha limpa no armário e entrego para o Hugo. — Pronto... Pode ir lá. O chuveiro é só... sei lá, é um chuveiro normal. Só ligar.

Hugo ri.

Do sofá, Batata-Palha observa nós dois com uma cara desconfiada e, se ele soubesse rir, aposto que estaria rindo também.

Hugo entra no banheiro e fecha a porta. Espero ouvir o barulho do chuveiro ligando para finalmente desenrolar a toalha da cintura. Me seco com pressa e visto uma roupa simples porque não sei qual é a urgência toda da convocação da Luana, então não quero estar malvestido, mas também não quero que fique parecendo que me arrumei *demais*. Jeans claro, camiseta branca e, por cima, uma camisa de botão azul marinho. Estou amarrando os cadarços do Converse preto quando o Hugo abre a porta do banheiro. Ele sai de lá em câmera lenta, cercado pela nuvem de vapor, vestindo sua calça sarja de sempre e... sem camisa. Virou uma competição agora?

— Precisa de alguma... — Minha vez de não terminar a frase.

Em minha defesa, Hugo é peludo e está molhado. E há algo meio fascinante em ver um homem peludo e molhado na sua frente. É como se, na criação do universo, deus tivesse feito uma reunião de brainstorming para inventar algo para o planeta Terra que se assemelhasse à visão do paraíso e um anjo possivelmente gay sugeriu "homens peludos e molhados" e deus, que já deveria estar cansado depois de criar um universo inteiro, simplesmente aceitou.

Os pelos do Hugo ficam mais escuros e mais brilhantes por causa da água, criando ondas hipnotizantes sobre a pele marrom. O cachorro-salsicha que ele tem tatuado na costela passaria despercebido se eu não soubesse que está ali.

— Preciso — Hugo responde. — Só tenho essa camisa aqui. — Ele levanta a camisa branca que estava usando, meio amarelada e com algumas manchas de graxa. O porquê de um mecânico escolher uma camisa propositalmente *branca* para trabalhar é um mistério para mim. — E eu não sabia que ia rolar um compromisso importante hoje, então... se você tiver *qualquer coisa* que me caiba, eu agradeceria.

Paro e penso, tentando não rir. A diferença de tamanho, altura, largura e peso entre nós dois é meio gritante. Nenhuma roupa minha caberia nele. Na verdade, *quase* nenhuma.

— Eu tenho uma camisa oversized — digo, levantando da cama e abrindo a porta do armário.

— Traduz.

— É um modelo de roupa que é grande de propósito. Para ficar com um caimento mais folgado.

— Gay.

— Ou você pode ir *pelado* — rebato, tentando não transparecer no meu rosto que esta talvez seja a melhor ideia que tive em vários dias.

— Tá bom, tá bom. — Hugo ri e revira os olhos enquanto termina de secar o tronco. — Me dá sua camisa oversuper.

Encontro a peça, tiro do cabide e entrego para ele. É uma camiseta simples, vermelha e sem estampa, mas o corte maior que geralmente engole meu corpo vai caber perfeitamente no dele.

Hugo termina de secar o tronco peludo e veste a camiseta com um pouco de dificuldade. Por um segundo e meio, ele fica parado no meio do meu quarto com os braços para o alto, a cabeça procurando a gola e a barriga de fora. Demoro a perceber que eu estou literalmente *mordendo o lábio*, mas, por sorte, consigo neutralizar a expressão quando o Hugo finalmente encontra a abertura e volta a me enxergar.

— E aí? Ficou bom? — ele pergunta, ajustando a camiseta no corpo.

Como imaginei, o tecido fica justo no tronco de Hugo, mostrando perfeitamente a curva do peitoral. O que eu não esperava era que o corte da barra ficaria bem rente a linha da cintura. Se ele levantar os braços, vira um cropped.

— Levanta os braços — digo, só para testar uma coisa.

Ahá.

O movimento deixa um pedacinho da barriga de Hugo à mostra, uma faixa peluda e sólida.

— Consegue sustentar esse cropped? — pergunto.

— Eu não vou nem perguntar o que é isso. É uma emergência. Ela está limpa... — Hugo levanta a gola até o nariz e dá uma fungada. — E cheirosa! Perfeito. Valeu, amigo.

O "amigo" meio que me mata um pouco. Mas não tenho tempo para morrer porque, se não chegarmos na hora certa no Bar do Nelson, talvez a *Luana* me mate.

— Se calça logo que eu já estou pedindo o Uber — ordeno.

Hugo faz cara de teimoso, mas, como não é bobo nem nada, obedece.

O Bar do Nelson é exatamente o que se espera de um lugar chamado Bar do Nelson. Fica em uma esquina onde ocupa as duas calçadas com mesas de madeira dobráveis e cadeiras desconfortáveis. As paredes de azulejos brancos e azuis intercalados em xadrez dão um certo charme, mas só marcamos encontros aqui porque a cerveja é barata e a porção de fritas com calabresa é uma delícia.

Quando chegamos, Rafa e Gabriel já estão esperando com um balde de cerveja na mesa. Nada das meninas.

— Oie! — grito de longe, porque os dois estão de costas. Eles se viram, sorriem e se levantam da mesa para nos abraçar. Mas o Rafael para, encara o Hugo como se ele fosse uma assombração e diz:

— Essa camiseta é do Gênio.

— Aham, longa história — digo, tentando cortar o assunto.

Ao meu lado, Hugo parece estar se divertindo com a situação.

— Vocês são assim mesmo? Tipo, conhecem o guarda-roupa uns dos outros? — Ele não pergunta como quem julga. Há uma certa fascinação no seu tom de voz.

— Só o Rafa é assim — explico.

Rafa me encara, se comunicando comigo só pelo olhar. Seus olhos parecem perguntar "por que o Hugo tá vestindo uma roupa sua? Rolou alguma coisa?", e eu o encaro de volta tentando comunicar "nada de mais", "quem me dera" ou uma mistura das duas coisas. Parece dar certo, porque meu amigo abre um sorrisinho conformado e meio triste.

— A gente estava junto quando ele comprou — Rafa explica ao Hugo. — Ele queria levar uma amarela e eu insisti para que pegasse a vermelha porque homem branco de roupa amarela fica com cara de ovo frito.

Hugo coça o queixo barbudo, refletindo sobre a análise.

Ocupo meu lugar na mesa e o Hugo se senta ao meu lado.

— Trouxemos presentes! — diz Gabriel, estendendo dois quadradinhos de metal na nossa direção. Um para mim, um para o Hugo. — Coisa simples, não reparem.

Pego o presente. É um ímã de geladeira escrito "Buenos Aires". Tem a maior cara de que eles compraram no aeroporto quando estavam voltando.

— Juro que a gente comprou *durante* a viagem, tá? Não foi no aeroporto — Rafael explica, lendo meus pensamentos mais uma vez. — Também trouxemos minialfajores, mas o Gabes comeu tudo.

— Eu estou *bulkando* — Gabriel se justifica.

E antes que eu possa jogar na cara dele que, apesar de os dois já terem voltado de viagem há mais de uma semana, não o vi pisar na academia um dia sequer, nossa conversa é interrompida pela chegada de Luana e Carol.

— Boa noite, gays — Luana anuncia com uma voz séria.

— E bissexual — Carol completa, apontando para o Hugo com um sorriso.

— Fez todo aquele drama e chegou atrasada — provoco, servindo meu copinho americano com um pouco da cerveja que está aberta no balde.

— A gente chegou primeiro e nos escondemos no banheiro porque a Luana queria fazer uma entrada impactante — Carol sussurra.

Penso em como "boa noite, gays" não é uma entrada impactante, mas decido guardar isso para mim, porque só geraria uma discussão desnecessária e, no momento, só quero descobrir o que estamos fazendo aqui.

— Tá, o que estamos fazendo aqui? — Rafa pergunta.

Às vezes sinto que eu e o Rafael compartilhamos o mesmo neurônio.

Com calma, Luana se senta na ponta da mesa, com a Carol de frente para ela. Pega um copo para si e outro para a namorada e despeja a cerveja dourada e geladinha. Tudo em silêncio. Alimentando o suspense.

— Bom... — diz ela, depois de uma eternidade. — Vocês foram convocados aqui hoje, no incrível Bar do Nelson, porque temos uma notícia importante.

— Vocês vão embora do Brasil! — Rafael grita.

— Vocês estão grávidas! As duas! Ao mesmo tempo! — Gabriel também grita.

Mas quando vejo o brilho nos olhos da Luana, o brilho que conheço desde que éramos adolescentes, já sei exatamente o motivo que nos trouxe aqui.

— Vocês vão se casar — sussurro, e só no final da frase percebo que o Hugo disse a mesma coisa que eu. Ao mesmo tempo.

As duas se entreolham e levantam as mãos. No dedo anelar de cada uma, uma aliança simples e dourada.

— A gente vai casar! — Carol grita.

Luana não consegue parar de sorrir. Ela seca uma lágrima discreta que está querendo escorrer, achando que ninguém vai perceber. Mas eu percebo.

— Aimeudeusaimeudeus!!! — Rafael se empolga, erguendo o copo de cerveja para o alto.

Todos brindam.

— Quando? — pergunto.

— Novembro!

— Mas já? Faltam só... — Conto nos dedos. — Três meses!

— Sim, nem me fale. — Carol suspira.

— E onde vai ser a festa? — Gabriel pergunta.

— Calma, calma — Luana levanta as duas mãos. — Já vamos explicar tudo. Mas, antes, deixa eu pedir uma batata.

Ela levanta a mão com a aliança (provavelmente de propósito), chama o garçom e pede uma batata.

Ao longo da noite, Luana e Carol explicam tudo. A festa de casamento já era um sonho das duas há um bom tempo. Luana recebeu um bônus na empresa e, em vez de viajar como as duas geralmente fazem, decidiram que era a hora de se casarem. Organizaram tudo rápido para aproveitarem a data livre que conseguiram num sítio em Atibaia que pertence a alguns amigos de amigos da Carol. O lugar é perto o bastante de São Paulo para que todo mundo consiga ir, mas afastado o suficiente para que a cerimônia possa ser chamada de "casamento no campo". Essa era a exigência principal da Carol. Casar no mato durante o pôr do sol. A exigência principal da Luana era música ao vivo em vez de DJ. Elas dizem que a festa será pequena, coisa de cinquenta convidados, mas para mim, que não tenho a menor experiência quando o assunto é festas de casamento, cinquenta pessoas é *muita gente*.

— Não teremos padrinhos e madrinhas entrando pelo corredor porque eu sempre achei isso meio brega — diz Carol.

— E também porque em todas as configurações que pensamos de duplas de padrinhos e madrinhas, alguém ficaria triste por não ser convidado — Luana completa.

Eu ficaria *arrasado* se existissem padrinhos e eu não fosse convidado. Então, em termos de economia de dor de cabeça, acho que as duas fizeram uma decisão assertiva.

— *Maaaas* — Carol continua, mordendo uma batata frita e terminando a frase de boca cheia. — Tem *uma* breguice que a gente decidiu fazer.

Luana estende o braço sobre a mesa e segura minha mão.

— Amigo. O que você acha do Batata-Palha entrar com as alianças? — ela pergunta.

Abro o maior sorriso do mundo.

— Mentira! Ele de terninho e tudo? Carregando uma cestinha na boca? — As frases saem de mim ofegantes porque já estou quase chorando só de imaginar a cena. — Ele topa! — respondo em nome do meu cachorro.

— A gente precisa treinar ele direitinho e tal… — diz Carol.

— Moleza! — Hugo se manifesta. — Eu te ajudo, Eugênio. Monto um corredor na oficina e a gente treina com ele.

Hugo sorri para mim, com os olhos brilhando. Deve ser a cerveja. Ou ele também está imaginando o Batata-Palha de terninho.

— Combinado! — Luana exclama. — Deixo o treinamento e a roupa do cachorro sob responsabilidade de vocês. Isso é *importante*, ok?

— Pode confiar. Meu filho será o melhor carregador de alianças do mundo.

— A gente vai *casar*, cara! Tem noção do que é isso? — Luana cerra os punhos e agita os braços na frente do peito, parecendo uma criança que acabou de descobrir que vai para a Disney.

Puxo uma garrafa de cerveja do balde para encher o copo de todo mundo, mas percebo que já está vazia. Na empolgação da conversa, bebemos tudo. Hugo percebe e toca minha perna. Ele levanta a mão livre e acena para o garçom. Finjo não reparar na camiseta vermelha subindo pela barriga dele.

— Fera! — ele grita com a voz grave e imponente. — Traz mais um balde pra gente. Porque nossas amigas vão casar!

Eu só balanço a cabeça, tonto de felicidade. Porque *as nossas amigas vão casar!* E também porque há algo meio atraente num homem que sabe chamar um garçom. Mas não penso nessa parte. Pelo menos, tento não pensar.

25

Surpresa!

Nas semanas seguintes, eu e Hugo assumimos a missão de treinar o Batata-Palha para carregar as alianças. Improviso uma cestinha usando um pote de plástico e o Hugo estende uma lona preta no chão da oficina. Cheguei a perguntar se não seria melhor uma lona vermelha, mas o Hugo me lembrou de que cachorros não enxergam as cores como nós, seres humanos. Só enxergam amarelo e azul. O que me deixou meio abalado, porque, desde que o Batata-Palha chegou na minha vida, eu paro na frente dele todos os dias antes de sair de casa e pergunto se ele aprova meu look. Ele sempre aprova (late duas vezes). Mas agora não sei mais se dá para confiar no senso estético de um animal que provavelmente vê o mundo em preto e branco. E amarelo e azul.

— Vai, Tata! É só andar em linha reta — digo para o meu cachorro numa tarde de quinta-feira. Encaixo a cestinha na boca dele e aponto para o final do corredor, onde o Hugo está agachado.

Batata-Palha não dá a mínima. Ele balança a cestinha de um lado para o outro até ela se soltar da boca e começa a latir, correndo pela oficina, a fim de brincar.

— Não, filho! — resmungo, ficando de pé. Bato com a mão duas vezes na lateral da perna porque vi um treinador do Instagram fazendo isso. — É só fazer assim, olha.

Um passo de cada vez, vou atravessando a lona preta, mostrando como se entra em um casamento. Batata-Palha me encara. Parece estar tomando notas mentais. Olho para a frente e encontro o Hugo me esperando no fim da lona. A cena, por algum motivo, me dá um friozinho esquisito na barriga. Melhor mudar de abordagem.

— Vamos trocar de lado — Hugo sugere. — Vem pra cá.

Por falta de uma ideia melhor, eu obedeço.

— Vem, Batatinha! — digo, batendo palmas assim que o Hugo posiciona o cachorro no lugar certo. — Vem!

Batata-Palha me dá as costas e lambe o joelho do Hugo. Traidor.

— Já sei! — Hugo se levanta num salto, corre para trás do balcão e volta com o pato de pelúcia. Ele joga o brinquedo na minha direção e a cabecinha do cachorro acompanha o pato amarelo voando pelo ar.

Amarelo! Meu cachorro *enxerga* amarelo. Isso explica seu amor incondicional pelo pato de pelúcia.

— Boa! — digo, pegando a pelúcia e balançando na minha frente. — Batata! Vem!

Desta vez, ele não precisa que eu repita. Atravessa o tapete improvisado correndo na minha direção. Já é um começo. Agora ele só precisa aprender a fazer o trajeto andando com calma. E carregando uma cestinha. Talvez nem isso. A gente pode amarrar as alianças numa coleira, para facilitar o processo. Temos até novembro para fazer isso dar certo.

Batata-Palha arranca a pelúcia da minha mão e corre para sua caminha na oficina.

— Amanhã a gente treina mais — Hugo conclui, enrolando a lona e liberando o espaço no chão da oficina.

— Obrigado pela ajuda nisso aqui — digo. — Esse casamento vai ser importante demais pras meninas.

— Eu tô animado! Faz tempo que não vou a uma festa de casamento — Hugo comenta, guardando a lona no armário e se apoiando sobre a bancada. Hoje ele está de boné virado para trás, o que faz com que pareça um pouco mais novo do que realmente é.

— Eu *só penso* nesse casamento — confesso. — É a primeira vez que vou ver uma amiga se casando. A maioria dos casamentos que fui na vida eram de amigas e amigos da minha tia. Gente que eu mal conhecia direito, sabe? Dessa vez é diferente. Talvez eu chore.

Hugo ri.

— Eu não vou julgar, prometo. — Ficamos em silêncio por alguns instantes. Talvez seja a hora de catar meu cachorro e voltar para casa. Abro a boca para me despedir, mas o Hugo fala primeiro. — E você tem vontade? Tipo, de casar?

— Nãããão... — respondo, balançando a mão esquerda na direção dele. Paro e penso melhor. — Talvez. Não sei. Acho que uma festa seria legal. Mas acho que vou querer morar junto primeiro. Antes de casar *casar*, sabe? Fazer tipo um test drive pra ver se o cara vai aguentar conviver com a minha bagunça.

— Nossa, sim! — Hugo bate na bancada. — Eu também sou meio bagunceiro. Quase tanto quanto você.

— Você está *confirmando* que eu sou bagunceiro? — pergunto, fingindo indignação.

— Cara, eu entrei no seu banheiro, sabe? — Ele ri. — Nunca vi tanto creme, perfume e remédio em cima de uma única pia em toda a minha vida!

Respondo com uma risada, mas fico meio paranoico. Por algum motivo, ter acesso à pia do meu banheiro é como uma janela para a minha alma: o hidratante antioxidante, o tônico capilar, o óleo antiacne, o bastão para as olheiras, a maquininha de barbear, a *outra* maquininha específica para o saco, o frasco de PrEP, o tubo extra de lubrificante que deixo no banheiro para quando decido fazer umas brincadeirinhas durante o banho. Hugo viu tudo. Não sei se isso muda algo na percepção dele a meu respeito. Acho que não. Caso contrário, não estaria aqui há dias me ajudando a treinar meu cachorro para uma tarefa simples (andar em linha reta). Deixaria eu me virar sozinho. Desistiria de me ajudar toda vez que eu preciso.

— Isso só significa que eu sou *cheiroso* e *bem-cuidado* — rebato, escolhendo levar tudo na brincadeira.

— Cheiroso é mesmo. Fiquei até com pena de lavar sua camiseta antes de devolver.

Semana passada, Hugo devolveu a camiseta vermelha que pegou emprestada. Ele lavou. Ela veio com o cheiro do amaciante que ele usa nas próprias roupas. Cheiro de Hugo. Não em sua totalidade, porque o cheiro de uma pessoa é a junção de vários cheiros. Sendo assim, *parcialmente* com cheiro de Hugo. Não que eu tenha cheirado a camiseta no momento em que fiquei sozinho com ela. Claro que não.

Sentindo meu rosto corar com a lembrança, me pego pensando pela bilionésima vez na teoria de Rafa e Gabriel. Pensando que talvez o Hugo goste mesmo de mim. Mais do que como amigo. Porque aqui está ele me chamando de *cheiroso* (segundos depois de me chamar de *bagunceiro*) e soltando uma risadinha fácil que me deixa todo sem graça. Eu só preciso perguntar da *outra coisa* sobre a qual eu já pensei um bilhão de vezes.

— E o Pedro, hein? — Jogo no ar como quem não quer nada. — O homem mais velho que você estava saindo. No que deu?

Hugo solta uma risada.

— Que foi? — pergunto.

— Nada! — ele responde. — Só achei engraçado. "O homem mais velho". Parece que eu estou saindo com um *senhor de idade*.

— Ah. Está saindo? Ainda? — Meu peito murcha.

— Aham. Ele é um cara legal. Gosta de viajar. É aventureiro, sabe? Eu que sou meio devagar para essas coisas. Cauteloso demais — ele explica, olhando para baixo.

Ah, claro, era só o que me faltava. Queria que o Hugo me desse informações mais precisas sobre Pedro, o homem mais velho. Se é romântico, se o sexo é bom, se quer algo sério ou não. Se tem cabelo, se é ciumento, se é inseguro, se tem Instagram. Mas, não. Ele é *aventureiro*.

— Tem medo de ficar com ele e aparecer coisa melhor depois? — provoco.

— Nada... — Hugo suspira. — Tenho medo de já ter perdido minha coisa melhor.

O clima fica pesadíssimo.

Hugo parece perceber. Ele finalmente levanta a cabeça, e apoia os dois cotovelos sobre o balcão de um jeito tão causal que parece forçado.

— E você com seus dois homens lá? Já conseguiu se decidir?

— Ainda não. Minha tia sugeriu um trisal — comento com uma risada.

— Nada mal...

— Jamais daria certo. Ricardo e Bernardo não têm nada a ver. Acho que eles se odiariam — explico, porque, sim, já tentei racionalizar a ideia do trisal numa noite dessas antes de dormir e analisei as chances de isso dar certo (poucas). — Mas sábado agora vai ser legal. Ricardo me chamou para um churrasco com os amigos dele. Isso é um passo importante, não é? Conhecer os amigos da outra pessoa.

Hugo pensa. Morde o canto da unha do dedão.

— Hum... É. — Há pouquíssimo interesse no seu tom de voz. Quase nenhum. — Qual dos dois é o Ricardo mesmo?

— O tatuador — explico.

— Ah. O simpático — ele zomba.

— Para! Ele é gente boa. Você iria gostar dele. Ricardo é *superaventureiro*. — A esta altura, estou provocando só de ruindade mesmo.

Hugo ri e dá um tapinha no meu ombro. Meu corpo inteiro se arrepia.

— Opa, boa tarde! — Um homem mais velho com cara de aventureiro entra na loja. Meu coração acelera. — Tem garfo de suspensão pra aro 26?

É só um cliente normal.

— Bom dia, campeão. — Hugo assume sua voz de vendedor, mais grave e imponente. A voz de quem *sabe* o que é um garfo de suspensão para aro 26. — Deixa eu te mostrar os modelos que eu tenho.

— Tô subindo — sussurro rapidinho, indo buscar meu cachorro.

— Tá bom, beijo — Hugo sussurra de volta. O que é estranho. Porque ele nunca disse "beijo" antes.

Na manhã de sábado, estou pronto para o churrasco com os amigos do Ricardo. O convite foi bem vago (**Oi gatão, hoje a gente se vê mesmo? Festinha com meus amigos aqui em casa. Vai rolar churrasco**), então visto o que a ocasião pede: shorts, regata e boné. Mas, como quero causar uma boa impressão nos amigos do Ricardo, visto o *melhor* short, a *melhor* regata e um boné mediano porque não tenho um *melhor* boné.

Com minha ecobag no ombro, passo no mercadinho da rua e compro um pacote de queijo coalho. Acho de bom tom não aparecer de mãos abanando. Não entendo nada de carnes de churrasco, mas sei que todo mundo ama queijo coalho.

O dia está nublado e o Uber até a casa do Ricardo está caro.

Só agora me dou conta de que, além do grande passo que é conhecer os amigos do Ricardo, conhecer a *casa dele* é tão importante quanto. Conhecer o lugar onde ele dorme e acorda. O quarto que, até agora, só vi no fundo das nudes que ele me manda antes de dormir como um presentinho de boa-noite.

Ricardo mora em uma casa de vila na zona norte. Atravesso a cidade inteira no banco de trás de um HB20 sem ar-condicionado, olhando pela janela e abraçando o queijo coalho na ecobag. Espero que os amigos dele gostem de mim. E também do queijo coalho. Acho que, durante todos esses meses, venho enxergando todas as minhas possibilidades amorosas como as coisas que *eles* têm a oferecer para mim. Mas o que eu ofereço em troca? O pensamento me deixa nervoso. E se todo mundo me odiar? E se ninguém falar "gostei dele" para o Ricardo repetidas vezes, assim como a Luana falou quando conheceu o Bernardo? Tomara que tenha alguma lésbica por lá. Diferente da maioria dos gays, eu costumo me dar bem com lésbicas. Deve ter alguma coisa a ver com minha busca infinita por figuras maternas.

Decido parar de pensar demais. Só olho para a frente, comparando as ruas de verdade com o caminho na tela do GPS como se a corrida fosse um videogame e, depois de uma jornada demorada do sul até o norte de São Paulo, eu chego.

Toco o interfone no portão e uma voz que não é a do Ricardo atende.

— Oi.

— É o Eugênio! — grito, porque o interfone parece velho.

A voz parece se afastar antes de gritar também:

— Ricardo! É um Eugênio! Pode liberar? — Dou uma risadinha do jeito como ele fala "um Eugênio", como se eu fosse uma *espécie* de Eugênio pedindo para entrar. Depois de alguns segundos, a voz misteriosa libera o portão. — Abriu?

— Abriu!

— É na casa oito. Portão verde.

— Obrigado! — respondo, mas a voz já desligou.

Caminho pela vila de casinhas antigas, admirando as pinturas coloridas nas paredes e os jardins individuais de cada uma. Quando chego na casa oito, a casa do Ricardo, o portão verde está entreaberto. Entro, passo por uma varanda com um jardim bem menos cuidado do que os do restante da vizinhança e bato na porta.

Ricardo atende. Ele está só de cueca. O que é extremamente inesperado.

— Oi, gatão. — Ele me cumprimenta com um beijo na boca, sem me dar tempo de processar a escolha de roupa dele para um churrasco entre amigos.

Quando me afasto do beijo, encaro o Ricardo nos olhos. Eu reconheço *muito bem* esse tipo de olhar. Ricardo está chapado. Não chapadíssimo. Apenas chapadinho. O que, diferente da cueca boxer preta, faz sentido no contexto churrasco entre amigos.

— Oi. — Não sei o que dizer. Levanto a ecobag e balanço no ar. — Eu trouxe queijo coalho.

Ricardo ri. Risadinha de quem está chapado.

— Show. Pode deixar ali na cozinha. — Ele aponta para uma porta à direita. — Tá todo mundo na varanda dos fundos. Vem! Tô te esperando.

Com isso, Ricardo sai correndo pelo corredor que dá nos fundos da casa.

Curioso e só um pouquinho desconfiado, deixo a bolsa com o queijo coalho na cozinha e sigo o mesmo caminho que o Ricardo fez. A casa é antiga e cheia de personalidade. Há pôsteres ilustrados nas paredes e livros empilhados no chão. Não sei por que me surpreendo com o fato de o Ricardo ter *livros*. Não que ele passe uma energia de quem não lê, mas… Bom, ele passa uma energia de quem não lê.

Pendurada no teto, vejo uma samambaia que já está pedindo socorro. As folhas amareladas imploram por água. Crio uma nota mental para jogar uma aguinha na pobre coitada quando tiver tempo.

A porta para a varanda está aberta, mas há uma cortina branca separando o lado de dentro do lado de fora. E, quando abro a cortina, não acredito no que estou vendo.

Historinha rápida: quando eu tinha dezesseis anos, pouco tempo depois de me assumir para minha tia, ela encontrou pornografia no meu computador. Em tese, era o *nosso* computador. Ficava na sala de casa e era o que eu usava para fazer os trabalhos da escola, conversar com meus amigos e, bom, assistir pornografia. Sempre fui cuidadoso o bastante para baixar os vídeos e salvar tudo numa pasta escondida. Porém, por algum motivo que não consigo lembrar, um único vídeo passou despercebido pelo meu controle de segurança e ficou lá dando sopa na pasta de downloads. Queria que tivesse sido um vídeo mais tranquilo. Tipo dois caras fazendo sexo depois de uns cinco minutos de historinha. *A Mangueira do Bombeiro, A Ferramenta do Encanador, A Rosquinha do Padeiro*, qualquer coisa assim. Mas o vídeo que deixei lá e, consequentemente, minha tia encontrou, se chamava *Orgia dos Dotados: Volume 2*. Foi extremamente constrangedor, é claro. Minha tia, que já havia tido uma longa conversa comigo sobre ser gay e fazer sexo seguro, me chamou para *mais uma* conversa, desta vez sobre masturbação e pornografia. Tia Margarida, sensata como sempre foi, me explicou como masturbação é um ato saudável que faz parte de um leque enorme de maneiras de se expressar sexualmente e, de maneira mais detalhada do que seria necessário, expôs sua opinião e deu conselhos a respeito de filmes pornô.

— Eugênio, pornografia é tipo filme de super-herói — ela explicou na época. Lembro de segurar a risada pensando num vídeo a que eu havia assistido chamado *Thor Metendo o Martelo no Cuzinho do Batman* e não consegui chegar até o fim porque, apesar de o martelo do Thor ser realmente impressionante, o fato de que ele era da Marvel e o Batman da DC não deixou minha cabecinha adolescente embarcar na fantasia. — Tudo o que você vê nesses filmes é faz de conta. Você não vai se jogar da janela achando que pode voar só porque um cara de cueca por cima da calça que você viu num filme sabe voar. É divertido de assistir mas, lembre-se, a vida real não é assim. As pessoas têm corpos normais, órgãos sexuais normais, homens gozam em quantidades *normais*.

A conclusão do argumento me fez perceber, anos depois, que minha tia talvez tenha assistido a *Orgia dos Dotados: Volume 2* até o fim.

O que quero dizer é: tia Margarida ficaria boquiaberta se estivesse comigo agora. Porque, como um personagem inocente que está prestes a ser virado do avesso num filme pornô, eu trouxe queijo coalho para uma *porra* de uma *suruba*.

Na varanda do Ricardo há pelo menos uns quinze homens, todos pelados, se atracando em grupos de três, quatro, cinco. Numa rápida passada de olho, vejo um rapaz forte mandando ver num magrelinho tatuado que está de quatro enquanto mama ao mesmo tempo um gordinho alto e um parrudo baixinho. No outro canto, três homens barbudos fazem uma rodinha enquanto se masturbam e batem os paus a esmo, como numa lutinha de espadas. Uma caixinha de som JBL no canto toca música alta, e eles devem ter colocado uma playlist pop no modo aleatório, porque não consigo imaginar alguém *propositalmente* escolhendo Taylor Swift para tocar numa suruba.

Há homens de todo tipo: negros, brancos, amarelos, altos, baixos, gordos, magros, peludos, lisinhos e carecas. O que, sinceramente, já dá uma surra no elenco de *Orgia dos Dotados: Volume 2*, mas a cena que num dia normal teria me deixado excitado, curioso e com vontade de participar, já que nunca estive em uma orgia antes, hoje me deixa meio frustrado e perdido. Porque, *porra*, eu trouxe *queijo coalho*, sabe?

Fico parado na porta observando a cena.

Ricardo está no meio da varanda, já sem cueca, enquanto um cara lambe seu peito e outro alisa seu pau. Ele me encara, sorri e diz:

— Vem! Tira essa roupa e vem.

Ao longo dos últimos meses, já escutei muitas vezes o tom de voz autoritário do Ricardo. A parte do meu cérebro que processa ordens se acostumou a dizer sim para tudo que ele manda porque, em cem por cento dos casos, fui recompensado com prazer. Ele dizia "vem" e eu ia. Ele dizia "deita" e eu me deitava. Ele dizia "late" e eu latia (essa foi apenas uma vez e eu não me arrependo pois foi bem gostoso). Mas hoje, quando ele me chama, não quero ir.

— Não — respondo. — Não tô a fim hoje. Vou indo nessa, tá?

Dou meia-volta na ponta dos pés e começo a caminhar na direção da saída. Quando chego no meio do corredor, Ricardo vem correndo atrás de mim. Com o pau mole balançando entre as pernas.

— Ei, Eugênio! Calma! Que foi? — Ele toca meu ombro.

— Nada. Eu só não sabia que… — Tento escolher as melhores palavras.

— Não sabia o quê, cara?

— Que seu churrasco entre amigos era uma suruba surpresa, Ricardo!

Ele começa a rir.

— Ah. Você achou que era tipo… um churrasco de *verdade*? Não. Isso é tipo um codinome, sabe? Um "churrasco" — Ele faz aspas no ar.

— E como eu ia saber disso?

— Sei lá! É meio que um código universal.

O tom professoral dele, como se eu fosse um gayzinho burro que não sabe de nada sobre "códigos universais", me irrita um pouco. Principalmente considerando que o Ricardo nunca foi de poupar palavras. Sempre conversou comigo usando o vocabulário mais explícito possível. Mas *agora*, no dia da suruba surpresa, ele decide começar a falar em códigos? O fato de que está pelado e eu estou vestido só torna essa conversa ainda mais esquisita.

— Sério, Ricardo. Acho melhor eu ir embora.

— Se a questão for a coisa do churrasco, a gente pode colocar teu queijo coalho na Air Fryer — ele sugere.

— A questão não é o queijo coalho. Eu só não estou no clima. Tá bom? Achei que ia ser uma tarde mais… tranquila. Conhecer teus amigos e tal…

— Mas eles *são* meus amigos. — Ricardo aponta na direção do quintal.

Amigos *pra lá* de íntimos.

— Aproveita seu dia. Sério. Tô indo nessa. Abre o portão pra mim?

Se dando por vencido, ele aceita.

— Mas a gente tá bem, não tá? — Ricardo pergunta enquanto digita o código do portão da vila no interfone.

— Estamos. Tá tudo bem.

— Desculpa qualquer coisa.

— Relaxa.

— Mesmo?

— Mesmo. Só joga uma água naquela samambaia depois. — É o último conselho que dou antes de sair da casa, atravessar a vila e pedir meu Uber de volta no portão.

Sinto que um dia vou rir disso tudo. É uma situação engraçada, afinal. Mas, agora, estou meio puto. E, provando a teoria de que nada está tão ruim que não dê para piorar, começa a chover.

26

Chaves

O caminho de volta para casa demora ainda mais por causa da tempestade. Quando o carro me deixa na porta do prédio, corro até a pequena marquise com as mãos ansiosas para abrir o portão, desejando apenas me jogar na cama e dormir pelo resto do fim de semana inteiro. Mas meus planos terão que esperar. Porque minhas chaves ficaram na casa do Ricardo. Dentro da porra da ecobag. Junto da porra do queijo coalho.

— Hugo! — grito, entrando na oficina feito um bebê chorão. — Hugo!

Ele aparece da pequena cozinha nos fundos, confuso e assustado. Está com a bermuda de sempre, cheia de bolsos, e uma camisa de time que nunca o vi usando. Também não conheço o time. A esta altura, já comecei a desconfiar de que o Hugo *inventa* times só pela estética.

— Aconteceu alguma coisa? — ele pergunta, encarando o relógio na parede. São quase duas da tarde. — Voltou cedo. Eu já estava quase fechando a loja, mas aí começou a chover e...

— Você tem contato de algum chaveiro? — pergunto. — Esqueci a chave de casa na suruba surpresa.

Apesar do meu corpo molhado e da minha expressão desolada, Hugo ri.

— Eu vou precisar de um pouco mais de contexto.

Então, dou o contexto. Explico toda a história, criando um bom arco dramático, momentos de suspense e descrições detalhadas sobre a casa, os cheiros e a música. Não dou detalhes sobre os participantes da orgia em si, mas, tirando isso, conto tudo. Ele não me interrompe nem por um segundo.

— Caralho... que situação — ele comenta, no fim. — Tá. Uma coisa de cada vez. — Ele pega o celular no bolso e começa a digitar rápido na tela. — Tô chamando o chaveiro.

— Obrigado. De novo. Mas eu não quero te atrapalhar também...

— Não vou te deixar esperando na chuva, né? — diz ele. — Além do mais, nem tem como eu ir embora. Vou precisar esperar aqui. A gente espera junto.

— Me parece um bom plano.

— Quer um cafezinho?

— Tem cerveja?

Ele caminha de volta até os fundos e abre o frigobar.

— Tem uma lata perdida aqui.

— A gente pode dividir?

Hugo dá de ombros, sorri e traz a lata.

Ping. O celular do Hugo apita.

— O chaveiro tá a caminho. Disse que deve demorar, por causa...

— ... da chuva — completo.

— Isso. Mas daqui a pouco ele chega. — A voz do Hugo tem um tom esperançoso enquanto ele abre a cerveja e dá o primeiro gole antes de passar a lata para mim.

Ele se senta na bancada, e eu me sento ao lado. Por alguns segundos, observamos a chuva lá fora. A água escorrendo pela calçada. Pessoas apressadas com seus guarda-chuvas capengas. Olho para o lado e encontro o quadro igual ao meu. Batata-Palha como funcionário do mês. A imagem me arranca um sorriso à força.

— Você acha que eu fui imaturo? Tipo, que eu deveria ter aproveitado a oportunidade e tal? Porque, assim... apesar da situação, parecia uma *boa* suruba.

— Imagino. Mas não. Acho que você só... fez o que estava com vontade, ué! Ou *não fez*, no caso. A gente não precisa aceitar todas as surubas da vida só porque nos disseram que transar com um monte de gente ao mesmo tempo é bom. Às vezes a gente só quer... sei lá, uma pessoa. Ou nenhuma pessoa. Ou *outras* pessoas.

— É aí que está o problema. Descobrir o que eu quero.

Solto um suspiro cansado. Bebo mais um gole de cerveja.

— Às vezes é mais fácil começar eliminando o que a gente *não quer.* — Hugo aconselha. Não sei muito bem o que ele quer dizer com isso.

— Deixa eu te contar uma coisa... — começo. — A gente passou o Ano-Novo na praia, né? Eu, Luana, Carol, Rafa e Gabes.

— Eu lembro.

— A gente nem se conhecia, Hugo — respondo.

— Não! — Ele ri. — Eu lembro de você chegando aqui no começo do ano todo vermelho de sol. Da sua pele descascando depois. Enfim...

— Enfim... — Abaixo a cabeça e encaro minhas pernas brancas. Tô precisando pegar sol de novo. — Na noite de Ano-Novo, a Luana veio com uma ideia de cada um criar uma lista com três desejos para o Ano-Novo. Tipo uma lista de metas, mas tinha que ser coisas que os outros pudessem confirmar depois, pra gente ver quem concluiu primeiro. Tipo uma competição...

— A cara da Luana inventar competição na noite de Ano-Novo — diz Hugo, brincando.

— Isso! Daí na minha lista eu coloquei fazer uma tatuagem...

— Feito! — Ele aponta para o meu braço.

— Adotar um cachorro...

— Feito! — Ele aponta para cima, na direção do meu apartamento, onde o Batata-Palha deve estar escondido embaixo do edredom enquanto a chuva não passa. Tadinho.

— E... — Respiro fundo. — Não ri de mim, tá? Mas, sei lá, acho que eu estava desesperado ou carente... mas o último item da minha lista era... arrumar um namorado.

Hugo não ri. Só continua olhando para a frente, encarando a rua.

— Você tá ficando sem tempo — ele finalmente comenta. — Três meses pro ano acabar.

— Pois é. Daí eu fico me perguntando se é isso mesmo que eu quero. Ou se só inventei um desejo de última hora e estou correndo atrás de algo que nem faz sentido pra mim. Porque estava tudo bem antes de eu inventar que precisava namorar. Que precisava *ter alguém*. Eu sempre fui um cara mais sozinho, mas nunca me *senti* sozinho, sabe? Mas agora... agora não sei mais.

— Presidente do Clube dos Sozinhos aqui! — Hugo aponta para si mesmo com o polegar. — Uma hora passa. Você acaba se acostumando.

— Aí é que está! — Bato no balcão com mais força do que a situação pede. — Eu não quero me acostumar. Quero estar com alguém. Dormir toda noite sabendo que alguém... *me ama*. E eu nem sei como é isso! Não tenho ideia de como é ser amado. Mas deve ser bom, né? As pessoas escrevem músicas sobre o amor. Filmes. Peças de teatro onde todo mundo acaba morrendo por amar demais.

Encolho os ombros, me sentindo meio idiota. Não tenho nenhuma vergonha em expor minha vida sexual para meu grupo de amigos ou para uma rodinha de desconhecidos no fumódromo de uma balada qualquer. Mas abrir essa parte de mim, esse lado que só quer ser parte do grupo de pessoas que já amaram e foram amadas nessa vida, faz com que eu me sinta pequenininho ao lado do Hugo.

— Meio trágico, não acha? Querer morrer de amor...

Balanço a cabeça.

— É. Eu só queria parar de sentir esse… buraco dentro de mim. Essa sensação de que eu estou pra sempre sozinho numa mesa para dois esperando alguém chegar.

— Tudo bem se eu… se eu fizer uma metáfora de bicicleta? — ele pergunta.

— Tudo bem. Mas vai com calma também. Eu não sei o que é um garfo de suspensão aro 26.

Hugo ri.

— É aquilo ali. — Ele aponta para a parede à direita, onde há um monte de peças soltas de bicicleta penduradas. Qualquer uma pode ser qualquer coisa. Dou de ombros, decidindo que não é hoje que vou aprender exatamente qual delas é o garfo. — Mas assim… quando a gente aprende a andar de bicicleta sem rodinhas, só nossa habilidade e nosso equilíbrio, a velocidade, o vento no rosto. A gente se sente invencível. E a vida é meio que assim… uma volta enorme de bicicleta. E bicicletas só têm lugar para uma pessoa.

— E aquelas bicicletas para duas pessoas? — pergunto.

— Chama bicicleta tandem. Elas *existem*. Mas estragam meu argumento. Então finge que elas não existem, beleza?

— Beleza.

— O que eu quero dizer é: a gente nasceu para pedalar sozinho pela vida. Mas, Eugênio, você já pedalou com outra pessoa? Vocês dois, lado a lado, pedalando numa interestadual. Montanha de um lado, penhasco do outro. O sol nascendo lá na frente. Você olha pro lado e não consegue parar de sorrir porque está vivendo uma experiência foda e tem alguém ali vivendo a *mesma coisa* que você. O vento fica mais forte, a velocidade só aumenta. Lado a lado até parar. Vocês bebem água sentindo o suor escorrendo pelo rosto e assistem ao sol terminar de nascer, e puta merda! Agora tem o caminho da volta. Mas tudo bem, porque você não está sozinho. Mas, para pedalar junto, você precisa aprender a pedalar sozinho primeiro. Faz sentido?

Acho que nunca ouvi o Hugo falar tantas palavras ao mesmo tempo com uma carga emocional tão grande. A "metáfora de bicicleta" dele me parece muito mais uma história que ele viveu num dia feliz. Meu peito fica mais quentinho ao ouvir um relato que parece detalhado demais para ser apenas um cenário hipotético.

— Hugo... eu entendo. Em partes. Porque... — Respiro fundo, sem saber como ele vai lidar com a informação que mantive guardada esse tempo todo. — Eu não sei andar de bicicleta.

— Oi? — Hugo fica uns dois segundos de queixo caído antes de cair na gargalhada. — Como assim?

— Sei lá, nunca aprendi.

— E você passa, sei lá, metade dos seus dias aqui comigo na oficina sem nunca, nunquinha, ter andado de bicicleta?

— Pois é. Quando tiraram a placa de "Aluga-se" aqui da loja, eu torci *tanto* para ser uma padaria. Quando você veio falar comigo pela primeira vez e se apresentou, eu só queria que você fosse um *padeiro bonitão*. Mas não! Era um *mecânico bonitão*. Mecânico de *bicicleta*, ainda por cima...

Hugo não diz nada. Só me entrega a lata quase vazia. Bebo a cerveja até acabar.

— Bonitão, é? — ele pergunta, olhando para mim.

— É — respondo, sem quebrar o contato visual.

A chuva faz barulho lá fora. O cheiro das árvores molhadas toma conta da oficina. Estou ofegante, e meu coração acelera quando aproximo meus lábios dos lábios do Hugo. Sentado ao meu lado, ficamos quase do mesmo tamanho, mas ainda me sinto pequeno ao lado desta muralha de homem.

Mas a muralha de homem vira o rosto no último segundo.

— Não — ele sussurra. — Não é isso que eu quero.

Eu me despedaço todinho.

— Mas...

— Eu sei. — Hugo não consegue mais olhar para mim. Só encara nossas pernas balançando, penduradas na bancada da oficina. — Não é isso que eu quero agora. Não quero ser um alívio rápido para você depois de um dia ruim. Um terceiro homem na sua vida para você brincar de uni-duni-tê. Eu não quero me machucar mais, Eugênio.

As palavras duras, sussurradas sob o som da tempestade, me magoam demais. Sinto meu peito ferver, uma raiva acumulada que vai tomando conta de mim, subindo pelo pescoço. Vontade de dizer um monte de coisas e me arrepender de todas elas depois. Mas a última frase é a que mais dói. "Não quero me machucar *mais*". A ideia implícita de que eu *já* machuquei o Hugo me enche de uma culpa pesada que esmaga meu coração de um jeito meio sufocante.

— Desculpa — murmuro, envergonhado. — Eu não...

— Tudo bem. Desculpa também. É que quando se trata de você, é... é complicado.

— Se você quiser conversar, eu...

— Olha lá! — Ele aponta para a porta, com a voz cheia de alívio. — O chaveiro chegou.

Levanto a cabeça e vejo um senhor de capa de chuva carregando uma maleta de ferramentas e uma expressão impaciente.

— Foi aqui que chamaram o chaveiro? — ele pergunta.

— Foi — respondo, saltando da bancada. Viro para trás e dou uma última olhada no Hugo. Ele parece tão arrasado quanto eu. — Obrigado mais uma vez, Hugo. A gente se fala.

Enquanto caminho até a porta, minha cabeça processa um turbilhão de pensamentos. As frustrações do dia se acumulam dentro de mim, e minha vontade é de chorar. No fim das contas, talvez o Hugo esteja certo. Eu preciso aprender a andar de bicicleta sozinho primeiro.

27
Maratona

Como era de se esperar, o clima entre mim e Hugo fica terrível. A gente não para de se falar completamente, óbvio, porque não somos dois animais e também porque eu literalmente moro em cima do lugar onde ele trabalha. Trocamos bom-dias sempre que desço para passear com o Batata-Palha. Por duas vezes, quando ofereço um pão de queijo no caminho de volta da padaria, ele recusa educadamente. Na terceira, não ofereço mais. Tento organizar meus horários para evitar o climão. Desço com o Batata-Palha mais cedo pela manhã e mais tarde durante a noite, nos horários em que a Oficina do Pato ainda não abriu ou já fechou.

Por sorte, acabo entrando num projeto de identidade visual para a campanha de um banco, o que envolve muito trabalho e muitas reuniões. Isso é bom porque, além do dinheiro, o trabalho me dá outra coisa na qual pensar. Um monte de reuniões onde finjo que decidir o tom perfeito de pantone laranja é a maior das minhas preocupações.

No celular, minhas mensagens continuam chegando. Bernardo pareceu chateado quando desmarquei com ele no domingo pós-suruba porque estava sem clima para interagir, mas não deixa de enviar mensagens preocupadas com a minha frieza repentina, querendo conversar e se colocando à disposição para me ouvir caso eu esteja precisando desabafar. Ricardo fica querendo saber se está tudo bem *mesmo* entre nós dois, tadinho, sem saber que a suruba surpresa não foi nem de longe a pior coisa que me aconteceu naquele sábado. No grupo, Luana e Carol mandam novidades do casamento o tempo todo. Docinhos, decoração, vestidos... Como não quero deixar o meu baixo astral afetar o dia mais importante da vida das minhas amigas, respondo tudo com uma empolgação fácil de performar online sem parecer falso:

Que delícia!!! Socorro, olha esses arranjos!!!! Casamento do anooo!!!!

Rafael e Gabriel, porém, percebem que não estou bem. A gente continua se encontrando na academia e, pessoalmente, é mais difícil fingir.

— É só trabalho. Quero entregar esse projeto logo. Está me tirando o sono — justifico num determinado dia entre uma série e outra.

Até decido fazer cárdio porque, quanto mais alta a frequência cardíaca, menores as chances de eu me sentir um coitadinho. Porém, fico só na esteira. A bicicleta ergométrica me lembra o Hugo. E, assim, setembro se consagra como o pior mês do ano.

No último final de semana, acordo cansado e frustrado porque o Batata-Palha não para de latir. Sei que ele está precisando de um passeio longo, para gastar toda a energia, e não apenas uma volta rápida no quarteirão. Mas tenho me sentido incapaz demais nas últimas semanas, e chamar o Bernardo para levá-lo para passear abriria brechas para conversas que não quero ter.

Saio da cama com os pés pesados e a cabeça doendo e encontro meu cachorro esperando na frente da porta. Ao me ver, ele volta a latir alto. Nem sei que horas são. Talvez algum vizinho reclame. Mas não me importo também.

— Porra, Batata! Me dá um tempo! — Eu perco a paciência e grito. Meu cachorro se assusta. Me encara, confuso e com os olhos assustados. — Por favor — sussurro, tentando amenizar a situação.

Nunca gritei desse jeito com ele. Já briguei nas vezes em que ele estava aprontando, arranhando o sofá, comendo meus sapatos. Mas nunca assim. Nunca quando *ele* tinha razão. E é isso que termina de me quebrar. Perceber que nem o Batatinha me aguenta desse jeito.

Começo a chorar.

O que é ridículo, porque passei o mês inteiro segurando a barra, aguentando firme e ignorando meus sentimentos confusos. Mas é essa coisinha pequena, peluda e barulhenta que me faz acordar para a vida.

— Tá bom — digo para ele. — Você está certo. A gente tem que sair de casa. Eu preciso pegar um sol. Me leva para passear?

Ele começa a latir de novo. De empolgação, não de revolta.

— Mas calma, também! Preciso tomar um banho antes. Vai ser um dia longo.

Durante o banho, organizo mentalmente a rota. Enquanto me arrumo, mando as mensagens necessárias e combino os horários. Estou certo do que preciso fazer. *Quase* certo do que eu realmente quero. Só preciso começar com uma maratona de términos. Coisa simples.

Estou de volta ao estúdio de tatuagens onde eu e Ricardo nos conhecemos.

— Oi, tenho horário marcado com o Ricardo — digo para a recepcionista. É a mesma garota da primeira vez, com a tatuagem de arame farpado no pescoço.

— Você vai tatuar? — ela pergunta, confusa, olhando para mim e depois para o Batata-Palha, que está ao meu lado na coleira.

— Não... É só uma conversa. Eu posso esperar lá fora, se for melhor. Por causa do cachorro e tal... — Aponto para a porta de vidro na saída.

— Ah, que pena — ela comenta com a mesma expressão impassível. — Achei que eu ia cuidar do doguinho enquanto você fazia tatuagem. Peraí que vou chamar o Ricardo.

Ela sai de trás do balcão e caminha até os fundos do estúdio. Trinta segundos depois, retorna e anuncia:

— Ele já vem. Fica à vontade.

— Obrigado — respondo, me sentando no sofá de couro e segurando a coleira com força. Batata-Palha passeia pela recepção cheirando tudo o que pode.

— Qual o nome dele? — a recepcionista pergunta. — Ou dela. Ou delu.

A possibilidade de um cachorro não binário me faz sorrir.

— Esse é o Batata-Palha — respondo.

A recepcionista sorri pela primeira vez.

— Nome maneiro.

— Valeu.

Por sorte (ou não), Ricardo aparece. Está todo de preto, como sempre, cabelo preso e as mãos manchadas de estêncil azul.

— Eugênio — diz ele. — Aconteceu alguma coisa?

— Só preciso conversar. Vai ser rapidinho — digo, me levantando. — A gente pode falar num lugar... a sós? — Inclino a cabeça discretamente na direção da recepcionista.

— Claro, claro... Vamos ali na cozinha, é mais tranquilo — ele sugere.

A garota se levanta num salto rápido.

— Posso ficar com o Batata-Palha enquanto isso? — pergunta, desta vez sorrindo de verdade.

Olho para o Ricardo. Ele dá de ombros. Entrego a coleira para a recepcionista e, antes de ir, encaro meu cachorro.

— Se comporta, eu já volto.

A cozinha do estúdio é bem pequena. Um corredor apertado onde de um lado fica uma pia e uma geladeira e, do outro, uma bancada com um micro-ondas, uma chaleira elétrica, uma cafeteira e, por algum motivo, um liquidificador.

— Café? — ele pergunta.

— Não, valeu. — Abro um sorriso sem graça.

Ricardo se aproxima e me dá um beijo. Não tenho tempo para fugir, visto que estamos a meio passo de distância e, quando me dou conta de que talvez esse seja o nosso último beijo, decido aproveitar.

Tento manter a mente no lugar, com medo do beijo do Ricardo confundir minhas ideias e tirar minha coragem de fazer o que vim aqui para fazer, mas, depois de alguns segundos beijando, percebo que é só isso. Só um beijo. É bom, claro. Sempre foi. Mas hoje não é nada além de mais um beijo.

Assim que nos afastamos, eu coloco tudo para fora.

— Eu vim aqui pra gente terminar — confesso. — Sei que a gente nunca *começou*, mas, pelo menos para mim, a gente tinha *alguma coisa*. Um relacionamento que podia até ser casual, mas não era impessoal. Então, eu não queria simplesmente sumir da sua vida assim, do nada. Acho que não seria bom para mim e nem justo com você.

Ricardo me encara. Os olhos bonitos como sempre. A mandíbula angulada e forte se suaviza num sorriso.

— Eu já estava esperando — diz ele, com um suspiro. — Foi o lance do churrasco?

Solto uma risada.

— *Não!* — digo. — Mais ou menos. Não o churrasco *em si*. Acho que naquele dia eu só percebi que… eu quero coisas diferentes das coisas que você quer.

— Eu entendo. Obrigado por avisar. — Ele estende a mão para tocar meu ombro, mas desiste no meio do caminho. — A maioria dos caras só deixaria o papo ir morrendo e morrendo até a gente nunca mais se ver. Foi legal da tua parte vir aqui conversar.

— Eu nunca faria isso com você. Te conhecer foi bem legal. A primeira tatuagem da minha vida, cara!

— Se quiser fazer a segunda, é só marcar.

Penso por um instante. Acho que seria superesquisito me tatuar com o Ricardo de novo, mas decido não dizer isso na cara dele.

— Pode deixar. Tem desconto pra ex? — brinco.

Ex o quê? Ex-ficante? Ex-transante? Ex-sexo-pizza-filmante?

— Não. Preço cheio. E mais uma multa pela tentação de ter que te tatuar sem poder te comer depois. — Ricardo ri.

— Vou pensar melhor, então... — Enfio as mãos no bolso sem saber como concluir. — Hum... obrigado. Acho que vou nessa.

— Obrigado você. Espero que você encontre o que está procurando.

— Eu também espero, Ricardo. Eu também espero.

— Beijo de despedida? — ele oferece.

— Seria meio esquisito, não?

— Que nada. Só unzinho, vai? — Ele pede com um sussurro que não há maturidade emocional que aguente.

— Ah, foda-se — digo, antes de me aproximar e beijar o Ricardo pela última vez.

Ele desce a mão pelas minhas costas e aperta minha bunda. E, em nome das boas lembranças do nosso relacionamento que vou carregar comigo, eu deixo.

Depois do beijo de despedida, pego meu cachorro de volta e saio para a rua. Estou quase na esquina quando ouço a voz dele me chamando.

— Eugênio!

Ricardo corre na minha direção e Batata-Palha late de empolgação, mais animado do que eu para os próximos desdobramentos.

— Que foi? — pergunto.

— Sua camiseta. I love Ubatuba. Ainda está comigo.

Não sei o que ele espera. Não sei se quer que eu *exija* a camiseta de volta. Se quer marcar um próximo encontro só para me devolver.

— Pode ficar de presente — digo.

— Mesmo?

— Ricardo, é uma camiseta fuleira que comprei ironicamente numa feirinha na praia só porque gostei dos golfinhos se beijando.

Ele sorri.

— Tá bom. Vou guardar comigo. Obrigado pelo presente.

— Obrigado por… todo o resto.

A primeira parada do dia serve como um impulso na minha confiança. Eu já imaginava que com o Ricardo seria mais fácil, considerando a tranquilidade e a leveza que ele sempre demonstrou no tempo em que passamos juntos. Ricardo não foi o amor da minha vida, mas também não foi o pavor da minha vida. Agora só restam as lembranças. Uma tatuagem eterna para mim e uma camiseta de Ubatuba para ele.

A próxima parada me assusta um pouco mais. São quarenta minutos de caminhada do estúdio de tatuagem até a ONG Melhor Aumigo. Batata-Palha se diverte no caminho, latindo para outros cachorros e parando na frente das lojas que, gentilmente, deixam potinhos de água do lado de fora. Já eu, me divirto bem pouco. Estou repassando mentalmente os discursos e argumentos para terminar com o Bernardo.

Quando finalmente chego na ONG, estou suado e cansado. O clima aqui é bem diferente de como estava no dia da Feira de Adoção. Mais vazio, mais silencioso. Parece um escritório normal. Bernardo está me esperando na entrada. Uniformizado e bonito. Os cachos castanho-claros quase loiros sob a luz do sol.

— Quem é vivo sempre aparece — brinco, porque faz quase um mês inteiro que a gente não se vê. Ele sorri, mas é para o Batata-Palha e não para mim. — Obrigado por topar me receber aqui.

— De boa, tô no meu horário de almoço.

— Quer comer alguma coisa? Não quero atrapalhar. — Por algum motivo, penso que o término pode ficar mais fácil se a gente estiver comendo alguma coisa.

— Não, obrigado. Já almocei.

Entendi.

Estico o pescoço para tentar olhar dentro do escritório da ONG.

— E os irmãos do Batata-Palha? Já foram todos adotados? — pergunto.

— Aham — ele responde, incapaz de olhar para mim.

— Distribuiu os pingentes para todos eles se reencontrarem um dia? — Tento aliviar o clima lembrando o dia em que nos conhecemos.

— Eu não quero mais continuar saindo com você — diz ele. Na lata.

— Ah... — Fico surpreso por um instante. Apesar de ter caminhado até aqui justamente para terminar com o Bernardo, fico surpreso por ele estar terminando comigo primeiro.

— Era isso que você queria conversar comigo, não era? — Ele finalmente levanta o rosto e me encara. Seus olhos estão levemente marejados.

— Era. — Não consigo mentir.

— Imaginei. As coisas entre nós já estavam meio... esquisitas. Você andava meio distante, e eu demorei a aceitar isso.

— Pois é. Aconteceu... muita coisa — confesso.

Bernardo encara o chão, incapaz de me olhar nos olhos. Ele passa a mão pelo cabelo bem devagar num movimento que, se isso daqui não fosse um término, eu poderia jurar que era um charminho para me conquistar.

— Posso perguntar uma coisa? — diz ele, baixinho.

— Claro.

— Você está ficando com outras pessoas?

Lá vamos nós.

— Estou — respondo, sem graça. — Estava. Com uma outra pessoa só. Mas não estou mais.

Bernardo abaixa ainda mais a cabeça, como se as minhas palavras tivessem colocado um peso a mais nos ombros dele.

— Tudo bem. A gente nunca oficializou nada, nunca fomos *namorados* de verdade, mas... sei lá. Eu achei que o escolhido seria eu. — Ele ri, escondendo o rosto com a palma da mão. — Que humilhante, meu deus.

— Não, para com isso! — Me contenho para não tocar os ombros dele e dar uma chacoalhada. — Por um tempo, eu também achei que seria você.

— E foi outro.

No fim das contas, não foi ninguém.

— Desculpa — digo, sem saber direito pelo que estou me desculpando.

— Relaxa. A culpa também foi um pouco minha... — Bernardo responde, finalmente levantando o rosto. Mas ele não olha para mim. Só encara a copa de uma árvore e mantém uma expressão pensativa. — Na minha cidade, quando tem festa junina, eles colocam na praça um daqueles painéis de madeira pra turista tirar foto. É meio brega. Um casal de caipiras com dois buracos no lugar dos rostos, pra você encaixar sua cara ali e registrar o momento, sabe?

— Sei — respondo, sem a menor ideia de onde ele quer chegar com isso.

— Eu acho que... — Bernardo suspira, tentando escolher as palavras. — Acho que foi isso que eu fiz com você. Criei um painel com o homem dos meus sonhos e tudo o que eu buscava num namorado e enfiei seu rosto ali. Ignorei quem você é de verdade e foquei cem por cento na ilusão. Mas não era você de verdade. Era só uma imagem inventada com o seu rosto num buraco. Por isso que a culpa também é um pouco minha.

A conclusão do argumento me faz pensar em como eu venho fazendo a *mesma* coisa. Trocando o rosto que eu escolho colocar no buraco até me convencer de que aquilo é real. De que eu achei o homem perfeito. De que concluí a porra da lista.

— Faz sentido. — É tudo o que consigo responder.

— Daí eu ficava esperando você corresponder às coisas que *eu* queria. Esperando o dia em que você ia mandar flores sem motivo. Fazer uma playlist para nós dois. Me apresentar para os seus outros amigos. Lembrar de quando eu disse que era versátil e perguntar se podia me comer um dia, só pra variar...

A última parte me faz rir, e fico aliviado ao ver que Bernardo está rindo também. E, finalmente, ele olha para mim.

— Desculpa por ser uma passiva tóxica.

Ele sorri, e eu sinto um aperto no peito ao perceber que, talvez, essa seja a última vez em que eu vou ver aquelas malditas covinhas assim, de perto. Que vou fazê-lo sorrir desse jeito.

— Desculpa por ser um romântico pauzudo.

— Jamais peça desculpas por isso! O mundo *precisa* de românticos pauzudos! — Eu falo alto demais, na esperança de aniquilar todas as inseguranças do Bernardo.

Uma senhora passa do nosso lado bem na hora. Ela me encara por um segundo, depois assente, concordando comigo.

Nós dois soltamos mais uma risadinha que, no meio dessa conversa difícil, tem som de alívio.

— Luana e Carol vão se casar — comento, agora que a parte principal foi resolvida.

— Eu vi no Instagram. Fiquei feliz por elas...

Bernardo olha para dentro do escritório, como se tivesse uma panela no fogo esperando por ele lá dentro.

— Bom, é isso, então? Tá tudo bem entre a gente? — pergunto.

Ele abre um sorriso cansado. Meio triste.

— É isso. A gente se vê.

— Eu te mando mensagem qualquer dia, pra gente combinar de você levar o Batata pra passear — sugiro, me agarrando a uma última esperança de ver aquele sorriso mais vezes.

— Pelo amor de deus, não faz isso. Seria superesquisito.

— Tá bom. Hum... Tchau?

— Tchau.

Ele acena rapidamente e enfia as mãos nos bolsos. Sem abraço. Quem dirá beijão de despedida.

Atravesso a calçada para fazer o caminho de casa e não escuto a voz dele me chamando com algum lembrete de última hora ou palavras finais que deixem esse momento mais fácil. Ao que parece, Bernardo não gostou mais de mim do que eu gostava dele. Ele só *tentou* gostar. E não deu certo para nenhum de nós dois. Acontece.

— Vamos pra casa, filho? — falo com o Batata-Palha, meu fiel escudeiro.

Ele late, me puxa pela coleira e me leva de volta para casa.

Jogado no sofá da sala, descansando o corpo após a longa caminhada que cansou minhas pernas e meu coração, penso: estou oficialmente solteiro.

Não que antes estivesse oficialmente qualquer outra coisa. Só estava emocionalmente enrolado com dois caras por motivos diferentes. Mas agora não estou enrolado com ninguém. Em tese. Porque, quando fecho os olhos, é só no Hugo que eu penso. No nosso quase beijo. No corpo dele molhado no meio do meu quarto. Nos nossos cafés da manhã juntos falando sobre a vida e fofocando sobre os vizinhos. Até dentro de casa é difícil fugir. A foto do meu cachorro que ele imprimiu e está pendurada na minha parede. A maletinha com a furadeira na área de serviço. Minha garrafa de água com o adesivo da oficina. A presença dele a quatro lances de escada daqui.

Preciso de descanso.

Pego o celular, disco o número e espero até escutar a voz que mais me tranquiliza no mundo todinho.

— Oi, filho!

— Tia. Deixa eu te perguntar. Aquela sua amiga da yoga... por um acaso ela está indo para Santos esse final de semana?

Será que tem espaço para mim no carro? — Batata-Palha late.
— E pro meu cachorro?

A enxurrada de perguntas deixa tia Margarida meio atônita por dois segundos.

— Eu posso ver com ela, claro. Mas já adianto que o cachorro não vai ser problema. Ela adora cachorros!

— Perfeito. Ainda tenho medo de viajar com ele de ônibus. Não sei como ele vai se comportar num ambiente tão apertado…

— Sei. Mas o que você precisa fazer em Santos, Eugênio?

Paro e penso antes de responder. Então, digo a verdade.

— Acho que eu só preciso ficar um pouquinho com você.

28

Amor

A amiga de yoga da tia Margarida, que eu imaginava ser uma mulher espiritualizada de meia-idade, na verdade é uma jovem de trinta anos chamada Malu que dirige uma caminhonete amarela e escutou Fleetwood Mac durante toda a viagem até Santos. Minha tia não mentiu quando disse que ela adorava cachorros. Dar carona para o Batata-Palha parece ter sido o ponto alto da sua semana. A recíproca é verdadeira, porque nunca vi meu cachorro tão animado. A cabeça na janela, língua para fora e orelhas ao vento.

Preso no carro com uma completa desconhecida, acabo tendo tempo o bastante para desabafar. Conto toda a minha vida para Malu, que me escuta com paciência e vai fazendo comentários pertinentes e previsões ao longo da história. Ela torcia pelo Bernardo (provavelmente em apoio à causa animal) e ficou chocada quando ele me comparou a um painel de madeira com um buraco vazio no lugar do rosto (eu exagerei essa parte para dar mais emoção).

— Você é jovem demais, Eugênio — diz ela duas horas mais tarde, quando me deixa na porta do prédio da minha tia. — Ainda tem muito amor para viver.

Agradeço a carona e subo até o apartamento pensando que, se amor é isso aqui, essa sensação espinhenta e sufocante que deixa a gente sem rumo, não quero viver *muitos amores*, não. Um a cada cinco anos já está de bom tamanho.

É o mesmo apartamento de sempre, na Ponta da Praia, num prédio antigo de seis andares que, como toda a arquitetura de Santos, é coberto de pastilhas cor de areia. Quando abre a porta, tia Margarida me recebe com um abraço apertado e café da tarde pronto.

— Que bom que você veio — diz ela, com a cabeça enterrada no meu ombro. Aos meus pés, Batata-Palha late, ainda receoso de explorar o lugar novo. — Você também, Batuteco! — Com ele, ela usa uma voz de bebê.

O apelido inventado para o cachorro *também* me faz pensar no Hugo. Inferno.

— Acho que só precisava de um tempo longe de São Paulo. E perto de você.

— Vem, vem! — diz ela, me chamando para dentro e apontando para a mesinha de jantar pequena com uma cadeira e um banquinho. Mesa de quem mora sozinha e não recebe tantas visitas quanto gostaria. — Fiz bolo de fubá.

Respiro fundo e sinto o cheiro gostoso de bolo tomando conta da casa onde me tornei gente. Antes de me sentar, liberto o Batata-Palha da coleira, coloco um potinho de água e outro de ração ao lado da porta da cozinha e torço para ele se acostumar com o ambiente, porque, sinceramente, não sei quando vamos embora.

É estranho estar aqui, sem uma data para voltar, e não ter avisado o Hugo. Deixar minha casinha de São Paulo abandonada sem nenhuma satisfação. Ele sempre costumava saber quando eu saía e quando eu voltava; não de um jeito controlador, mas só porque... Hugo sempre esteve ali. É até difícil tentar lembrar de um momento em que a loja embaixo do prédio *não era* a Oficina do Pato.

Decido mandar mensagem no grupo. Assim todos os meus amigos ficam sabendo e, consequentemente, ele também. Envio:

Oi gente. Vim pra Santos passar uns dias com a minha tia. Qualquer coisa só chamar, viu?

Passo um tempo estranhando a formalidade nas minhas palavras (*qualquer coisa só chamar???*), mas deixo o celular para lá e tento não me preocupar.

— Tá bom, me conta tudo — diz tia Margarida assim que nos sentamos na mesa.

Dou uma risadinha sonsa.

— Tudo o quê? Não tem nada para contar.

— Ai, Eugênio, faz o favor, né? — Ela revira os olhos, ajustando as alças do vestido de algodão com estampa floral que está usando. — Você me aparece aqui do nada, com *essa cara* e quer que eu acredite que não aconteceu nada de mais?

Respiro fundo. Eu já sabia que uma hora ou outra iria precisar me abrir para a minha tia. Vim no carro contando minha vida para a Malu, amiga da yoga, justamente ensaiando uma maneira de contar tudo sem deixar de fora as partes importantes. Mas o que contei para aquela mulher era uma versão factual das coisas. Uma sequência de acontecimentos, sem me aprofundar muito no que eu estou sentindo. Com tia Margarida tem que ser diferente. A versão dela tem que ter sentimento. Na verdade, tem que *partir* do sentimento. Então, começo pelo maior deles:

— Ai, tia. Acho que estou apaixonado.

Tia Margarida parece não se abalar com a informação. Metodicamente, corta uma fatia de bolo para mim e outra para ela.

— É o Hugo, né? O mecânico bonitão.

Até escutar o nome dele me causa uma *coisa* no peito. O que está acontecendo comigo?

— Ele mesmo.

— Faz sentido... — ela responde, enfiando uma garfada de bolo na boca. — Um homão daqueles... até *eu* estou apaixonada.

Dou uma risada.

— Ele é bi. Você tem chances. É só não ser uma completa idiota como eu fui...

— O que foi que você fez, Gênio?

Paro um pouco para pensar na resposta. Acho mais fácil dizer o que eu *não* fiz.

— Acho que eu só... demorei a perceber. Cheguei tarde demais. E, quando achei que era a hora certa, ele virou a cara.

— Virou a cara como? Parou de falar contigo?

— Não, tia. Ele *literalmente* virou a cara. Eu achei que estava rolando um clima. Na verdade, *estava, sim*. Minha cabeça não teria inventado uma coisa daquelas. Daí eu me aproximei para dar um beijo e ele... recusou.

— Essa doeu.

Ainda está doendo.

— Mas e os outros dois lá? Eram dois, não eram?

— Terminei tudo.

— Nada de trisal, então?

— Esquece isso, tia! — digo com uma risada. — O Hugo veio com um papo de que eu preciso andar de bicicleta sozinho primeiro.

— *Literalmente?* — ela pergunta, imitando minha voz de um jeito tão parecido que me deixa meio irritado.

— Não. Era uma metáfora. Acho que ele quer que eu seja mais independente. Que não fique buscando outros homens para preencher um buraco que... — Tia Margarida prende o riso, soltando arzinho pelo nariz. — Tia! Eu tô falando sério.

— Eu sei, eu sei... Mas é que você aparece aqui do nada com uns papos de bicicletas que não existem e homens preenchendo buracos e... Eu acho tudo divertido. Minha rotina é meio sem graça. É bom ter novidades acontecendo por aqui. Mas a questão é que... — Ela apoia os cotovelos na mesa. — Você veio pedir conselho para a velha errada, Eugênio. O que *eu* sei sobre amor? Sobre se apaixonar? Sobre gays? Sobre bicicletas?

— Entendi... — digo, soltando um suspiro frustrado. — A gente pode só ficar junto por um tempo, então. E você me ensina sobre as coisas que você sabe. Sobre fazer feijão, sobre yoga, sobre caminhar na praia e sobre café da tarde. Pode ser?

Tia Margarida abre um sorriso sincero e acolhedor. As rugas ao redor dos olhos dão a ela um ar de quem sabe tudo sobre todas as coisas. Até mesmo as coisas que ela acha que não sabe.

— Eu gosto dessa ideia.

O tempo aqui passa de um jeito diferente. Tia Margarida é uma professora aposentada que comprou um apartamento em Santos na época em que comprar apartamentos em Santos era algo possível para pessoas normais. Sendo assim, sua rotina é bem tranquila e pacata, mas, de certa forma, cheia de possibilidades.

Ela acorda todos os dias cheia de ideias. O que fazer, o que cozinhar ou lugares para visitar. Dá a entender que essa empolgação toda só existe agora, porque estou hospedado aqui, mas no fundo eu sei que ela vive a vida desse jeito. Que tira vantagem da solidão para poder fazer o que quiser.

Ao longo dos dias, não vivo aquela experiência de filme em que o protagonista volta para sua casa da infância e reencontra o quarto intocado, com pôsteres colados na parede e livros empilhados pelos cantos. Depois que me mudei para São Paulo, minha tia transformou meu antigo quarto num quarto de hóspedes que, vez ou outra, ela aluga pelo Airbnb para fazer um dinheirinho extra. O que, sinceramente, eu acho bom. Não só pelo conforto do quarto, mas também porque, no momento, a última coisa de que preciso são os fantasmas da minha adolescência aparecendo para me assombrar. Os fantasmas do mês passado já estão fazendo um bom trabalho.

No sábado em que completo três semanas de estadia em Santos, minha tia ainda não demonstrou nenhum sinal de que está na hora de eu ir embora. Muito pelo contrário. Ela acorda empolgada para levar o Batata-Palha para passear no calçadão da praia. Eu vou junto, é claro.

O sol de outubro está agradável e eu caminho sem camisa, sentindo a luz queimar de leve meus ombros. Ao meu lado, tia Margarida caminha com um chapelão enorme, óculos escuros, um leque em uma das mãos e a coleira do cachorro na outra. Caminhamos em silêncio, nós três aproveitando o calor, o barulho do mar e o cheiro de água salgada. Percebo que estou esquisito quando homens gostosos sem camisa passam por nós correndo com seus peitos suados balançando e eu não me dou ao trabalho de observar os corpos. São só corpos.

Quando chegamos na altura do Canal 4, paramos em um quiosque para descansar um pouco antes de iniciarmos o caminho de volta. Crescendo aqui, sempre achei a praia de Santos meio feia, mas, agora que me acostumei com a vista da minha janela em São Paulo, o mar de prédios com poucas árvores aqui e ali, percebo que senti falta de enxergar o horizonte. De olhar mais para o céu. Às vezes, a distância nos ajuda a enxergar as coisas com outros olhos. Os olhos de quem não tem o mar como algo garantido na vida.

Enquanto guardo uma mesa para nós três, tia Margarida vai até o quiosque pedir dois açaís para a gente. Quando volta, coloca o Batata-Palha no colo e limpa as patinhas dele, todas sujas de areia.

— Quem te viu, quem te vê, hein? — provoco. — Eu sempre quis um cachorro quando era criança e você tinha *pavor* da ideia. Agora está aí, tratando o Batata igual a um príncipe.

— É porque ele *é* um príncipe — tia Margarida responde, séria. E, com uma voz de bebê, diz para o cachorro: — *Não, é? Quem é o príncipe da tia? Quem é?*

Tiro o celular do bolso e aponto a câmera para a tia Margarida.

— Vai, repete. Preciso filmar isso.

— Ai, deixa de ser exagerado, Eugênio — ela rebate. — Eu nunca tive *pavor* de cachorro. Você está exagerando.

— Tô nada! — digo, na defensiva. — Você vivia dizendo que cachorro só dá trabalho, que eu não ia cuidar direito, que ia sobrar tudo para você…

Ela suspira e coloca o Batata-Palha, agora com as patas limpas, no colo. Ele se aninha e fecha os olhos, curtindo o barulho das ondas quebrando lá na orla.

— Deixa eu te contar uma história... — diz ela e, pelo seu tom de voz, acho que a história é séria.

Decido levar na brincadeira mesmo assim.

— Olha tia, acho que agora é um momento meio ruim para você revelar que eu sou adotado. Já estou com muita coisa na cabeça.

— Eugênio, em tese você *é* adotado. — A afirmação me pega desprevenido. Porque meio que faz sentido. — Mas a história é outra. Vou te contar o verdadeiro motivo de eu nunca ter te dado o cachorrinho que você me pedia todo ano. Duas vezes. No aniversário e no Natal.

— Eu era meio teimoso, né?

— Obstinado, eu diria. — Ela sorri. — Mas quando *eu* era criança, teimosa e obstinada igual a você, a gente teve uma cachorrinha na família. O nome dela era Luluzinha. Uma poodle pretinha com pelos cacheados igual ao da Luluzinha dos gibis, sabe?

— Sei. — Na verdade, não sei. Mas não quero interromper a história. Depois eu pesquiso.

— Quando meu pai achou a Luluzinha na rua, abandonada, ela já não era mais um neném. Chegou lá em casa já velhinha, mas ela era tão, *tão* feliz, Eugênio. Eu e sua mãe brincávamos com ela o dia inteiro. As coisas em casa já andavam meio esquisitas, nossos pais brigavam dia e noite e o divórcio já batia na porta. Mas a Luluzinha... nossa, ela era minha melhor amiga.

Já sei onde essa história vai dar porque, bom, Luluzinha não viveu para sempre. Então eu cruzo os braços e me preparo.

— Quando ela se foi... acho que eu nunca superei. Foi minha primeira grande perda. A primeira vez em que eu, ainda criança, senti dor de adulto, entende? Foi quando percebi que era possível alguém deixar de existir para sempre. Meu pai insistiu na ideia de adotarmos outro bichinho, mas eu ficava revoltada. Era como se ele quisesse substituir a Luluzinha por outro cachorro, para que eu continuasse vivendo fingindo que nada aconteceu. — Ela dá uma colherada no açaí e respira fundo antes de continuar. — Depois disso, bom... tudo aconteceu. Tudo o que você já sabe. Nossa mãe morreu, nosso pai ficou completamente perdido, e eu tive que crescer de uma hora pra outra porque em pouco tempo éramos eu e sua mãe contra o mundo. Eu me tornei praticamente a mãe da minha irmã e tive que virar adulta muito rápido. E o tempo todo eu só pensava em como seria mais fácil se a Luluzinha ainda estivesse comigo.

— Tia... você nunca me disse. Eu... eu sinto muito — digo com a voz embargada.

— Acho que, naquela época, quando você me pedia um cachorrinho em toda oportunidade que tinha, eu só estava tentando te poupar. Te poupar de amar *muito* um bichinho só porque sabia que um dia você iria perdê-lo. E eu fui tão estúpida, sabe? Porque ignorei a melhor parte. Amar é a melhor parte.

Batata-Palha se derrete no colo da minha tia enquanto ela afunda os dedos nos pelos marrons e curtinhos dele.

— E você me dizendo que não entende nada de amor...

— Pois é. Acho que eu entendo, né? Amar é isso. É acreditar que, mesmo se tudo der errado, vale a pena apostar.

As palavras dela me atingem bem na hora em que uma onda quebra lá no mar. Penso em tudo o que vivi este ano só porque decidi parar de ter medo de fazer algo novo. Só porque decidi apostar.

— Preciso voltar, tia — digo, por fim.

— Mas já? Você nem encostou direito no seu açaí!

— Não. Não *agora* — respondo com uma risadinha. — Mas acho que deu minha hora. Preciso voltar para casa.

Na segunda-feira seguinte, Malu, a amiga da yoga, está retornando para o seu trabalho em São Paulo e é a deixa perfeita para a minha carona de volta.

Eu me despeço da tia Margarida na calçada de casa, levando de volta comigo um monte de aprendizados novos, algumas roupas da minha adolescência que foram bregas por um período de tempo, mas agora dá para voltar a usar como se fossem vintage, e uma bolsa térmica cheia de potinhos com feijão congelado.

— Obrigada pelos seus dias aqui — diz ela, quando a Malu estaciona a caminhonete amarela na frente do prédio. — Vê se não demora para voltar.

— Obrigado por me receber. Eu estava precisando.

— *Te receber.* — Ela ri, imitando a minha voz. — Até parece. Aqui é sua casa, Eugênio.

— *Menos* quando você está alugando meu quarto para turistas, claro — provoco.

Ela dá um tapa na minha bunda.

— Moleque abusado! — Ela leva a mesma mão do tapa até minha cabeça e bagunça meu cabelo, que está precisando urgentemente de um corte. — Aliás. Esquece o que eu vivia te dizendo, tá? Não tira o bigode, não. Fica bem em você.

— Mudou de ideia, é?

— Acho que eu só não gostava porque te deixa com cara de hominho. E eu não queria que você crescesse tão rápido. Mas agora você pode crescer. Porque eu arrumei outro bebê. *Não é, Batatinho? Não é?*

No meu colo, Batata-Palha se contorce todo de alegria e dá uma lambida no rosto da tia Margarida. Ela não limpa de imediato. Deixa a baba de cachorro ali por um tempo, o que me mostra que o amor que ela sente por ele é amor de verdade.

Quando entro no carro, coloco o Batata no banco de trás e afivelo o cinto de segurança.

— Achei que não ia voltar mais para São Paulo, cara! — diz Malu, minha companheira de viagem pelas próximas horas. — Aproveitou bastante esses dias com a sua mãe?

— Ah. Ela não é minha mãe. É minha tia.

Malu faz uma expressão confusa, enquanto tira o carro da vaga e sai andando pela rua.

— Desculpa. É que ela só te chama de filho. Daí eu confundi...

Pelo espelho retrovisor, vejo tia Margarida parada no prédio, com o vestido florido esvoaçante e os cabelos grisalhos bagunçados. Ela dá tchau. Eu coloco o braço para fora e dou tchau também.

— Quer saber? Acho que você tem razão — digo, agora olhando para a frente. Para o que me espera em São Paulo. — Ela é minha mãe mesmo.

29

Reencontro

Rafael, enquanto o Único Gay do Grupo Que Sabe Dirigir, aluga um carro para irmos ao casamento de Luana e Carol.

No dia da cerimônia, estou na frente do meu prédio esperando ele aparecer para me buscar. Estou vestindo uma calça de alfaiataria azul-marinho, uma camisa branca fechada até o último botão e um blazer azul-claro. Agora, de cabelo cortado, bigode arrumado e quase recuperado do meu período de isolamento em Santos, me sinto bonito de novo. Mas não mais bonito do que o Batata-Palha, que veste uma roupinha que imita um smoking preto e branco e uma gravatinha borboleta amarela. A cor favorita dele.

Quando o Rafael estaciona o carro alugado na calçada do prédio, coloca a cabeça para fora da janela e grita:

— Gostoso!

Estufo o peito todo confiante e abro um sorriso. Às vezes isso é tudo que a gente precisa mesmo. Nosso melhor amigo nos chamando de gostoso.

Entro no carro e ocupo o banco de trás junto com meu cachorro. Gabriel está no banco do passageiro, e me cumprimenta soprando um beijinho. Ele veste uma camisa de cetim rosa com um caimento perfeito, folgada nos ombros e justa na cintura, e uma calça bordô de boca bem larga. Já o Rafael está de blazer e calça verde musgo, camisa preta e um broche dourado lindo no peito.

— A gente está meio Meninas Superpoderosas — comento, apontando para as nossas roupas.

Os dois caem na risada, e o Batata-Palha late de alegria.

— Agradeça a *mim* por isso — Rafael comenta. — Porque o Gabriel queria vir de blazer preto *sem camisa* por baixo.

— Eu vi *referências no Pinterest* — Gabriel argumenta.

— É meio look de subcelebridade num tapete vermelho pela primeira vez, amigo — comento.

— *Isso!* — Rafael dá um tapinha no volante. — Foi *exatamente* o que eu disse. Além do mais, hoje não é dia de exibir esse peitão gostoso, meu lindo.

Gabriel solta uma risadinha frouxa, como se ter um peitão gostoso compensasse o fato de ter sido chamado de subcelebridade.

— É dia de celebrar o amor! — Ele suspira, colocando as mãos sobre o peitão gostoso.

Apenas por coincidência e de forma alguma por ter escutado a palavra "amor", me lembro do Hugo e pergunto:

— Vocês não combinaram de pegar o Hugo também? — Minha voz sai mais nervosa do que imaginei que sairia.

Desde que voltei de Santos, minhas interações com o Hugo têm sido cada vez mais distantes. Não sei se por parte dele ou minha. Acho que mutuamente decidimos nos dar férias um do outro. Me pareceu a coisa certa a fazer. E, nos últimos três dias, ele nem abriu a oficina. Fiquei preocupado, mas, como ele continuava reagindo e mandando figurinhas no grupo toda vez que a Luana aparecia para surtar por causa do casamento, decidi acreditar que está tudo bem.

— O Hugo vai direto da casa dele — Rafael responde. — Tá ligado que ele não *mora* na oficina, né?

O tom é de brincadeira, mas sou golpeado em cheio pela percepção de que *não lembro* onde Hugo mora. Ele já deve ter comentado por alto. Zona Oeste? Lapa, eu acho. Por ali. Mas não sei com certeza. Sei que ele já me disse, mas não consigo lembrar. Como posso estar apaixonado por um cara que eu nem sei onde mora? Mais um argumento para a teoria Nunca Estive Apaixonado, Era Só Tesão Pelo Corpo Peludo Dele, que venho alimentando dia após dia na tentativa de seguir em frente com a minha vida e parar de repensar obsessivamente todas as interações que tive com o Hugo.

— Claro que eu sei — respondo meio na defensiva. — Estava só perguntando mesmo.

Pelo espelho retrovisor, Rafael me encara, preocupado, tentando estabelecer uma das nossas conversas telepáticas sobre assuntos sérios. Abro um sorriso tentando comunicar que está tudo bem. Hoje não é um dia de fazer as coisas girarem em torno de mim. Tem coisas muito maiores e mais importantes acontecendo. E, se eu sorrir o bastante, consigo fazer meus problemas ficarem pequenininhos.

— Coloca uma música aí, Gabriel! — peço. E meu amigo, que tem todo o potencial para se tornar um Influencer Que Também É DJ um dia, obedece prontamente.

Chegamos no sítio em Atibaia com uma hora de antecedência. A cerimônia está marcada para cinco da tarde e, como todos os eventos que envolvem a Luana, pontualidade é um fator crucial. Ela quer que o "pode beijar a noiva" aconteça exatamente no pôr do sol, para que as fotos fiquem bonitas.

O sítio é simples, mas muito bonito. Há um pátio pavimentado onde os convidados deixam os carros e, alguns metros à frente, um gramado amplo onde o tapete vermelho já está estendido, ladeado por arranjos de flores brancas, rosa e laranja. No altar improvisado, um arco de madeira com luzes penduradas deixa tudo com um ar de conto de fadas. À direita há uma área coberta com a cozinha, uma pequena pista de dança, o espaço onde a banda vai tocar e a mesa do bolo. E à esquerda está a casa em si, de tijolinhos brancos e telhado laranja. Luana avisou que ela e a Carol estão se arrumando lá dentro, cada uma em um quarto, e pediu que ninguém entrasse para que tudo fosse surpresa.

Eu, Rafa e Gabes não somos os primeiros a chegar. Vejo mais alguns convidados espalhados pelo gramado, conversando em pequenos grupos ao som de uma música ambiente de casamento, dessas que são versões de músicas famosas no violino. Reconheço algumas pessoas, colegas da nossa adolescência em Santos, e tem outras pessoas eu nunca vi na vida. Devem ser os amigos da Carol.

Batata-Palha está agitado na coleira, desesperado para cheirar tudo. Preciso ficar de olho porque, desde que passamos aquelas semanas com tia Margarida, ele adquiriu o péssimo hábito de comer plantas. A última coisa que queremos é um cachorro-salsicha vomitando verde no meio do casamento.

— Que coisinha mais linda! — uma mulher negra de tranças longas e um vestido laranja deslumbrante elogia meu cachorro.

— É ele que vai levar as alianças? — pergunta uma senhora de pele marrom-clara e cabelos pretos, lisos e brilhantes, se agachando na frente do Batata-Palha para fazer carinho nas orelhas dele.

— O cachorro tem telefone? — um gay branco com cabelo cheio de gel pergunta para mim, e me faço de desentendido porque não estou no clima para flertes agora. E também porque ele é feio.

— Posso brincar um pouco com ele, tio? — pergunta uma menina que deve ter uns dez ou onze anos, estendendo a mão e pedindo a coleira. Ela está ao lado de quem imagino ser sua mãe, uma mulher branca de cabelos acobreados curtinhos.

— Pode deixar — diz a mulher. — Eu fico de olho.

Entrego a coleira para a menina, que sai correndo com o Batata-Palha pelo gramado, com um vestido cor-de-rosa bufante e uma Melissinha transparente nos pés que parece estar carregando todo o chulé do mundo.

Em pouco tempo, mais duas crianças se juntam à brincadeira. Eles arrumam uma bolinha de plástico em algum lugar e jogam de um lado para o outro enquanto o Batata-Palha corre para buscar. Nunca vi meu cachorro tão feliz assim.

— Espumante? — oferece um garçom de camisa branca e gravata borboleta preta, que para ao nosso lado com uma bandeja cheia de taças com o líquido cintilante.

Eu e meus amigos nos entreolhamos, damos de ombro e pegamos uma tacinha cada um. Vai ser bom ter uma distração enquanto a cerimônia não começa.

— Tá inquieto, Eugênio. Que foi? — Gabriel pergunta, provavelmente notando minha cabeça agitada que vira de um lado para o outro compulsivamente.

Rafa dá uma risada.

— Ele tá procurando o Hugo — diz, acertando em cheio.

— Nada a ver! — rebato, bebendo meu primeiro gole de espumante. É dos bons. Luana e Carol não economizaram na bebida. — Estou só de olho no meu cachorro. — Aponto para o gramado, onde o Batata-Palha está saltando no ar como um atleta de ginástica olímpica.

— Sério *mesmo*, Eugênio? — Rafa pergunta. — Você anda esquisito há um tempão. Desde que foi tirar seu sabático em Santos.

— Foram *três semanas*. — Reviro os olhos.

— Três semanas *abandonando* a gente! — Gabriel brinca, fazendo uma voz dramática e levando a mão ao peito. Discretamente, ele abre mais um botão da camisa achando que ninguém vai perceber. Está mais do que determinado a mostrar o peitão na festa de casamento.

— Eu só estava precisando de um tempo. Organizar a cabeça... — murmuro.

— E organizou? — Rafa pergunta, colocando a mão na cintura.

Com a cabeça completamente desorganizada, também coloco a mão na cintura e respondo:

— Um pouco. — Minha resposta não convence. Meus amigos me encaram com um misto de impaciência e pena. Solto um suspiro demorado, cansado de manter minha vida pessoal escondida deles. Acho que sou viciado em me expor e, além disso, dependente dos conselhos dos dois. Só do Rafa, na verdade. Gabriel não é muito bom em dar conselhos. *Ótimo* para dicas de como fazer um agachamento perfeito, mas conselhos *úteis* sobre a vida ele fica devendo. Vencido pelo cansaço, decido me confessar. — Eu e o Hugo... a gente quase se beijou.

— Sabia! — diz Rafa.

— Mentira! — Gabriel exclama.

— Daí ele desistiu no meio do caminho. Ficou um clima estranho. Ele está saindo com outro cara. Pedro. Mais velho. *Aventureiro*.

— Que delícia! — Rafa comenta.

— Delícia o *caralho*! Você tem que ficar do *meu lado*! — digo, brincando, mas com um fundão de verdade. — Daí eu fiquei cansado de lidar com esse monte de sentimento na cabeça, e ainda ter o Ricardo, e o Bernardo, e...

— Eugênio e seus dois maridos. — Rafael ri.

— Terminei tudo. Com os dois. Com o Ricardo até que foi de boa. Teve uma suruba surpresa onde tocava Taylor Swift, juro por *deus*, mas o Bernardo? Acho que ele ficou magoado comigo. Com razão. Não fui um cara muito legal com ele. Tenho vivido emoções demais. Por isso que fugi para Santos.

Rafael e Gabriel me encaram, piscando lentamente. Os dois bebem um gole de champanhe ao mesmo tempo, como se tivessem ensaiado.

— Eu ainda estou tentando processar a suruba da Taylor Swift. Vou precisar de mais detalhes — diz Rafael, por fim.

E como estamos com tempo e eu preciso de uma distração, é claro que dou todos os detalhes.

*

Faltando vinte minutos para o início da cerimônia, uma mulher que imagino ter sido contratada como organizadora de casamentos, porque anda de um lado para o outro com um rádio portátil e uma cara de brava, anuncia que podemos ir tomando nossos lugares.

— Você — diz ela, apontando para mim. — O pai do cachorro.

— Eugênio — me apresento, apesar de estar satisfeito com o título "o pai do cachorro". Já fui coisa muito pior.

— Vamos deixar tudo pronto para a cerimônia? Cadê o bichinho?

— Batata-Palha — apresento meu cachorro. Ela abre um sorriso impaciente. — Ele está ali brincando com as crianças.

Aponto para o gramado, mas não há nenhuma criança lá. Desesperado, viro a cabeça na direção das cadeiras, onde os convidados começam a ocupar seus lugares, e avisto a menina de Melissinha. Dando as costas para a organizadora de casamentos mal-humorada, corro na direção da garota.

— Oi, diva! — digo, porque não sei interagir com crianças. — Cadê meu cachorro?

— Tá brincando com o João Eduardo — diz ela, assustada com meu tom acusador.

— Quem é o João Eduardo?

— Meu primo. Aquele que tá sem o dente da frente — ela responde.

Sei de quem ela está falando e, sem me despedir, saio correndo atrás do moleque sem dente e o encontro sentado em uma cadeira na segunda fileira, ao lado dos pais.

— Oi, João Eduardo. Cadê meu cachorro? — pergunto.

Ela dá de ombros.

— Ficou com a tia Ruth.

Quem *caralhos* é a tia Ruth? De onde Luana e Carol tiraram tantos *parentes*?

— A mãe da Melissinha? — pergunto. Ele parece não entender. — A menina de vestido rosa.

— Isso.

Agora sei. Tia Ruth é a mulher que disse que ficaria de olho. Uma adulta responsável o bastante a ponto de ter uma *filha*. Sinto o alívio chegar aos poucos no meu peito, mas ele não dura quase nada, porque, quando encontro tia Ruth bebendo algo que claramente não é sua primeira taça de champanhe, ela não está segurando meu cachorro.

— Oi, senhora Ruth — digo, já ofegante. — Meu... cachorro...

Ela sorri. O que é um bom sinal.

— Está ali com a minha sogra... — Ela aponta para a primeira fileira de cadeiras, onde uma senhora de cabelos brancos e brincos dourados enormes está sentada com uma expressão tranquila. — *Dona Vera!* — grita. — Cadê o cachorro?

A senhora, dona Vera, parece não ouvir nada. Me aproximo.

— O cachorro — repito, chegando mais perto.

A velha sorri, mostrando uma dentadura reluzente de tão branca.

— Ué, menino? Sabe que eu não sei? Acho que ele foi pra lá? — Ela aponta o dedo enrugado numa direção vaga, para onde só tem árvores e uma mata fechada.

Meu coração para. Sinto que estou perdendo o equilíbrio e preciso me apoiar em uma cadeira vazia para não cair.

Rafael e Gabriel vêm correndo, percebendo que algo não está certo.

— Amigo, o que foi? — Gabriel pergunta.

— Puta merda — respondo, ofegante. — Meu cachorro sumiu.

A mulher com o rádio chega bem na hora em que termino a frase. Ela massageia as têmporas, provavelmente puta por ter mais uma situação para resolver. Mas, dadas as circunstâncias, meio que foda-se ela. Preciso encontrar meu cachorro.

Rafael, sendo o melhor amigo do mundo, toma as rédeas da situação enquanto tento me recompor.

— Primeiro — diz ele para a mulher. — Não conta *nada* pras noivas. A gente vai resolver isso antes da cerimônia começar. Gabriel, procura perto da cozinha e da pista. Eu vou pros fundos da casa. Eugênio, vai pra lá. — Ele aponta na direção do gramado aberto. — Se ele estiver no meio do mato, é mais fácil ele reconhecer a sua voz do que a nossa. E você. — Ele aponta para tia Ruth. — Sei lá, bota essas crianças para procurarem o cachorro também.

Respiro fundo, grato pelo plano de ação elaborado em dois segundos, e me levanto. Tiro o blazer azul porque já estou todo suado e corro na direção do gramado, perto da área onde os carros estão estacionados.

Quando chego lá, vejo o portão principal aberto, e a possibilidade de o Batata-Palha ter saído *de dentro do sítio* me deixa em desespero. Um carro branco de duas portas entra no estacionamento, e todo o resto acontece na câmera lenta mais dolorosa do mundo. Quando o carro para, em uma das últimas vagas disponíveis, é ele que eu vejo abrindo a porta.

Hugo.

Sei que isso não tem relevância agora, mas, assim, desde quando o Hugo dirige? Achei que ele viria de bicicleta. O que racionalmente eu sei que não faz o menor sentido. Mas mesmo assim.

— Hugo! — grito.

Ele sai do carro assustado, vestindo um blazer cinza, camisa branca aberta mostrando o peito peludo e uma correntinha dourada. Seu cabelo, que estou acostumado a ver bagunçado, oleoso ou escondido embaixo de um boné, está perfeitamente penteado, com ondas que brilham sob o sol do fim da tarde, e eu tenho *certeza* de que ele está muito cheiroso. Meu peito vira uma bagunça de sentimentos. O desespero pelo sumiço do Batata-Palha, a adrenalina que aumenta a cada segundo, a frustração porque não era assim que eu imaginava meu reencontro com o Hugo e, acima de tudo, o alívio por reencontrá-lo.

Amar, pra mim, é ter aquela pessoa que, quando aparece, te enche de alívio. Foi isso que o Bernardo me disse naquele fim de tarde no parque e, mesmo com a cabeça confusa, sou capaz de ligar os pontos. Capaz de entender melhor o que eu sinto pelo Hugo.

— Eugênio? — Hugo me chama, como se estivesse surpreso em me ver no casamento das minhas melhores amigas. — O que…

— Desculpa. Eu fui um lixo com você esse tempo todo. Me aproveitei de tudo que você tinha a me oferecer e o que eu te dei em troca? Nada. Eu só pedia mais ajuda, mais favores. E agora… — Minha voz embarga e eu uso toda a força que tenho dentro de mim para conter as lágrimas, porque se eu começar a chorar agora, acho que não vou conseguir parar. Respiro fundo antes de continuar enquanto o Hugo me encara com os olhos confusos e preocupados. — Mas agora eu preciso de você mais uma vez. Me ajuda, Hugo. O Batata-Palha sumiu.

Num piscar de olhos, Hugo muda de expressão. Ele é tomado por aquela cara de quem sabe resolver as coisas, a mesma que já vi todas as outras vezes em que precisei dele. Só que, desta vez, há um pouquinho de medo em seu olhar. No *meu* olhar eu nem imagino. Mas deve ter só medo, desespero e agonia.

— Pra onde?

— Uma mulher chamada Vera disse que ele foi pra lá. — Aponto para a mata fechada. Minhas pernas estão fracas e meu braço está mole.

Ele segura meu braço e me puxa.

— Vamos!

Mas, depois de dar quatro ou cinco passos apressados, ele para, volta até o carro, abre a porta do passageiro e tira o pato amarelo lá de dentro.

— Você trouxe o *pato* pro casamento? — pergunto enquanto corremos.

— Achei que poderia ser útil. Na hora das alianças.

O gesto aquece um pouquinho meu coração. Mas bem pouquinho, já que o restante do meu corpo está tomado pelo calafrio infinito que só o sumiço do animal mais importante do mundo pode causar.

Não falamos mais nada. Só corremos até as árvores, nos enfiando pelo mato que a cada passo vai ficando mais fechado.

— Batata-Palha! — grito.

— Batata! — Hugo grita.

— Batatinho! Tata! Tatazinho! — Tento todos os apelidos possíveis, gritando à exaustão.

— Batuta! Tutuco! Tatu! Tatu Bola! — Hugo faz o mesmo, virando a cabeça bruscamente para todas as direções, mas tudo o que vemos aqui é um monte de árvores e nada mais.

— Hugo, eu perdi meu cachorro. Eu perdi o Batata-Palha! — digo, percebendo que em algum momento meus olhos desistiram de conter as lágrimas. Estou chorando.

— Shhh... — Hugo segura minha mão. Pela primeira vez, ele segura minha mão. — A gente vai achar ele. Fica calmo.

— Mas e se a gente não achar? E se eu perder a coisa mais importante que eu tenho? — começo a falar, fungando a cada palavra, porque a possibilidade de viver num mundo sem o Batata-Palha me causa um tipo inédito de agonia, algo que jamais senti antes.

Hugo para de correr. Me segura pelos ombros.

— Ninguém vai perder nada hoje. Tá entendendo?

Ele fala com uma certeza que me espanta. Eu só assinto e seco as lágrimas. Hugo estende a mão livre para o alto e balança o pato amarelo no ar.

— Batatinha! Seu pato está aqui. Vem pegar seu pato! Ele voltou! Eu trouxe pra você! Batata! Ele estava guardado comigo! Esse tempo todo! Seu patinho! — A cada frase, a voz do Hugo vai embargando. Perdendo a confiança pouco a pouco. — Seu patinho, Batata! A gente nem deu um nome pra ele, né? Mas ele é seu! Sempre foi seu!

O cenário de árvore atrás de árvore muda de repente. Chegamos em uma pequena clareira, e eu avisto algo escondido atrás de uma folhagem alta. Coberta de musgo, há uma construção de madeira, uma casinha de boneca do tamanho ideal para uma criança brincar. Pelo estado de conservação, a criança que brincou nessa casinha já virou adulta há um bom tempo.

Hugo encara a casinha. Depois olha para mim.

— Batatinha? — sussurro.

Hugo faz silêncio. Eu também. O único barulho é o som das folhas balançando no alto e da música abafada lá no local da cerimônia.

E, por fim, o latido mais baixinho do mundo.

Corro até a casinha o mais rápido que consigo e, quando enfio a cabeça pela porta que deve ter pouco mais de um metro de altura, eu desabo de chorar. Lá no cantinho, com sua gravatinha borboleta e o smoking sujo de terra, está o meu amigo. Ele parece assustado, encolhido do mesmo jeitinho que estava quando a gente se conheceu. Quando ele me escolheu. Me ajoelho no chão, sem me importar com a sujeira.

Hugo se abaixa perto de mim e me entrega o pato de pelúcia.

— Olha o que o Hugo trouxe — sussurro. — Seu patinho sem nome.

Ao avistar o bicho esfarrapado, com o pescoço remendado e sem uma das asas, Batata-Palha late mais alto e corre para os meus braços. Ele arranca o pato da minha mão e morde com força, como gosta de fazer.

— Você se perdeu, foi, filho? — sussurro, ainda chorando. — Saiu correndo, foi?

Ele solta um grunhido baixinho. Deve estar arrependido. Olho para ele, depois para o Hugo.

— Que bom que a gente te encontrou — Hugo sussurra. Ele está chorando.

— Obrigado — digo, enquanto encaro os olhos do Hugo e constato, pela primeira vez, como ficam mais claros quando ele chora. — Desculpa as fortes emoções assim, logo de cara. Foram os... — Olho o relógio de pulso. — Dez minutos mais desesperadores da minha vida.

Hugo ri, secando as lágrimas das bochechas.

— Com você é sempre assim, né, Eugênio? Fortes emoções.

— Viu só? Eu também sei ser aventureiro. — Não consigo me conter.

— Esquece isso, por favor, vai — diz ele.

— Eu tô tão feliz de te ver de novo — digo, abraçando o Batata-Palha contra o peito. Ele me suja inteiro de terra e, a esta altura, meio que não tem mais o que fazer.

— Eu também — Hugo responde, achando que eu estava falando com ele. Ou *concordando* que está feliz em ver o Batata. Não dá para saber.

Do lado de fora, uma voz grita:

— Eugênio! Batata! Alguém! — É Gabriel.

Me levanto do chão, caminho para fora da casinha com meu cachorro nos braços e o homem mais lindo do mundo ao meu lado.

— Achamos! Ele está aqui! — grito de volta, avistando a cabecinha loira do meu amigo à distância, no meio das árvores.

— Vamos logo, já vai começar — diz Hugo.

— Sim. Temos que casar nossas amigas.

Agarro o Batata-Palha com toda a força contra o peito e começo a andar. Hugo coloca a mão sobre os meus ombros e algo me diz que, se eu não estivesse com os dois braços ocupados abraçando meu cachorrinho, ele teria segurado minha mão de novo.

30

Casamento

A cerimônia atrasa dez minutos.

Todos os convidados, já ocupando seus devidos lugares, encaram ansiosamente o corredor, aguardando a entrada das noivas. Embaixo do arco iluminado, a celebrante espera com um sorriso tranquilo no rosto extremamente maquiado. Celebrante essa que é uma drag queen chamada Lady Núpcias, *especialista* em casamentos LGBTêres, descubro após uma rápida pesquisa no Instagram. Ela parece ter mais de um metro e oitenta, usa um vestido pêssego de cetim brilhante, um colar de pérolas comicamente exagerado e uma peruca ruiva extravagante estilizada num penteado meio Maria Antonieta.

Ao fundo, a banda começa a tocar a marcha nupcial e todo mundo se levanta ao mesmo tempo. Carol é a primeira a entrar, acompanhada da irmã mais velha. Minha amiga está deslumbrante. Seu cabelo comprido e escuro está penteado para trás, formando uma trança longa que desce até o meio das costas. O vestido é simples, branco e rendado. Ele flutua a cada passo e, na barra, há um bordado delicado com pedrinhas brilhantes refletindo a luz do sol, que está começando a se por. Ela parece tão tranquila. Quando chega ao altar, olha para todos os convidados com um sorriso emocionado e, ao mesmo tempo, seguro. Não há nem um pingo de dúvida de que ela está feliz.

Em seguida, é a vez da Luana. Meu coração acelera no momento em que ela pisa no tapete vermelho. É impossível não me lembrar dos nossos momentos juntos na adolescência, de nós dois crescendo cheios de problemas com a família, mas encontrando lar um no outro. Das noites que passávamos acordados vendo filme lá em casa e fazendo listas de celebridades com quem a gente queria se casar um dia. É surreal pensar que hoje ela está se casando de verdade.

Luana caminha até o altar ao lado da mãe, que, a julgar pelos olhos vermelhos, provavelmente já se acabou de chorar antes mesmo do casamento começar. Ela vai dar trabalho para o rímel à prova d'água. O vestido da Luana é mais acinturado e tem a saia mais bufante, com camadas e camadas de tule branco. O decote em V é todo rendado, colado no corpo como uma segunda pele. Sua maquiagem é bem mais simples. Luana nunca foi de se maquiar. Um pouco de iluminador nas bochechas, os cílios alongados e um batom cor de boca. Mas seu cabelo curto e vermelho brilha sob o sol, salpicado com um monte de florezinhas brancas que saem da cabeça de um jeito tão natural que ela parece, sei lá, uma deusa das flores.

Ao chegar no altar, Luana beija a Carol na testa, sorrindo tanto que quase dá para ouvi-la soltando um gritinho de alegria.

— Boa tarde — Lady Núpcias anuncia no microfone. Sua voz é grave e imponente, mas dá para ver que seus olhos estão emocionados. — Como diz o ditado, sol e chuva é casamento de viúva, mas se tem tanta emoção, só pode ser casamento de sapatão.

Todo mundo ri e, pouco a pouco, vamos nos sentando.

A drag queen faz um bom trabalho em manter a seriedade da cerimônia, inserindo uma piadinha aqui e outra ali. Ela fala palavras bonitas sobre o amor e, principalmente, sobre como é amar sendo LGBT.

— Muitas meninas, e meninos também, crescem com esse sonho. O sonho de se casar. De encontrar alguém com quem valha a pena passar um pedaço da vida, construir algo bonito juntos. Para nós, sonhar em casar é ter que sonhar em dobro.

É ter que, primeiro, lutar para poder chegar até aqui e, depois, continuar lutando para que só o amor seja o suficiente. Mas hoje eu não quero falar de luta. A gente cansa de lutar às vezes, né? Hoje é dia de descansar. De fazer valer todas as noites consumidas por esse sonho que poderia até parecer meio absurdo, mas aconteceu. Eu juro! Isso aqui não é um sonho, Luana. Não é um sonho, Carol. É tudo verdade. — Ela ajusta os seios de borracha embaixo do vestido. — Bom, *quase* tudo.

No meio do discurso de abertura, a mulher do rádio sinaliza para mim, e eu vou até o fundo do corredor com o Batata-Palha no colo. Está quase na hora das alianças. Hugo fica a postos na primeira fileira, sabendo sua missão.

— Ele consegue atravessar o tapete tranquilo? — a mulher sussurra num tom impaciente.

— Consegue, a gente treinou — digo, tentando parecer confiante. — Né, filho?

Batata-Palha me encara com olhos inseguros.

— E agora... — Lady Núpcias diz no microfone. — As alianças.

A banda começa a tocar a versão instrumental de alguma música da Disney. Estou nervoso demais para conseguir reconhecer, mas acho que é aquela do Aladdin. A cena do tapete.

Com uma bolsinha com as alianças amarrada em sua gravata, coloco o Batata-Palha no chão.

— Vai! — sussurro.

Ele olha para a frente, depois encara as pessoas que suspiram de fofura e tiram fotos. Envergonhado, ele corre para trás das minhas pernas e solta um latido baixinho.

Lá da frente, Hugo se agacha no tapete e balança o pato amarelo. O movimento chama a atenção do Batata, mas ele não se move. Continua nervoso e escondido.

Ao meu lado, a mulher sinaliza para a Luana, incerta a respeito do que fazer. Ela aponta freneticamente para mim e depois para o corredor. Luana ri e dá de ombros.

— Pega o cachorro no colo e leva ele até o altar — a mulher murmura.

— Eu? — pergunto, inseguro.

— Isso, garoto! Você. E rápido, porque o sol já está indo embora!

Respiro fundo. Olho para as minhas amigas. As duas estão sorrindo para mim. Luana mexe a boca dizendo *"vem!"*.

E eu vou.

Pego o Batata-Palha no colo e caminho pelo tapete nem muito rápido nem muito devagar. Todo mundo ri e aplaude. Nos meus braços, Batata-Palha se contorce, primeiro de vergonha e, depois, ao perceber que os aplausos são para ele, de orgulho.

Quando chego no altar, ajudo a tirar as alianças da gravata amarela e entrego para a drag queen. Não sei o que fazer, então dou um abraço rápido nas minhas amigas.

— Obrigado, amigo — Carol sussurra.

— Por que seu joelho está todo sujo de terra? — Luana pergunta baixinho ao mesmo tempo.

— Longa história.

Volto para o meu lugar e me sento com o Batata-Palha no colo, que está aliviado por ter cumprido sua missão (mal e porcamente, mas ainda assim).

— Minha nossa — diz a Lady Núpcias. — Me disseram que um cachorro ia trazer as alianças, mas não avisaram que vinha um gatinho junto. — Ela olha para mim e dá uma piscadinha.

Luana e Carol começam a rir, enquanto o Rafael, do meu lado direito, solta um assovio. *Fiu fiuuuu.*

— Ele é gato mesmo! — Hugo grita para a drag queen com um sorriso.

Meu rosto queima de vergonha e eu dou um soquinho no joelho do Hugo. Ele aproveita a deixa e segura minha mão.

— Agora, meus amores, é a hora dos votos. Hora de dizer coisas bonitas e memoráveis uma para a outra na frente de todo mundo. Sem pressão. Prontas?

Carol assente. Ela é a primeira a pegar o microfone.

— *Tsc tsc*… testando — ela começa. — Oi, Lu. Meu amor.

— Oi, linda — Luana sussurra de volta.

— Hum… A gente tá se casando, dá para acreditar? Eu não canso de dizer isso, mas todos os dias me sinto a mulher mais sortuda do mundo por poder acordar do seu lado. Por poder dividir a vida com você. Os momentos mais simples da nossa rotina. O café com pão toda manhã assistindo ao jornal e imitando as vozes dos repórteres. Os três beijinhos de despedida quando a gente sai para trabalhar, um na testa, um na ponta do nariz e um na boca. As manhãs de sábado quando eu estou com preguiça de fazer faxina e você coloca música para tocar e a gente dança feito duas idiotas na sala. Sua mania de enrolar meu cabelo na ponta do dedo quando a gente se deita para ver filme. Nossa brincadeira de prender a respiração quando entramos em qualquer elevador, e como você *nunca* me deixa ganhar… todas essas coisinhas, as *nossas* coisinhas, só são especiais porque são com você. Obrigado por ser minha namorada, e agora minha esposa. E, desde sempre, minha melhor amiga. Te amo.

Com delicadeza, ela segura a mão esquerda da Luana e coloca a aliança em seu dedo anelar.

Eu seguro o choro, e Luana também.

— Puta merda, Carol… — diz ela, pegando o microfone. — Você tinha que ter me deixado ir primeiro. Porque acho que… pela primeira vez na vida, eu não preparei nada. Toda vez que me sentava pra escrever os votos, nada parecia bom o bastante pra você. Deve ter umas quinhentas notas no meu celular, todas descartadas, porque nada… *nada* chega perto do que sinto por você aqui dentro. — Luana coloca a mão sobre o peito e respira fundo. — Mas, vamos lá… lembra quando a gente se conheceu? Foi num barzinho na Vila Buarque, era noite das brasilidades ou qualquer coisa assim. Você chegou em mim, me chamou pra conversar, me beijou de surpresa. Foi tudo você, Carol. Eu não fiz nada. Eu só aceitei, porque, na minha cabeça, uma mulher linda assim me dando tanto mole... só podia ser um sonho. A gente passou a noite inteira bebendo e conversando, e uma hora você chegou pra mim e falou *bem assim*: "a gente vai casar um dia, sabia?".

Todo mundo ri.

— Eu estava certa! — diz Carol para os convidados.

— Estava mesmo. E eu te achei louca. Achei que a gente nunca mais iria se ver. E, assim, quem era você para chegar na minha vida e no primeiro dia já mandar um pedido de casamento? Que, na verdade, não era nem pedido. Era mais uma *ameaça*. Logo para mim, que tinha a vida inteira planejada. Eu só ia me casar aos quarenta, quando estivesse rica e poderosa, com uma vida estável e uma carreira de sucesso. Você chegou e virou tudo de cabeça para baixo. Mudou cada pedacinho meu e eu nem percebi. Só fui aprendendo, um dia após o outro, que planejar o futuro com você era bom demais, mas que melhor ainda é desfazer meus planos com você. Mudar a rota em cima da hora só porque deu vontade. Fazer o que o nosso coração pede, porque assim não tem como errar. E meu coração já está pedindo há tanto tempo para que eu seja sua esposa. Não dá mais para fugir... esse casamento aqui — ela gesticula, apontando para as flores, o arco, os convidados — foi fruto de muito planejamento. Mas *esse* casamento aqui — agora, ela aponta apenas para Carol e depois para si mesma — foi uma mistura de sorte, força de vontade e nós duas escutando nosso coração todos os dias. Você estava certa. Sempre esteve. A gente ia *mesmo* casar um dia. E o dia chegou. Obrigada por bagunçar todos os meus planos. Te amo.

Ela coloca a aliança no dedo da Carol, que mal consegue conter a emoção.

Lady Núpcias tira um lenço gigante do meio dos peitos e seca os olhos.

— Se ela inventou esses votos *agora*, imagina só os que ela descartou! — ela comenta no microfone. — Enfim, olha a carinha dessas duas! Não aguentam mais esperar. Noivas, podem se beijar!

Ela agita o lenço no ar enquanto Luana e Carol se beijam. Como planejado, o sol está se pondo, iluminando as duas com uma luz dourada forte e impossível de esquecer.

— Eu não tô chorando, eu não tô chorando — sussurro enquanto choro.

Hugo, que também está chorando e, por sinal, ainda não soltou a minha mão, tira um lenço do bolso do blazer e me entrega.

— Sério que você tem um *lenço*? — pergunto, incrédulo.

— Eu sabia que a gente ia precisar — ele responde, pegando outro lenço idêntico no bolso e secando as próprias lágrimas também.

Estou bebendo, dançando, celebrando e me enchendo de comida.

A festa de casamento de Luana e Carol é a melhor coisa que já aconteceu em toda a história das festas de casamento. A comida é deliciosa, a bebida é ilimitada e, quebrando por completo os estereótipos sobre bandas de casamento, a que elas contrataram é de fato excelente. A setlist mistura músicas dançantes com aquelas clássicas de casamento que, no geral, são meio bregas, porém *deixam* de ser bregas quando são duas mulheres se casando. Porque elas têm todo o direito do mundo de ser tão bregas quanto quiserem! Isso mesmo, banda! Manda mais uma do Maroon 5!

— Amigo, você já provou o camarão empanado? Tá do caralho! — Gabriel se aproxima, falando de boca cheia enquanto mastiga o que acredito ser o camarão empanado do caralho.

— Ainda não! — digo, equilibrando uma caipirinha na mão e meu cachorro na outra. — Não consegui parar de comer as barquinhas de salmão.

— Toma mais uma! — diz Rafa, enfiando outra barquinha de salmão inteira na minha boca. Assim como eu, ele já tirou o blazer, e nós estamos suados de tanto dançar.

Também suadas, Luana e Carol caminham na nossa direção, as duas com vestidos mais simples que trocaram para ficarem mais confortáveis durante a festa e Crocs brancos com aqueles pingentes de letras, formando a sigla L&C.

— Vocês são tão cafonas! — Rafael grita, apontando para os pares de Crocs.

— Deixa elas! — grito de volta, defendendo as noivas. — Hoje elas podem tudo!

— A comida tá gostosa? — Carol pergunta.

— Delícia — Gabes responde boca cheia.

— E as bebidas? — Luana quer saber, roubando um gole da minha caipirinha.

— Tá tudo perfeito, amiga. Seu casamento é oficialmente o melhor do mundo.

— E por mais que eu tenha planejado, você *conseguiu* ser meu pajem das alianças, né, sua gayzinha intrometida? — ela brinca.

— Sinceramente, eu me recuso a ser chamado de *pajem* quando existe a palavra *daminho* — rebato.

— Daminho! — Carol grita

— DAMINHO! DAMINHO! DAMINHO! — Meus amigos gritam junto enquanto as noivas me dão um beijo em cada bochecha. Gabriel pega o celular e registra o momento na câmera 0.5 com flash, porque não sabe tirar fotos de outro jeito.

Nos abraçamos em grupo e eu respiro fundo, sentindo o cheiro que mistura bebida, flores e melhores amigos. Mas o abraço parece incompleto. O grupo não é mais o mesmo sem ele. Parece que todo mundo percebe a mesma coisa, porque, imediatamente, começamos a olhar em volta, procurando o Hugo.

Eu o avisto primeiro. Do outro lado do gramado, iluminado pelas lâmpadas que foram penduradas nas árvores, Hugo está sentado num banco de madeira, olhando para o céu.

— Acho que está na hora de resolver minha vida, né? — comento.

Meus amigos aplaudem lentamente.

— Passou da hora — Luana comenta.

Respiro fundo e junto coragem.

— Segura meu cachorro-salsicha — digo para o Rafa, estendendo o Batata-Palha. — E não deixa a tia Ruth chegar perto dele! — Olho para Carol. Tia Ruth é tia *dela*. — Com todo respeito.

Passo na mesa do buffet, encho um pratinho com bolinhas de queijo e caminho até o Hugo. Ele está tão distraído com o céu que só percebe minha presença quando já estou bem perto.

— Cansou de dançar? — me pergunta.

— Cansei. Tem lugar aí pra mim? — Ele chega para o lado e abre espaço para mim no banco. — Trouxe bolinha de queijo.

Ele pega uma e enfia na boca.

— Valeu.

— Eu senti sua falta, Hugo.

— Você sumiu do nada, cara — diz ele. Há um tom de resignação em sua voz.

— Eu precisava fazer isso. Precisava... aprender a andar de bicicleta sozinho. Não literalmente. A minha... bicicleta emocional.

Hugo ri.

— Desculpa ter mandado esse papo de bicicleta aquele dia. Nada a ver, né?

— Não! Faz sentido. Foi bom tirar um tempo pra mim. Mas agora eu voltei.

— Ainda bem que você voltou.

Nós dois comemos em silêncio por alguns segundos.

— Terminei tudo com os meninos, aliás. O Ricardo. O Bernardo. Não tinha nada oficial para terminar, mas tudo o que a gente começou não existe mais. Eles não eram o que eu queria. Nenhum dos dois.

— E o que você quer, Eugênio? — Hugo pergunta, olhando no fundo dos meus olhos.

Você. A resposta está na ponta da minha língua, mas não sai. Não consigo dizer. O medo de que o Hugo vire o rosto mais uma vez me paralisa.

— Falando nisso... — ele continua, percebendo que não vai arrancar a resposta de mim. — Eu terminei com o Pedro.

— O aventureiro — digo.

— A gente também não tinha nada para terminar. Foram só uns encontros, uma foda sem graça e nada mais — ele confessa. Não consigo deixar de sorrir ao ouvir que o Pedro, o fantasma de homem que eu nunca nem vi, foi apenas uma foda sem graça para o Hugo. — No fim das contas, ele era aventureiro *demais*. Comprou uma passagem só de ida pro Chile. Me chamou pra ir junto, acredita?

— Um convite tentador.

— Pra mim, não... No fim das contas, ele também não era o que eu queria.

O comentário é um convite. Ele *quer* que eu pergunte. E, como perguntar é mais fácil do que responder, eu pergunto:

— E o que você quer, Hugo?

Hugo, com seus olhos lindos, as sobrancelhas grossas, a barba feita especialmente para o casamento e o cabelo que, depois de algumas horas de festa, já voltou ao seu estado natural, rebelde e bagunçado. Hugo, com seu sorriso gentil, peito aberto e braços fortes, cobertos de tatuagens desconexas que contam um pouquinho de tudo o que ele ama e considera *irado*. Um homem que não pensa duas vezes antes de ajudar outra pessoa e que carrega dentro de si uma coragem sem tamanho. Coragem grande o bastante para olhar no fundo dos *meus* olhos, não tão lindos, mas desesperados, e responder com sinceridade.

— Você. Eu quero você.

E é isso que eu preciso. As palavras que fazem meu medo se desintegrar. Porque eu sei que posso beijá-lo agora e ele não vai recuar. Ele vai me beijar também.

Então, faço minha parte. Quando aproximo os lábios, Hugo me puxa pela nuca e me beija com vontade. Com uma sede de quem queria fazer isso há muito, *muito* tempo. Meu corpo se derrete todinho. Nossas bocas se encaixam como duas peças de quebra-cabeça que finalmente encontraram o lugar certo. Respiro fundo, sentindo o cheiro dele. O perfume misturado com o suor misturado com a grama misturado com a brisa da noite, neste lugar distante dos prédios, onde dá para ver as estrelas do céu.

— Eu tenho tanta coisa pra te falar, Hugo — digo quando o primeiro beijo termina. — Tanta coisa pra te perguntar. Coisas que eu não sei ainda porque não perguntei. Porque fui um egoísta do caralho. Tinha medo de responsabilidade. Te tratei como se você fosse um sofá, e não uma *pessoa*... Desculpa. De novo. Eu errei.

Hugo ri, como se sentisse uma pontada de prazer ao me ouvir assumindo que errei.

— Tá desculpado — diz ele, coçando a barba e sorrindo para mim. — Não é a primeira vez que me tratam como um sofá, sabe? Deve ser porque sou grandão e gostoso de deitar em cima.

Minha bochecha começa a queimar. Deve ser uma mistura de tudo o que eu bebi essa noite com todas as possibilidades de futuro que se desdobram na minha cabeça agora.

— Essa parte do "gostoso de deitar em cima" eu ainda não sei. Mas quero descobrir tudo. Quero te conhecer todinho! — digo, alisando o braço forte dele. — Aliás, aonde você mora mesmo?

— Do nada! — Hugo ri. — Eu moro no Carrão. Na Zona Leste.

— E desde quando você *dirige?* — sigo perguntando.

— Desde os dezessete anos? Mas sei lá, eu odeio carro. Então só ando de bicicleta e de metrô. Peguei aquele carro velho emprestado com um primo porque não dava pra vir pedalando até Atibaia.

— Odeia carro, mas mora no Carrão… sei.

Hugo se recusa a rir da minha piadinha horrível. Certo ele.

— Podemos voltar pra parte em que você se esconde de mim e a gente não se fala mais? — ele brinca.

— *Nunca!* — grito, mais desesperado do que pretendia. — Nunca.

— Acabou a entrevista? — ele pergunta.

— Por enquanto, sim.

— Mereço mais um beijo?

— Quantos você quiser — respondo.

A última palavra mal sai da minha boca e ele já está me beijando de novo. Com mais vontade ainda. Eu poderia passar horas aqui, só sentindo o calor do corpo dele perto do meu. A boca macia beijando a minha como se o mundo inteiro só existisse para que *isso aqui* acontecesse.

— Como eu queria te beijar — sussurro. — Como eu *precisava* disso, Hugo.

Ele sorri, satisfeito.

— Todos esses meses de espera valeram a pena — Hugo responde. — Mas precisava ter demorado *tanto*?

Dou uma risada e abaixo a cabeça.

— Desculpa a demora — digo. — Comigo é sempre assim. Fortes emoções.

31
Desejo

Hugo e eu passamos o restante da festa juntos, dançando agarradinhos e compensando todo o tempo que perdemos. Meus amigos uivam toda vez que o Hugo me beija, como se fôssemos alunos da quinta série. É ridículo e infantil, mas é tão divertido. Parece que estou sonhando.

As noivas já foram embora. Luana não parava de falar sobre o hotel chique onde iriam passar a primeira noite como casadas. Um quarto com hidromassagem, cama giratória e a porra toda. Sobramos eu, Gabriel, Batata-Palha e as crianças na pista, enquanto a banda toca "Macarena" pela terceira vez. Meu corpo está cansado, mas não quero ir embora. Não quero que a noite acabe.

Numa mesa no canto, Rafa e Hugo estão bebendo água e conversando. Os dois se preparando para a viagem de volta. Rafael levanta o braço e me chama. Puxo o Gabriel e caminho na direção deles.

— Seguinte — diz Rafa, apoiando os cotovelos sobre a mesa.

Hugo olha para baixo, com um sorriso malicioso.

— O que vocês estão tramando? — pergunto, desconfiado.

— Tô muito cansado — Rafa anuncia. — E quero ir *direto* pra casa. Hugo vai ser sua carona de volta, beleza?

— Rafael, você mora a três quarteirões do meu prédio — rebato.

Ele revira os olhos.

— Mas é que eu estou *muito* cansado. E, além do mais — ele estica o braço, segura o queixo do Hugo e vira o rosto barbudo dele na minha direção —, olha essa carinha! Você quer mesmo que ele volte pra São Paulo *sozinho*?

Entrando na brincadeira, Hugo faz beicinho e junta as duas mãos como se estivesse implorando. É meio que irresistível.

— Tá bom — respondo. — Eu te dou o *prazer* da minha companhia.

— Já adianto que eu estou com um carro velho que nem aparelho de som tem.

— Melhor ainda! — Dou a volta na mesa e apoio os braços sobre os ombros do Hugo. Colo meu rosto no dele e sussurro: — Eu vou cantando pra você o caminho inteiro.

Ele ri, joga a cabeça para trás e dá um beijo na minha bochecha.

— Acho que mudei de ideia.

Hugo, é claro, não muda de ideia. Já é quase meia noite quando nos despedimos dos meninos no estacionamento e entramos no carro velho emprestado do primo do Hugo. Um Celta branco com a porta do passageiro amassada e a lataria tão suja que dá até para chamar de Celta Bege.

Ele abre a porta para mim, porque minhas mãos estão ocupadas carregando o Batata-Palha e uma marmita improvisada com pratinhos de papel cheios de bolo e docinhos.

— Bem-vindo à sua carruagem desta noite, senhor — ele diz, fazendo uma reverência.

Coloco o Batata no banco de trás. A esta hora, depois de um dia cheio de adrenalina, ele já está caindo de sono, então se aninha no banco com seu pato na boca e fecha os olhos. Logo depois, me acomodo no banco do passageiro e coloco o cinto. Hugo coloca o endereço no GPS e dá a partida.

— Olha... — digo. — Não sei se vai ficar muito tarde pra você voltar pra sua casa, mas...

— Que nada! De madrugada eu pego a Radial voando. Esse Celtinha aqui bebe muito, mas chega a 120 fácil — ele responde em heterossexual.

— Não. O que eu tô falando é que... sei lá, se você *quiser*, você pode... dormir lá em casa.

Atravessando o portão do sítio e pegando o caminho sinuoso que dá na estrada, Hugo puxa o ar com força, fingindo surpresa.

— *Eugênio!* — diz ele. — Quer dizer que você é do tipo que *transa* no *primeiro encontro*?

— Ai, Hugo. Esse é, tipo, nosso milésimo encontro.

Ele ri.

— Então já está liberado transar? — provoca. Nunca vi o Hugo assim, tão... soltinho. Eu gosto.

— Assim, sendo bem sincero, transar *transar* acho difícil. Eu comi e bebi a noite inteira, então acho que talvez o meu... desempenho não seja dos melhores. — Tento explicar de maneira sutil que nem sonhando eu pretendo *dar o cu* na noite de hoje. Mas a possibilidade de ter uma "foda sem graça" logo na minha primeira vez com o Hugo me aterroriza um pouco. Não sei se o convite foi uma boa ideia, mas agora é tarde demais para voltar atrás.

— Eu topo, tipo... uma mamada relaxante, banho quentinho e dormir agarrado em você. O resto a gente vê depois. O que me diz?

— Banho, mamada e soninho. Sexo de casado isso — provoco.

— A gente acabou de sair de um casamento. Estou inspirado. Mas sinta-se livre para recusar minha proposta, viu?

— Nem pensar! — Eu quase grito. — Vou te levar pra casa hoje!

— Tecnicamente, eu é que estou te levando — ele brinca, virando à esquerda e acessando uma estrada com o asfalto bem lisinho, diminuindo consideravelmente o barulho do carro. Agora consigo ouvir apenas o zumbido da estrada e o ronco baixinho do Batata-Palha no banco de trás.

— Você fica muito sexy dirigindo, sabia? — comento, observando o rosto dele iluminado pelo farol dos carros que passam ocasionalmente no sentido contrário da pista.

Hugo solta uma risada grave.

— Isso porque você nunca me viu *pedalando*. Esses coxão aqui, ó! — Ele dá um tapa na coxa direita, forte e quase estourando o tecido da calça social. O estalo faz meu corpo tremer e meu coração sentir… coisas.

— Tá bom — sussurro, colocando a mão sobre a coxa dele e sentindo os músculos tensionarem toda vez que o Hugo pisa no pedal. — Vou acrescentar isso na lista de coisas que quero ver um dia.

Sem um pingo de inocência sequer, escorrego a mão até esbarrar no pau do Hugo, que, assim como o meu, já está meio desperto.

— Olha… eu sei que te disse que odeio andar de carro. Mas uma coisa que melhora *bastante* a experiência é uma…

— Mamada ao volante? — pergunto, incapaz de segurar o riso.

— Isso! — ele concorda. — Esse deveria ser o título do próximo *Velozes e Furiosos*.

— *Velozes e Furiosos 25: Mamada ao Volante*.

Hugo ri e, embaixo da minha mão, seu pau pulsa.

— Mas hoje não — diz ele, cortando meu barato. — Melhor a gente tentar num dia em que eu não esteja numa estrada escura.

— E que meu cachorro não esteja dormindo no banco de trás — completo.

— E que a gente não esteja no Celtinha branco do meu primo — ele conclui.

Afasto a mão do pau do Hugo e deixo ela ali repousada sobre a coxa, num gesto mais carinhoso do que safado.

— A gente é *tão* responsável, Hugo. Que orgulho.

Ele sorri para mim e depois olha para a tela do GPS no celular.

— Só mais uma hora e meia de viagem. Aguenta firme — diz ele logo para mim, que não aguento mais aguentar firme.

— Acelera esse Celtinha, Hugo. Eu preciso de você.

Dentro das leis de velocidade e das capacidades mecânicas do Celtinha, Hugo de fato acelera. Chegamos em casa em uma hora e *vinte*. Subimos as escadas juntos, como já fizemos tantas vezes, mas hoje é diferente. Meu coração acelera toda vez que penso no que está prestes a acontecer. Eu estou levando o Hugo para casa.

Batata-Palha nos encara, confuso. Não sei se o raciocínio de cachorro dele consegue entender que hoje a história é outra. Que o Hugo não está aqui para tomar um café. Que veio para passar a noite. Mas, cansado e desinteressado das reviravoltas emocionantes da minha vida amorosa, ele só recolhe seu pato de pelúcia e se deita no sofá.

Hugo se espreguiça no meio da sala, e sua presença ocupa todo o espaço livre. Ele sempre foi grande, mas hoje parece estar maior. Tão enorme que eu chego a sentir que não mereço *tudo isso* de homem.

Ele tira os sapatos, depois o blazer. Deixa em cima da poltrona.

— Quer uma água? — pergunto, educado.

— Eu já disse. Eu quero *você* — ele responde, sorrindo antes de me puxar para um beijo. O primeiro que é só nosso. Que não tem olhos curiosos ao nosso redor, que não tem trilha sonora de música ao vivo. Só o som das nossas línguas se encontrando, a saliva se misturando e os grunhidos ofegantes que eu solto toda vez que a barba dele arranha meu pescoço.

Sem me soltar de Hugo, vou caminhando de costas até o quarto. Nós dois caímos juntos na cama.

Ele interrompe o beijo para bocejar.

— Sabe aquela sensação… — começa. — De quando você está *muito* cansado e com *muito* sono, mas… também com *muito* tesão? — A última frase sai rouca, quase sussurrada.

— Sei! Daí o corpo fica todo coisado assim. — Tento explicar, mas não sei as palavras certas, então só mexo o corpo. Cruzo minha perna por cima da dele, nós dois lado a lado, e consigo sentir seu corpo quente e seu pau duro, depois da viagem torturante em que passamos o tempo inteiro intercalando provocações safadas com curiosidades sobre as nossas vidas.

— Como eu resolvo isso, Eugênio?

— Não precisa se preocupar com nada — sussurro. — Deita e deixa que eu resolvo pra você.

Ele se acomoda na cama, recosta a cabeça no travesseiro e, sem pressa, vou desabotoando sua camisa. O peito peludo que já vi neste mesmo quarto, todo molhado depois do banho, ganha uma nova aparência agora, sob a luz quente da luminária misturada com a luz fria da lua lá fora. O corpo do Hugo parece brilhar. Ele se arrepia por inteiro quando passo as mãos pelos mamilos e pela barriga, beijando cada pedacinho com calma e com vontade.

Minhas mãos não param de trabalhar. Com habilidade, desafivelo o cinto do Hugo, abro o zíper da calça e liberto o volume que passou a noite inteira ali, doido para respirar um pouquinho. Hugo eleva o quadril e eu entendo a deixa. Puxo sua calça enquanto ele termina de arrancar a própria camisa. Tiro um tempo para admirar sua beleza enquanto arranco minha camisa também. Ele está de cueca slip branca, a peça de roupa mais safada que um homem pode usar, justa em todas as partes certas. Dá para ver uma gota úmida no tecido de algodão, bem na ponta da cabeça, mostrando que ele já estava babando há um tempo.

— Porra, Hugo, você é *tão* gostoso — sussurro, me jogando em cima dele novamente.

Ele solta uma risadinha presunçosa. Como se *soubesse* que é gostoso.

— Tudo pra você, Eugênio. Hoje eu sou todo seu.

O "hoje" me pega um pouco. Mas vamos com calma. Um dia de cada vez.

Passo os dedos pelo elástico da cueca e vou abaixando devagar, tentando ao máximo gravar cada momento na minha memória. Quando termino de puxar o tecido branco, o pau do Hugo salta para fora, duro e grosso, apontando para cima, na direção do umbigo. A pele com um tom de marrom um pouco mais escura do que o corpo recobre a cabeça rosada e brilhante de tanto babar. Minha boca começa a salivar. Sou tomado por um desejo desesperador de sentir o gosto do Hugo. De provar cada pedaço dele.

Não deixo o desespero tomar conta. Quero que ele aproveite cada segundo. Quando finalmente tiro os olhos do pau do Hugo, percebo que ele está olhando para mim e sorrindo.

— Que foi? — pergunto, sentindo o sangue queimar minhas bochechas.

— Sei lá. Não parece real ainda. — A carinha de bobo e os olhos sonolentos do Hugo deixam meu corpo todo mole. Bom, não *todo*. Meu pau, ainda escondido embaixo da calça e da cueca, não abaixou nem por um segundo. Hugo parece perceber a situação, porque em seguida diz: — Tira essa calça, vai. Não é justo eu ser o único pelado aqui.

Não precisa pedir duas vezes.

Fico de pé na cama, me sentindo um gigante na frente do Hugo. Tiro a calça rápido e a cueca azul-marinho bem devagar. Permaneço virado para a frente e ele, deitado na cama, lambe os lábios ao ver meu pau. Médio, duro, simpático e recém-aparado. Mas é quando viro de costas que o Hugo fica boquiaberto de verdade. Sem falsa modéstia, minha bunda já é bem bonita num dia normal. Mas depois do tempo que passei em Santos, pegando praia em dia de semana feito turista, voltei com a marquinha da sunga renovada, um contraste suave entre a pele bronzeada e a bunda branca.

Os olhos sonolentos do Hugo despertam rapidinho. Ele se senta na cama e fica com o rosto na altura perfeita para agarrar, beijar, acariciar e cheirar minha bunda.

Minhas pernas ficam fracas e eu tropeço no lençol. No segundo seguinte, nós dois somos uma mistura de pernas e braços e paus duros e bundas mais claras que o resto do corpo. É uma bagunça. Começo a rir, e ele também.

— Eu geralmente não sou tão desajeitado assim — digo, enquanto Hugo me envolve com seus braços e afunda o rosto no meu pescoço.

— Eu não ligo. Desajeitado é bom às vezes — ele responde, me beijando mais uma vez. Eu me entrego e sinto seu corpo inteiro esfregar no meu, suas mãos grandes passeando pelas minhas costas, minhas coxas, minha nuca. Ele sobe e desce numa velocidade que nunca vi. Quando para na minha bunda mais uma vez e aperta com força, um gemido involuntário sai da minha boca.
— De zero a dez, quais as chances de você dar para mim hoje?

Como os sábios gays do passado nos ensinaram, eu fecho os olhos e escuto meu corpo. Por mais que a voz do tesão esteja berrando de vontade de dar, a voz da razão *sabe* que não é uma boa ideia.

Eu poderia me esforçar para agradar ao Hugo. Correr no banheiro e tentar me preparar em tempo recorde. Fazer tudo o que é esperado para que ele tenha uma foda memorável comigo. Mas não é isso que eu quero agora. E é sempre bom lembrar que não existe *nada* mais atraente do que um homem que sabe o que quer. E o que eu quero hoje é sexo de casado e uma boa noite de sono.

— Eu também estou com vontade, Hugo. Você não faz ideia. Mas hoje é zero. Tudo bem?

— Claro, meu lindo. — Ele acaricia meu rosto, e há um cuidado genuíno no jeito como me toca. E, assim, sem querer soar como um adolescente apaixonado pela primeira vez, mas o Hugo pelado na minha cama me chamando de "meu lindo" é meio que Top 1 Momentos do Ano. — Isso só me dá mais certeza de que vai rolar outra vez.

— *Pff*, isso aqui vai rolar *muito mais vezes* — respondo rápido demais. Com medo de assustar o Hugo e parecer desesperado, tento reverter com uma piadinha. — Porque é tipo cartão fidelidade. Depois de cinco mamadas, você ganha um cu grátis.

Hugo joga a cabeça para trás e solta uma gargalhada alta. Até o pescoço dele é lindo. Com a barba feita e retinha e o pomo de Adão subindo e descendo enquanto ele ri. Acho que nunca fiz sexo assim. Rindo. À vontade. Como se não existisse preocupação nenhuma. Quem dá e quem come, quem manda e quem obedece, quem goza primeiro e quem goza depois. Isso tudo parece tão pequeno diante do universo inteiro que existe em Hugo e em mim.

— Gostaria de solicitar a primeira mamada, por favor — Hugo diz, levantando o dedo indicador e fingindo ficar sério.

— É pra já! — respondo. Num gesto rápido, seguro o pau do Hugo, puxo a pele para expor a cabeça rosada e engulo com vontade.

O grunhido de prazer que o Hugo solta me arrepia inteiro, e me esforço para dar meu melhor, considerando meu cansaço nesta noite de festa. Chupo com vontade, massageando as bolas e engolindo fundo. Puxo a pele para cima e faço aquela brincadeira com a língua, dando a volta ao redor da cabeça do pau. Como esperado, Hugo urra de tesão. Essa é sempre um sucesso com os caras que não são circuncidados. Eu *sei* o que estou fazendo.

Depois de alguns minutos fazendo o Hugo gemer alto e revirar os olhos, ele puxa minha cabeça com carinho para falar comigo.

— Ei — sussurra. — Vem aqui, ó. Vira assim... Quero te chupar também.

Por mais que eu *queira* que o Hugo me chupe também, eu sou categoricamente contra meia nove. Acho uma posição desconfortável em que quem está por baixo sempre acaba sufocado e quem está por cima sempre acaba meio tonto. Não quero negar a vontade dele, mas acho que dá para chegarmos num consenso.

— Meia nove? — pergunto, com a boca cheia de pica.

— Não! Meia nove é horrível — Hugo diz, para a minha alegria. — Eu gosto assim, ó. — Com seus braços fortes, ele me puxa de lado pela cama e se deita de lado. — Meia nove *de ladinho*, sabe? Assim dá para mamar e descansar. As duas melhores coisas do mundo.

Ainda estou incrédulo e um pouco desconfortável, mas, quando sinto a boca quente do Hugo engolindo meu pau, mudo de ideia rapidinho. Meia nove de ladinho talvez seja a melhor coisa do mundo. Ele me chupa com vontade, e eu também faço a minha parte. Os dois sincronizados num movimento que, vendo de fora, pode parecer meio esquisito, mas talvez seja o tipo de posição que só quem viveu sabe.

Hugo passa a mão por baixo das minhas pernas e alisa minha bunda enquanto me chupa. O contraste do seu corpo grande e peludo grudado no meu, pequeno e liso, enquanto nós dois nos entregamos ao prazer nesta performance improvisada do Cirque du Soleil me faz pirar de tesão. É tudo ao mesmo tempo ridículo e tão excitante. Sei que não vou durar muito mais tempo com a língua do Hugo deslizando pelo meu pau.

— Hugo, eu vou gozar — anuncio.

— Eu também. Eu também vou gozar — ele responde, enrijecendo o corpo e enfiando o pau bem fundo na minha boca. — Toma leite!

E, eu não sei explicar muito bem, mas ouvir um homem como ele urrando "toma leite" faz com que eu sinta *coisas*. Gozo instantaneamente. Junto com ele.

Provando que não estou para brincadeira, eu *tomo* o *leite*, se é que me entende. Hugo também toma. Mas, quando olha para mim, vejo que um pouco da minha porra escorreu pela barba escura dele. Sabe quando alguém vive uma experiência de quase morte e diz que "a vida passou diante dos meus olhos como um filme"? Talvez essa seja a imagem que passe no filme da minha vida. Hugo sorrindo feito um bobo com a minha porra escorrendo pela barba. Só isso e mais nada.

Apesar do cansaço e dos espasmos pós-gozada, não consigo parar de sorrir.

— Meia nove de ladinho — digo, no meio de uma risada. — Quem diria, hein?

— E isso foi só o começo. Ainda tenho mais quatro mamadas até ganhar o prêmio principal.

Sei que, de maneira geral, a internet diria que não é certo quando um homem te trata como um prêmio a ser conquistado. Mas, sendo bem sincero, eu não ligo. Quero ser o prêmio do Hugo a hora que ele quiser.

Hugo se arrasta para fora da cama e se levanta num salto.

— Banho?

Eu me espalho no colchão, morrendo de preguiça.

— Ai, *nãoooo*. Vamos deixar pra amanhã — peço, fazendo beicinho.

— Eugênio — ele diz com a voz grave e autoritária. Eu adoro. — Não me faz ter que te carregar pro banho.

Com isso, ele ganha minha atenção. Apoio o corpo sobre os cotovelos e o encaro de baixo pra cima.

— Duvido — provoco.

— Tá duvidando da minha força? — ele pergunta, colocando as mãos na cintura e estufando o peito. Então balança o quadril de um lado para o outro e o piru faz *plec plec plec* nas coxas. Retiro o que eu disse sobre a barba melada de porra. É *isso* que eu vou lembrar em uma provável situação de quase morte.

— Hugo — digo, respirando fundo. — Eu tô falando sério. Se você literalmente me *erguer* dessa cama e me *carregar* para o chuveiro com os próprios *braços*, eu juro que não respondo por mim.

Serei obrigado a me casar com você, penso, mas não digo em voz alta porque não sou maluco.

A provocação é tudo de que ele precisa. Hugo engancha os braços embaixo do meu corpo, me levanta e, com alguns passos certeiros, me leva até o banheiro. Ele me coloca dentro do boxe e, já familiarizado com o chuveiro por causa da vez em que tomou banho aqui, liga o registro na temperatura perfeita.

A gente toma banho, conversa, ri e os minutos viram horas quando nos deitamos para dormir. Ele usa a desculpinha do "estou sem pijama aqui" só para dormir pelado, e eu não reclamo. Aliviados e cheirosos, nos deitamos na cama e eu descanso a cabeça sobre o peito dele.

— Aaaah. — Solto um suspiro. — Agora posso confirmar, deitar em cima de você é gostoso mesmo.

Hugo solta uma risada grave, rouca, cansada. Com o ouvido colado no peito dele, o som da risada faz minha cabeça zumbir, e me sinto tontinha de felicidade.

— Aqui não tem propaganda enganosa — Hugo responde. — É satisfação garantida.

Fecho os olhos e mordo os lábios. Meus pensamentos ainda estão bagunçados, meu corpo está exausto e meu peito parece que vai explodir a qualquer momento, cheio de coisas que eu *preciso* dizer.

— Eu quero isso aqui mais vezes, Hugo — confesso. — Na minha casa, na sua, na oficina ou no meio da estrada andando de bicicleta... quando eu aprender a andar de bicicleta, é claro.

Hugo acaricia meu cabelo, deixando o momento ainda mais perfeito.

— Eu te ensino.

— Não! Deixa eu aprender sozinho. Deixa eu fazer coisas por você. Deixa eu provar que mereço... —Aliso o corpo quente dele. Respiro fundo, sentindo o cheiro de Hugo. — Que eu mereço *isso tudo*.

— Hum… você fazendo coisas por mim… eu gosto disso.

Percebendo o tom safado na voz dele, coloco a língua para fora e dou uma lambida rápida no mamilo esquerdo do Hugo. Ele solta um gemido.

— Tudo que você quiser — sussurro.

— Você bem que podia começar fazendo uma placa nova pra oficina, né?

Solto uma risada.

— Ah. É esse tipo de coisa que você quer? — pergunto, fingindo indignação.

— Isso. Só pra começar. Depois a gente vê.

Meus olhos pesam enquanto o Hugo continua me fazendo cafuné. Me encolho todinho, enroscando minha perna na dele, e sussurro:

— Só pra começar…

Quando pego no sono, é como se a vida encontrasse o rumo certo. Como se, esse tempo todo, meu lugar ao lado dele estivesse vago, esperando a hora certa para me receber. Só foi preciso passar por algumas coisinhas antes. Um sofá, um tatuador, um cachorro, um *passeador* de cachorro, um cara mais velho e aventureiro, uma chave perdida, um beijo negado, um afastamento dramático, um casamento lésbico e um monte de pão de queijo. Que bom que a gente finalmente se encontrou.

32

Outra noite de Ano-Novo

Poucas experiências são tão mágicas quanto juntar *seis* gays numa casa de praia alugada em Ubatuba para a noite de Ano-Novo.

Quando o fim de dezembro chega, decidimos alugar a mesma casa do ano passado. Fica mais apertada agora que o grupo cresceu, mas a gente faz dar certo porque a proprietária é uma querida e deu um desconto considerável depois que Luana e Carol disseram que, por conta de todos os gastos do casamento, a grana estava curta este ano. Rafa e Gabriel, que ocupam bem menos espaço do que eu e Hugo, se oferecem para ficar na sala e, pela primeira vez, ganho um quarto na casa de Ano-Novo. Assim, fazemos nossa viagem acomodar perfeitamente três casais.

"Casais" é meio que força de expressão. Eu e Hugo estamos *ficando* ainda. O que é meio ridículo para ele, um homem de mais de trinta anos, mas decidi não apressar as coisas. Ele respeitou minha decisão e, juntos, estamos levando as coisas como se não nos conhecêssemos desde janeiro. Ele me leva para jantar, eu escolho filmes para a gente assistir. Ele me pergunta sobre a vida e conta histórias de infância. Passeamos juntos com o Batata-Palha e toda segunda-feira já planejamos o domingo seguinte. Fiz a placa nova da oficina, mas mantive a ilustração icônica do pato andando de bicicleta. Me parece um começo promissor.

E o sexo? Bom, transar com o Hugo é uma experiência nova a cada vez. Eu me sinto tão à vontade. É claro que não demorei mais quatro mamadas até dar para ele. Aconteceu duas noites depois da festa de casamento, e foi uma delícia. É como se ele conhecesse cada pedacinho do meu corpo de cor. Conversamos sobre o que gostamos e o que não gostamos. Experimentamos posições diferentes e não temos vergonha de falar "isso aqui tá horrível, vamos tentar de outro jeito". Decidido a me transformar num passivo *menos* tóxico, Hugo pediu para que eu tentasse ser o ativo uma noite porque ele estava com vontade. Eu tentei e... meio que gostei? As coxas fortes do Hugo viradas para o teto enquanto ele dava para mim são minha nova imagem favorita para um possível momento de quase morte. Talvez eu esteja entrando na minha era Ativo De Vez Em Quando.

Quando contei para Rafael e Gabriel, é claro que eles gritaram "ATIVO! ATIVO! ATIVO!" só para me perturbar. No meio da academia lotada.

Agora, nos preparamos para mais uma ceia de Ano-Novo. O esforço em grupo se repetiu esse ano, com receitas diferentes. Carol preparou tilápia empanada, Rafa fez torta de limão, eu, que não tenho mais medo de panela de pressão, preparei lentilha!

Hugo não preparou nada. Disse que não sabe cozinhar bem e prefere lavar a louça. Deixei passar porque, assim, não tinha como esse homem ser *perfeito* também, né?

— Muito bem! — Luana bate palminhas diante do banquete. Ela está de camisão e shorts brancos, e é inevitável lembrar de como ela ficou linda no casamento, toda de branco. — Hugo, é o seguinte, você não estava aqui no ano passado, mas a gente fez uma competição saudável, onde cada um escrevia três metas num papel e...

— Estou ciente — Hugo afirma, levantando a mão e batendo continência.

Ele está de regata branca, então o meio segundo que seu sovaco fica a mostra já acelera meu coração. Estou torcendo para que a próxima invenção da Luana seja uma daquelas festas do PowerPoint onde todo mundo leva uma apresentação sobre uma obsessão atual só para que eu possa preparar uns dez slides sobre o tópico Sovaco do Hugo.

— Perfeito. Agora vamos ver quem ganhou! — Ela tamborila os dedos sobre a mesa, criando suspense.

— Tenho uma sugestão — diz Carol, vestindo um macacão branco de renda, coque no cabelo e um pingente de estrela cadente no colar. — Acho que a gente pode falar só os desejos que *se realizaram*. Assim ninguém encerra o ano com culpa por não ter conseguido.

— E ainda dá para reaproveitar a meta pro ano que vem! — Luana comenta.

— Sem listinha ano que vem, por favor! — Rafael protesta. — Vamos acabar com essa brincadeira e depois comer feito pessoas normais!

Gabriel assente, concordando, já com garfo e faca nas mãos.

— Então começa você, vai! — Luana provoca.

— Eu viajei para outro país. E... só. Abandonei a lista quando percebi que meus outros dois itens exigiam muita força de vontade. — Ele dá de ombros. — Vai, amor. Sua vez.

Gabriel pigarreia e sorri.

— Eu *também* viajei. E troquei de sofá. E gastei dinheiro com mais consciência. Acho que ganhei, né? — diz ele, todo orgulhoso.

— O sofá não vale. Foi publi. E acho que não valia colocar coisas compráveis na lista — aponto.

— E "gastar com consciência" é um conceito abstrato — diz Luana, revoltada. — Eu *expliquei* que não valia conceitos abstratos.

— E, além do mais, você *nem* gastou com consciência, meu amor! — Rafa ri.

Gabriel abaixa a cabeça, frustrado com a derrota.

— Boooom. — Chega a vez da Carol. — Eu *me casei*.

Pausa para aplausos. A gente aplaude toda vez que o Casamento Caruana é mencionado. Luana tem pavor da expressão "Casamento Caruana", por sinal.

— E comecei a fazer trabalho voluntário — continua. — O terceiro desejo ficou pro ano que vem.

Abro um sorriso para a única pessoa genuinamente boa do grupo.

— Por enquanto você está ganhando, hein, amor? — diz Luana, acariciando o ombro da Carol. — Mas não por muito tempo.

— Porra, Luana, ela é sua *esposa* — comento.

— Regras são regras. — Ela dá de ombros. — E eu também me casei. — Aplausos rápidos. — Comecei a correr *e* aprendi a bordar.

— *Pffff*. — Rafa solta uma risada. — Amiga, desde quando você corre?

— Esse eu posso confirmar. Já vi Luana correndo no parque. A questão é: desde quando você *borda*? — pergunto.

— Esse eu posso confirmar — diz Rafa, derrotado. — Vi os bordados dela quando a gente foi pra casa das meninas ajudar a dobrar e envelopar os convites do casamento.

— Nem chamaram! — digo, um pouquinho ofendido.

— Você estava em Santos se reconectando com a sua essência, sei lá — Rafael provoca.

Tópico sensível.

— Bom, então parece que eu ganhei, né? — diz Luana.

— Calma! Falta o Gênio — Gabriel comenta, colocando fé demais em mim.

— Bom… — Suspiro. — Eu fiz uma tatuagem. Adotei o Batata-Palha. E… — Hugo me encara. Ele é o único da mesa que sabe meu terceiro item. — E só. O terceiro desejo fica pro ano que vem.

— Eu venci! Eu venci! — diz Luana, feliz de verdade.

— Qual é o prêmio? — Hugo pergunta.

— Satisfação pessoal — eu e Rafa respondemos ao mesmo tempo.

— O que, pra mim, já está ótimo! — diz Luana, pegando uma garrafa de vinho no meio da mesa e servindo todas as seis taças. — Um brinde! À satisfação pessoal!

Um alívio coletivo pelo fim dessa coisa de lista toma conta de todo mundo enquanto erguemos as taças e brindamos.

A meia-noite se aproxima e já estamos na praia de novo. Desta vez, parece que Ubatuba está *ainda mais* lotada. Mas algo nessa coisa de passar o Ano-Novo no meio da bagunça, com os pés sujos de areia e o cheiro da água do mar, me enche de uma satisfação que não dá para explicar.

O hotelzinho onde deixei o Batata-Palha em São Paulo envia uma foto do meu cachorro comendo uma tigela de petiscos. "Minha ceia de AUno-Novo!", eles escreveram na imagem. Meu coração aperta um pouco de saudades, mas sei que ele estará bem mais tranquilo lá, longe de tantos fogos de artifício.

— Olha que neném — digo, mostrando a tela do celular para o Hugo.

— AUno-Novo! — Ele ri. — Vou ter que mudar o quadro dele lá na oficina para FuncionÁUrio do Mês.

Dou uma risada e um beijinho na boca dele.

— Eugênio! Hugo! — Gabriel grita no meio do barulho da praia. — Vem, vem! Faltam cinco minutos. Rodinha do baseado.

Nós dois chegamos mais perto e fechamos a rodinha. Com sua maestria baseadística, Gabriel acende e passa o beck para o lado. Um por um, vamos dando a última chapadinha do ano. Quando terminamos a volta completa, não nos afastamos. Só nos encaramos com sorrisos radiantes no rosto enquanto as ondas batem no mar e as *outras ondas* batem na gente.

— Gente, eu amo vocês — diz Gabriel, do nada. — Sei que sou o mais novo, e não sou bom com palavras, mas... amo vocês. É isso.

Luana se empolga.

— Isso! Nova brincadeira! Vai se chamar... Confissões de Ano-Novo. — Ela para e pensa. — Depois eu decido um nome melhor. Mas... minha vez! Tinha um monte de gente no nosso casamento, mas o tempo todo eu só olhava para vocês. Ter vocês no dia mais especial da minha vida foi muito importante. Sei que às vezes eu sou meio chata, mas sempre soube que vocês me amam. E, naquele dia, eu tive certeza. — Ela quase chora. — Vai, próximo.

Rafael levanta o dedo.

— Eu tenho uma! Eu tenho uma! — Ele aponta para o Hugo. — Cara, obrigado por aparecer na nossa vida. É muito bom não ser mais o único preto do grupo!

Hugo sorri e dá um soquinho no peito.

— Minha vez! — diz Carol, animada. — Aquele dia na casa do Eugênio em que a gente brincou de decidir com quem ele deveria ficar, eu só fui Time Bernardo porque não sabia que Time Hugo era uma opção. Eu sempre torci por você, Hugo!

Dá para ver o Hugo ficando mais corado. Seus olhos ameaçam chorar e, como é choro de emoção, não me sinto mal por torcer para que ele chore. Os olhos dele ficam lindos amarelinhos.

— Do nada a brincadeira mudou para Confissões de Ano-Novo *Sobre o Hugo*, é isso mesmo? — Ele balança a cabeça, todo sem graça.

— Vai, Gênio! Sua vez! — Luana grita, cutucando meu ombro.

— Eu...? O que eu digo?

— O que você quiser! — Rafa responde.

O que você quer, Eugênio? O que você quer?

Eu quero isso aqui. Viver cercado dos amigos que eu amo, com um homem que me faz feliz, vivendo uma vidinha boa.

Quero perder o medo das coisas que deixam marcas, quero parar de fugir das responsabilidades e abraçar tudo o que chegar para permanecer. E, bom, que se foda! Eu quero completar a minha lista!

— Eu também acho que sempre fui Time Hugo — digo, por fim. — Demorei a perceber porque eu fui meio…

— Burra — Rafa completa.

— Eu não usaria *essa palavra*, mas serve. — Solto uma risadinha e olho para baixo, para nossos doze pés sujos de areia formando uma rodinha no chão da praia.

— Um minuto! — Luana me apressa, olhando o relógio.

— Tá bom! Tá bom! — Balanço a cabeça e meu olhar encontra o do Hugo. — Eu quero completar minha lista. Com você.

Meus amigos devem estar confusos, mas não desvio o olhar.

— Tenta a sorte — diz ele, dando uma piscadinha.

Respiro fundo, juntando a coragem dentro de mim, e me preparo para fazer o que deve ser a coisa mais gayzinho protagonista que já fiz na vida. Um grande gesto de amor em plena virada de ano.

— Hugo! — grito, e minha voz se perde no meio da contagem regressiva que começa na praia.

Nove! Oito! Sete!

— Quer namorar comigo?

Ele abre o maior sorriso do mundo, mas não responde de imediato. Pelo canto do olho, observo Rafa e Gabes boquiabertos, Luana roendo as unhas e Carol segurando o choro.

Seis! Cinco! Quatro!

Enquanto espero pela resposta, meu coração não fica nervoso, ansioso ou assustado. É alívio o que eu sinto. O conforto que enche meu peito toda vez que o Hugo aparece me dando a certeza de que o dia vai ser bom. Amor é isso, afinal. Mas não *só* isso. Amor é contar segredos sem medo da resposta, é inventar apelidos idiotas para um cachorro bagunceiro, é a emoção de aprender a andar de bicicleta pela primeira vez e a segurança de ter alguém do lado quando seu aniversário cai numa segunda-feira.

— Demorou pra perguntar, hein? — Hugo responde. — É claro que eu quero!

Três! Dois! Um!

Num piscar de olhos, pulo nos braços dele e nossas bocas se encontram no primeiro beijo do ano.

Fogos de artifício estouram no céu e dentro de mim também. Meu peito se enche com a certeza de que a vida que eu sempre desejei é a vida que eu já tenho.

E quem me conhece *sabe*. Não sou de acreditar em superstições de Ano-Novo. Em pular sete ondas, comer lentilha e fazer desejos. Eu acredito em coisas que existem. No céu estrelado, na areia da praia e no meu namorado (meu namorado!), que não consegue parar de me beijar. Qualquer outro conceito levemente mais abstrato é rejeitado de imediato pelo meu cérebro. Mas sinto que está na hora de acreditar em alguns conceitos levemente abstratos.

E o amor me parece um bom lugar para começar.

1. ~~Fazer uma tatuagem~~
2. ~~Adotar um cachorro~~
3. ~~Arrumar um namorado~~

Agradecimentos

Meu primeiro Vitor Só Para Adultinhos foi um projeto que eu sempre quis fazer e só aconteceu porque eu tenho a sorte de viver cercado de pessoas que me amam e me incentivam, falando "escreve, bobo" toda vez que eu apareço com uma ideia nova. Agora chegou a parte do livro em que eu agradeço a estas pessoas.

Sou grato ao meu amigo Fits, cuja primeira reação ao terminar de ler foi "não acredito que você DESCREVEU UM BOQUETE PARAFUSO", mas, tirando isso, sempre me apoia em tudo o que eu faço e fica comigo até o fim das festas. Obrigado, eu amo você.

Junto com ele, Ribs, Lucas e Toni formam nosso grupinho de Ano-Novo na praia, responsáveis por boa parte da inspiração por trás do grupo de amigos deste livro. Se pudesse, iria de navezinha com vocês para qualquer praia do mundo, só para olhar o mar e pensar na vida. Obrigado.

Fechando o grupo de Seis Gays Na Praia, é claro, meu namorado (que às vezes chamo de marido), Rafael. Muita coisa neste livro, e em todos os meus outros também, só existe por causa dele. Obrigado, meu amor, por melhorar minhas ideias e me inspirar todos os dias. Em especial, por debater comigo sobre votos para um casamento lésbico fictício aquele dia enquanto eu pendurava as roupas no varal. Te amo te amo te amo.

Considero Eugênio meu primeiro protagonista que não é um coitadinho. Ele é confiante (até certo ponto), seguro de si e leonino até demais. Mas ele seria muito mais chato se não fosse pelo olhar apurado da minha editora Paula Drummond, dona do fã-clube do Hugo e responsável por colocar os hífens toda vez que eu escrevi "Ano-Novo" e "Batata-Palha" (foram muitas vezes). Obrigado por melhorar esta história e por acreditar nela apesar da coisa do boquete parafuso. E, junto com ela, deixo aqui meu agradecimento à Editora Alt, a melhor editora do Brasil e que, desde que me tornei um autor publicado internacionalmente, posso constatar que é a melhor do mundo também.

Aos meus agentes Taissa Reis e Jackson Jacques, que me ajudam diariamente a navegar este mundo de publicações, eventos, contratos, filmes (!!!). Obrigado por todas as vezes em que vocês seguraram minha mão quando precisei de ajuda e me deram autonomia quando precisei virar gente grande. Devo muito a vocês dois e fico feliz por ter a vida inteira para pagar esta dívida.

À minha amiga Mayra Sigwalt, escritora, vizinha e ciclista indoor semiprofissional. Você deixa meus dias mais leves e eu sou feliz por ter você na minha lista de Pessoas Para Quem Eu Ligaria Numa Emergência que tive que pensar de supetão quando meu psicanalista perguntou.

Falando no divo, agradeço também ao meu psicanalista Ricardo, que me ajuda semanalmente a lidar com as grandes questões da vida e com as pequenas também.

Alguns amigos leram este livro antes de todo mundo (porque eu estava muito inseguro com as cenas de sexo e precisava de validação!!!), então obrigado Carlos César da Silva, Leo Oliveira, Pablo Praxedes, Pedro Poeira, Thereza Andrada, Sandney Costa e Vinícius Grossos. Eu chamaria um chaveiro para todos vocês caso ficassem presos pra fora de casa numa tarde de chuva depois de uma suruba surpresa.

Este livro só existe da forma que ele é por causa da ajuda de muitos profissionais que são bons no que fazem. Obrigado, João Pedroso, meu preparador favorito, pelo seu olhar afiado, por cortar todos os "eus" excessivos e por vibrar comigo a cada livro novo. E obrigado também, Johncito, por criar uma capa tão linda que deu vida ao Eugênio e seus três quase maridos.

Por fim, considero *Os 3 desejos de Eugênio* meu livro mais gay de todos, então acho que vale deixar aqui um agradecimento aos gays (termo guarda-chuva) num geral. Aos artistas que criam músicas, quadros, filmes e livros por nós e para nós. Às drag queens que batem leque no meio da madrugada para nos fazer sorrir. Aos DJs de calcinha que escolhem minuciosamente as músicas que vão nos fazer dançar. Aos mecânicos de bicicleta bissexuais e às instrutoras de pilates lésbicas. Às pessoas trans, não binárias e todas as outras espalhadas por esse Brasil vivendo suas vidas e buscando felicidade. E a você, querido leitor, que, se continuou lendo até aqui, certeza que é gay (termo guarda-chuva) também. Espero, do fundo do meu coração, que todos os seus desejos se realizem.

Este livro, composto na fonte Fairfield,
foi impresso em papel Ivory Slim 65g/m² na gráfica Leograf.
São Paulo, Brasil, setembro de 2025.